古典詩歌研究彙刊

第四輯

龔鵬程 主編

第 9 冊

高適詩研究

蔡 振 念 著

國家圖書館出版品預行編目資料

高適詩研究／蔡振念 著 — 初版 — 台北縣永和市：花木蘭文
化出版社，2008〔民 97〕

目 2+210 面；17×24 公分
（古典詩歌研究彙刊 第四輯；第 9 冊）

ISBN 978-986-6657-39-9（精裝）
1.（唐）高適 2.唐詩 3.詩評

851.4414   97012082

ISBN - 978-986-6657-39-9

9 789866 657399

古典詩歌研究彙刊
第四輯 第 九 冊   ISBN：978-986-6657-39-9

高適詩研究

作　　者　蔡振念
主　　編　龔鵬程
總 編 輯　杜潔祥
出　　版　花木蘭文化出版社
發 行 所　花木蘭文化出版社
發 行 人　高小娟
聯絡地址　台北縣永和市中正路五九五號七樓之三
　　　　　電話：02-2923-1455／傳真：02-2923-1452
電子信箱　sut81518@ms59.hinet.net
初　　版　2008 年 9 月
定　　價　第四輯 20 冊（精裝）新台幣 28,000 元

高適詩研究

蔡振念 著

作者簡介

蔡振念，男，民國 46 年出生於金門瓊林村，就讀開瑄國小、金沙國中、金門中學，板橋中學，民國 68 年畢業於輔仁大學中文系、71 年畢業於文化大學中文研究所，曾任光武技術學院講師。民國 74 年赴美國留學，就讀於威斯康辛大學東亞文學系，81 年獲博士學位即返國任教中山大學中文系，現為中山大學中文系教授。
著有學術專書：《高適詩研究》（1982）、Time in Pre-Tang Poetry（1992）、《杜詩唐宋接受史》（五南出版，2002）、《台灣現代短篇小說精讀》（五南出版，2003）、《郁達夫》（三民出版，2006）。現代詩集《陌地生憶往》（唐山出版，2004）、《漂流預言》（唐山出版，2005）、《水的記憶》（金門文化局，2006），編有《台灣近五十年現代小說論文集》（國立中山大學文學院，2007），並有書評、譯稿散見報章雜誌。

提　　要

　　本文共分為四章，第一章為緒論，共分三節。第一節主要高適詩的研究動機，在唐代高、岑並以邊塞詩著稱，然事實上高適詩中言及邊塞之詩僅佔全部詩作的七分之一，高適許多其他主題之詩作因而被忽略，作者認為有匡正之必要，其次，民國以來對高適詩之研究，多止於單篇論文，不夠深入，作者認為應全面檢視高適之詩作。第二節為研究根據和方法，本文主要是內在和外緣的研究雙線並進。第三節為高適研究概況之略論。

　　第二章為高適詩的外緣研究，共分三節，第一節為高適年譜新編；第二節為高適生平，又細分為高適的籍里和家世及交遊情形兩小節。第三節為高適的時代，分為高適時代的政治環境和高適時代的文學環境。

　　第三章為高適詩的內在研究，共分兩節。第一節為高適詩的語言，下分意象和節奏二小節節。在意象一小節中又分為語法、色彩、典故、語義類型、複合名詞等五類。在節奏一小節中，又分為平仄、用韻、句式、句法等四類。第二節為高適詩的境界，共分七小節，各為理想的追尋與落空、悲天憫人的胸懷、風光流轉的閒適、歷史的繁華和幻滅、剪不斷的離情別緒、大漠窮秋的悲壯、白璧中的瑕疵。

　　第四章為結論，主要指出高適詩確為有唐之正聲，然前人卻因其邊塞詩而忽略其詩風的多樣性，及其多樣性所代表的多方面成就，我們評定高適在中國詩史上的地位，應肯定高適這種多元的詩風。

目

次

第一章 敍 論

一、研究高適詩的動機

　　有唐一代詩壇，一方面繼承並擴展了六朝的詩風，另方面各種詩派蔚起，表現了唐詩的豐富性和多樣性。七言古詩及五七言律絕的漸趨成熟，代表了唐代詩人在繼承和擴展方面的成就，而諸如以王孟為首的自然詩派，杜甫先導的社會寫實詩派，岑高開創的邊塞詩派等各種派別林立，則說明了唐詩的豐富性和多樣性。其中以岑參、高適為代表的邊塞詩派「寫關塞景況、寓悲壯情感，是唐以後新增的詩料。」〔註1〕這些詩料在岑高等人的努力經營下，蔚成大國，在我國詩歌史上著實大放異彩。然而，能自闢宇宙儼然成家的岑高，在前人的研究中並沒有受到恰如其份的重視，以高適而言，即使史籍上有許多明顯的錯誤，後人也都以訛傳訛，無有諟正。高適的詩集在民國以前為其作箋注者絕無其人，能作深入研究者亦屬缺如，千載以下，不免令人浩歎。而一般文學史詩史的作者，「討論到高適的詩，不是渲染他『年五十始學，為詩即工』的神話，就是評述在旗亭看『妙妓』唱詩的趣事，能將它與岑參的詩作一比較，說什麼相異處是：『高適詩尚質主

〔註1〕梁啓超著《中國韻文裏頭所表現的情感》，中書書局，頁38。

理，岑參詩尙巧主景』相同處皆以『悲壯爲宗』，稍稍涉及作品的本身，已經算很透徹了。」〔註2〕也由於歷來皆賞其豪放悲壯，將之歸於邊塞詩派，遂無視於高適詩風的多樣性，其實邊塞詩只約佔高適全集的七分之一，高適詩中，自有其他複雜的人生感受，如果我們只是單線式的欣賞，將詩人的詩定於一元，抹殺了其他的層面，不僅不足以窺全豹，也使詩和眞實人生複雜的感情拉遠了距離，遑論闡揚幽微的詩心了。因此，本文寫作的出發點之一，便是試圖以一個更全面更廣袤的視界，來探討高適詩所表現的生命與情感。職是，則有必要將前人對高適所下的評語作一審視，以利討論。陸侃如、馮沅君在其所著《中國詩史》一書說高適：

> 直到四十歲，他才注意文章，學做詩，數年之間，漸爲好事者所傳誦。〔註3〕

劉大杰《中國文學發展史》云：

> 以樂府歌行與雄放風格著稱的岑參、高適一派……他們的人生觀都是現實的、積極的，他們都富於進取，心境快樂，沒有一點暮年的消沉，也沒有一點隱士高人的趣味，他們都有一股熱情與力量，無論作事與作詩，都能表現出一種雄放濃烈的生氣，他們的生命非常活躍，因此他們的作品也非常生動。〔註4〕

又說：

> 新、舊《唐書》都說他（高適）「年五十始爲詩，即工，氣質自高，每一篇已，好事者輒爲傳誦」，他本是一個才情卓絕的人，青年時代有雄心大志，看不起文墨，但他的基礎是早已有了的，所以後來他有了生活，有了體驗，執筆爲詩，便非同凡響。〔註5〕

蘇雪林先生《唐詩概論》也說：

〔註2〕黃永武著《中國詩學——鑑賞篇》，巨流圖書公司，頁15。
〔註3〕陸侃如、馮沅君合著《中國詩史》，頁439。
〔註4〕劉大杰著《中國文學發展史》，華正書局，頁438。
〔註5〕同註4，頁443。

高適……四十歲後始學爲詩，數年之間，體格漸變，以氣
質自高，每吟一篇，已爲好事者所傳誦。〔註6〕

以上這些說法，大都因涉新、舊《唐書·高適傳》而誤，所以有五十
爲詩即工的神話，而劉大杰所謂「沒有一點隱士高人的氣味」，只要
細讀高適的詩，便可知其不然。由於這一錯誤的沿傳，使目下許多研
究高適詩的，每多誤入歧途，以訛說訛而不自知。

顯然的，前人對高適的了解是片面和偏狹的，或許高適在邊塞風
格的突出表現使人無意之間忽略了他在其他方面的詩風，但是基本的
原因卻在於從來沒有一個學者對高適詩歌本身作深入的研究，傳統的
詩話、詞話中所能找到的，也僅是片語隻言，作蜻蜓點水式的欣賞，
又如何能窺見詩人全面性的情境呢？基於此，本文寫作的動機即在對
沿承的錯誤作一諟正和以更廣泛的視界來探討高適的詩。

二、高適研究的概況

高適的研究，可以民國建立作一分界。民國以前，對高適詩的意
見僅止於詩話中印象式的批評，用語寥寥，籠統概括，能有深入研究
者，不見其人。民國以來，研究高適生平、年譜及作考據的，也大多
以單篇短文爲主，如勞榦先生的〈高適籍里〉〔註7〕，陳秀清先生有
〈高適評傳及其詩〉〔註8〕，另阮廷瑜先生一系列的研究最具價值，
諸如交遊考、年譜等分見於《大陸雜誌》、《學術季刊》等，惜皆略而
不詳。王津達氏〈詩人高適生平繫詩〉〔註9〕、彭蘭氏〈高適繫年考
證〉〔註10〕二文皆頗稱精當，然亦不免訛誤。孫如陵先生〈邊塞詩人
高適〉〔註11〕則未見有突破性發現。在作品本身的研究方面，以阮廷

〔註6〕蘇雪林著《唐詩概論》，商務印書館，頁55。
〔註7〕見《大陸雜誌》十四卷六期。
〔註8〕見《國立藝專藝術學報》十四期。
〔註9〕見《文學遺產》增刊八期。
〔註10〕見《文史》第三輯。
〔註11〕見《中外雜誌》一卷三期。

瑜先生《高常侍詩校注》及〈高常侍集傳本述要〉成果最著，阮先生也是為高適詩作校注的第一人。另費海璣先生的〈高常侍的一首詩〉〔註12〕見解頗新穎，惟篇幅過短，所論不多。劉開揚氏的〈試論高適的詩〉〔註13〕亦僅止於舖敘生平，將詩作概略性的分類，無甚可觀。真正能作深入分析的，唯黃永武先生〈高適詩欣賞〉〔註14〕一文，黃文以傳統詩話中的評論為本，舖衍開來，頗能收取精用宏之效，但也僅止於作品的欣賞，沒能透過作品對高適內在的情感、精神作進一步的探賾索隱。

　　國外的研究則只見日本上尾龍介的〈高適の詩風〉〔註15〕和鈴木修次的〈高適と杜甫〉〔註16〕二文。

　　就此而論，歷來對高適的研究可說是相當貧乏的，高適雖在唐代騷壇獨樹一幟，名聞當時，可惜後人在推崇欣賞之餘，並沒能作進一步的研究。希望本文的寫作，能收到拋磚引玉之效，引發更多學者專家研究的興趣，則高適幸甚，筆者幸甚。

三、研究的理論根據和方法

　　傳統上，中國的文學批評並沒有建立起完整的體系，除《文心雕龍》等少數著作以外，現存的古典批評之作，皆缺乏對詩文提出有系統的見解，這些文學批評大都見於歷代的詩話、詞話中，而詩話、詞話的批評往往不是有意識的，最早的歐陽修《六一詩話》自言其寫作動機云：「居士退居汝陰，而集以資閑談也。」繼起的司馬光《續詩話》也說：「詩話尚有遺者，歐陽公文章名聲雖不可及，然紀事一也，故敢續之。」可知詩話肇始之時，不過藉以閑談紀事，後人效之，往往將一己之得以極精簡的文字寄託其中，如《滄浪詩

〔註12〕見《大華晚報》民國62年9月3日副刊版。
〔註13〕見《唐詩研究論文集》。
〔註14〕見黃永武著《詩心》一書，三民書局。
〔註15〕見《中國學會報》十一期。
〔註16〕見《漢文教室》八五、八六期。

話》說李白「飄逸」，杜甫「沉鬱」，而對於如何是飄逸如何是沉鬱更無清楚的解釋，使初學者讀之，如墜五里雲霧，莫窺其神妙，徐亮之〈漁洋詩話與神韻說〉一文也提到這種語焉不詳的毛病，徐氏云：「漁洋創神韻說，夫人而知之矣，唯『神韻』二字，則漁洋本人殊未作任何方面之詮釋，大抵前人論它，類多迷離恍忽之辭，所謂『可意會而不可言傳』，言之者亦惟求人『心知其意』即已饜足。」〔註17〕像這種只把個人主觀的結論以「迷離恍忽」之辭寫出，而省略了批評最重要的過程和理論根據，怎能準確地喚起讀者產生與他本人相似的經驗而心知其意呢？但要知道的是中國詩話、詞話却率皆如此。更有甚者，這些詩話、詞話作者的批評用語多缺乏明確的定義，含糊混淆，造成極大的困擾，楊松年先生在〈中國文學批評用語語義含糊之問題〉一文談到形成這種情形的原因時曾列舉數端：一，是對於所用的主要辭語，不作具體的解釋，或給予清楚的定義。二，是即使是同一作者，在同一作品中，用同一辭語，在不同的地方却具有不同的意義，而作者對這些用語，並不加以辨析，以致讀者難以把握其含義。三，是中國文學批評的用語，多依據常用的學術辭語，這類辭語，前人用時，已不加闡釋，而致意義含糊，批評者再加運用，並增以己意，就更令意義模糊了。四，是批評的用語，有時由於運用者追求文字美，行文時講究對偶，致使它與另一辭語列舉，產生意義上的變化，令語義含糊。〔註18〕此數端可算是其犖犖大者，也是中國文學批評用語的最大弊病。中國的文學批評，歷來便在風骨、風韻、韻味、韻致、格韻、意趣、趣味、氣骨、神韻、情趣等文字障中左衝右突，却仍深陷其中，不見天日，無怪乎郭紹虞、朱東潤在闡釋王漁洋「神韻」二字時要為之擲筆三歎。

　　綜觀之，中國傳統詩話、詞話的批評是主觀的、印象式的、欠缺系統的、概括性的、籠統的，雖然其中也不乏理論嚴謹之作如葉燮《原

〔註17〕見《文學世界》五卷二期，頁24。
〔註18〕見《南洋學報》人文科學類八、九期合刊本。

詩》者，却大多類如《四溟詩話》言：「唐詩如貴介公子，舉止風流，宋詩如三家村乍富人，盛服揖賓，辭容鄙俗。」和《石洲詩話》言：「唐詩妙境在虛處，宋詩妙境在實處」一類籠統概括的批評，所以章學誠、楊鴻烈、郭紹虞等人都對這種印象式的批評大加撻伐。

　　由於中國的文學批評和西方的比較起來，顯得發育不良，有心的學者便試圖引進西方的批評理論，從一種較不同的角度和觀點來看中國文學作品。西方文學批評理論的引入，使學界對中國古典文學的研究趨向重新作了一番反省和檢討，並引發了不少的論戰﹝註19﹞。我們客觀地檢討一下，西方的文學批評誠有其優點也能補中國文學批評之不足，却也不免有其缺點和侷限，如新批評派「從語言、文字的範疇去為文學做界說，去從事作品詮釋，視多義性、似非而是的雋語、反諷為文學語言的先決要素。」﹝註20﹞於是一時之間張力、字質、有機統一性、本體論等名詞成了批評者的口訣，只要熟稔的應用這些口訣，似乎無往不利。而佛洛伊德學派從心理學的觀點去看文學作品，不免罔顧作品明白顯示的內容與結構，轉而注意某些特殊的意象或插曲，以便說明潛意識的衝突。神話論者又從神話的原始基型（Archetype）來研究文學，「也只注意人物、意象、象徵的插曲，抽取出這些成分之後，還要把它們攝入神話及原始宗教的範疇裏面去。」﹝註21﹞於是作品中多樣性的情節和感受被剝減成「情節摘要」，以便與神話基型印證。可見西方的批評理論亦不免主觀地套用公式，將文學綁票。﹝註22﹞

﹝註19﹞最著者如民國六十五年顏元叔與夏志清在《中國時報‧人間副刊》之筆戰，夏志清先生文有二月九日〈追念錢鍾書先生——兼談中國古典文學研究之趨向〉、四月十六日〈勸學篇〉，顏元叔先生文有三月十日〈印象主義的復辟〉、五月七日〈親愛的夏教授〉。

﹝註20﹞蔡源煌著〈文學批評的信念與態度〉一文，《中外文學》八卷四期，頁87。

﹝註21﹞同註20，頁89。

﹝註22﹞借用蔡源煌先生語，蔡先生〈文學綁票〉一文見於民國七十年十一月十日《中國時報‧人間副刊》，文云：「什麼是文學綁票呢？就是以個人主觀的意識形態或批評模式，去誘拐、綁架一項『作品』，為

　　雖然實際上的批評無法絕對客觀，批評的客觀僅止於指批評家所建立的參考架構建全到什麼程度而言。但文學批評也絕非把作品視爲主觀發揮理論的對象，硬將某一套批評模式加諸一件作品之上，不幸地是，西方批評學派的末流，卻大多走上了這種爲理論而理論的極端，把批評弄得很抽象，他們以爲「閱讀的過程中，該分析的不是作品，而是讀者。他們說讀者決定作品之意義，而在這個意義建立以前，作品是不存在的，換句話說，作品的結構、發展來自於閱讀、闡釋的過程，而非來自作品，於是文學作品中事件展現之聯貫性，就不取決於作品本身的肌理，而決定於讀者本身的意義構築。」〔註 23〕於是文學批評作爲溝通作者與讀者之間的精神盪然無存，文學作品內在的情感與精神約化成某種神話結構或語言學程式，批評家借他人之屍而還己之魂，在他人作品中展現自己主觀的意識或理論。如此看來，在引進西方文學批評的同時，我們也看到了這些理論潛在的危機，黃維樑先生在《中國詩學縱橫論》一書中一再言之，黃氏云：「說不定有一天心理分析學再度把作品變成研究作者生平的資料，基型論則把文學批評淪爲人類學、文化學的附庸，而新批評的精讀細析則流於機械化，讀者會不勝其繁碎，看到一首二十言的小詩，竟有二十頁的分析，而立刻避之則吉。」〔註24〕在西方，艾略特（T. S. Eliot）和李察茲（I. A. Richard）也都看出了這種危機，李察茲嘗言：「詩受到的折磨已經太多了，有人讀詩，只爲了找些東西來研究，有人讀詩，則爲了應用自己心愛的理論。」〔註25〕

　　雖然如此，西方的文學批評在我國古典文學的研究中仍有其不可抹煞的效用，至少他擴展了研究的路徑和視界，提供了較爲系統的批評理論和方法，因此也得到大部份學者的重視，沈謙先生的一段話最

　　　了遷就自己的意識形態或批評模式，批評家往往把作品揪來印證自己的理論。結果，批評家說明的不是作品，而是自己的理論。」
〔註23〕同註 22。
〔註24〕黃維樑著《中國詩學縱橫論》，洪範書店，頁 98。
〔註25〕引自黃維樑著《中國詩學縱橫論》，頁 25。

可作爲代表，他說：「運用新的方法和觀點來研究中國文學已經是在所必然的新趨勢。」〔註26〕更大多數的學者，也都努力朝向中西文學批評理論的融合，試圖互補長短。中國傳統文學批評儘管有其欠缺，却誠如嚴羽所說：「天地間自欠此體不得。」中國傳統文學批評那種「以少言多，以簡馭繁的手法，是任何文字和言說所不能免的，即使最詳盡的文學史，不管是那一國的，也免不了概括性的描述。」〔註27〕中國傳統文學批評精簡的特性，似乎正可彌補西方文學批評末流的弊病，所以目下大多數學者才欣見中西文學理論的融合，黃慶萱先生在〈研究中國古典文學的幾個層面〉一文中即云：「傳統批評、新批評不可偏廢。」〔註28〕葉嘉瑩先生在〈漫談中國舊詩的傳統〉也說：「中國舊詩之評說的傳統，是否需要以西方理論來補足和擴展的問題，關於此一問題，我的答案是肯定的，……傳統的評說方式已經不能完全滿足今日讀者的需要，可是外來的新理論却又決不能完全取代中國的傳統批評。」〔註29〕

　　以上所敍信念，可作爲我個人寫作本文的理論根據和基礎，我希望從中西文學批評理論的融合中，可使中國文學的研究走向一條較爲客觀和圓滿的路程，本文便是我這一努力的基石。

　　其次談到我的研究方法。

　　早在二千多年前的孟子，曾經提出了他對文學研究的看法，〈萬章篇〉云：「故說詩者，不以文害辭，不以辭害意。以意逆志，是爲得之。」郭紹虞氏在其《中國文學批評史》一書中解釋道：「以意逆志的方法，是由主觀的體會，直探到詩人的心志裡。」〔註30〕也就是以我之情去逆詩人之情，因爲人類的基本感情是相通的，所以以意逆

〔註26〕沈謙著《期待批評時代的來臨》，時報出版公司，頁88。
〔註27〕同註24，頁98。
〔註28〕見《古典文學》第一期，學生書局，頁397。
〔註29〕見《古典文學研究叢刊》「散文與評論之部」，巨流圖書公司，頁302。
〔註30〕見《中國文學批評史》，粹文堂書局，頁22。

志乃可求得詩人與讀者之間心靈的共通處。這種方法，基本上是將詩作孤立的欣賞，直接由作品本身回溯詩人的心靈。在西方，「新批評」學派如布魯克斯（Cleanth Brooks）即持此種論點，但此種忽視詩人生平的批評方法却也受到歷史主義派如 Roy Harvey Pearce 等人的杯葛。在國內，葉嘉瑩先生在〈漫談中國舊詩的傳統〉一文中也有中肯的批評，葉氏云：「雖然西方現代的文學批評強調作品本身的重要而忽視作者的生平，以爲作者之生平與作品之優劣並無必然之關係，這種論調就評價文學本身藝術之成就言，原是不錯的，可是在讀中國舊詩時，則對某些作者之生平及其時代背景之瞭解，卻是非常重要的一件事，因爲中國既有悠久的託意言志之傳統，不僅說詩者往往持此以爲衡量作品之標準，即是詩人本身，在作品中也往往確實隱有種種志意的託諭，說詩的人如果忽略了這一點，在解說時就不免會發生極大的誤解，從而其所評定的價值當然也就失去了意義。」〔註31〕因此，假如能夠瞭解詩人的生平，當可促成對作品更深一層面的欣賞，孟子顯然也看出以意逆志的不足，所以在〈萬章篇〉中又提出另一種欣賞研究的方法說：「誦其詩，讀其書，不知其人可乎？是以論其世也。」這種知人論世的方法顯然旨在求得詩人與詩之間的相互關係，因爲詩中之情無疑來自詩人的生活體驗，能夠「知人論世」自可補「以意逆志」之不足，使文學的欣賞更趨於實在與完善。

　　陸侃如氏在序傅庚生《中國文學欣賞舉隅》一書中曾提到文學批評有所謂內線和外線，所謂內線即是就文論文，外線則是樸學的考據，且理想中的文學批評便是利用外線的工夫而達內線的目的。陸氏所謂的內線相當於「以意逆志」，外線相等於「知人論世」，可知自孟子以下，中國人理想中的文學批評一向是內外兼顧的，並且外緣的研究必須以內在研究爲鵠的。

　　本文的研究方法即以此一傳統的理想文學批評模式爲依歸，第

〔註31〕同註 29，頁 306。

二章屬高適詩的外緣研究，第一節爲〈高適年譜新編〉，年譜列於首者，期於條舉目張，年譜之新編，旨在補阮廷瑜先生《高適年譜》之疏略。次節爲〈高適的生平〉，包括籍里、家世、交遊各節，而於交遊著墨尤多。第三節寫〈高適的時代〉，分政治社會環境和文學環境兩點言之。這一部份研究的目的，不僅在建立外緣的參考資料，作爲作品的對照，也在把高適的詩和人結合起來，期有更完整、透徹的了解。

第三章屬高適詩的內在研究，第一節言高適詩的語言，從押韻、平仄、句式等方面來探討語言所表現的節奏，從語法、色彩、典故、語義類型等來探討語言所表現的意象。有了這些語言分析的基礎，所以第二節就進而討論詩內在的境界。這一部份的研究，焦點完全放在作品本身，注重作品的形式與內涵，理論根據大致採自西方新批評的觀點，其中引詩的版本則據阮廷瑜先生的《高常侍詩校注》〔註32〕

結論則係藉前面兩部份研究的結果，評定高適詩的藝術成就，以論列其詩的價值和在文學史上的地位。

〔註32〕《高常侍詩校注》一書，國立編譯館中華叢書編審委員會出版。

第二章　高適詩的外緣研究

第一節　高適年譜新編

高適，字達夫，唐渤海人。

　　《舊唐書》卷一百一十〈高適傳〉云：「高適者，渤海蓨人也。」《新唐書》卷一百四十三〈高適傳〉云：「高適，字達夫，滄州渤海人。」《唐才子傳》云：「適，字達夫，一字仲武，滄州人。」據《新唐書・地理志》：「滄州景城郡，上，本渤海郡。」又《元和郡縣志》：「後魏孝平帝熙平二年分瀛州、冀州置滄州，以滄海爲名。，隋大業二年罷爲渤海郡。，唐武德元年仍改爲滄州。」知滄州即渤海，三傳所說皆同。然唐人習慣以郡望自署或相稱，這是魏晉以降門閥士族遺風，每造成後人誤解，增加了後人不少浩繁的考證，劉知幾《史通》曾極言其弊，此所以言渤海者，恐怕也是題署郡望。〔註1〕

　　適有〈封丘縣詩〉云：「我本漁樵孟諸野」，似自言孟諸人，然唐時沒有孟諸縣，孟諸本爲藪澤，言籍里應取州縣之名，不應以藪澤爲號。《漢書・地理志》云：「睢陽，盟諸澤在東北。」盟諸即孟諸，是孟諸在睢陽縣境內，睢陽當今河南商邱縣治，唐時屬宋州，玄宗時改

〔註1〕參見阮廷瑜著〈高適非渤海人〉一文，《大陸雜誌》二十五卷八期。

為睢陽郡。又〈答侯少府詩〉云：「常日好讀書，晚節學垂綸，漆園多喬木，睢水清粼粼。」按曾為漆園吏的莊周即是宋人，則高適少時本居宋州，與《唐書》本傳所說的「少落魄不治生事，客梁宋間。」正合。

又〈初到封丘詩〉云：「去家百里不得歸」，封丘與宋州相距正好百里，則適在解褐前恐一直家居在宋州。四庫本《高常侍集》中〈別王玭〉詩題下自註云：「時俱客宋中。」〈別韋參軍詩〉云：「歸來洛陽無負郭，東過梁宋非吾土。」可知宋州實高適久客家居之地，至於其籍里，當為洛陽，前舉〈別韋參軍詩〉可證，洛陽雖用蘇秦典故，相對於梁宋來說，當非虛舉。至於渤海，依照唐人的習慣，乃是高適的郡望。〔註2〕

又《唐才子傳》、《全唐詩話》稱高適亦字仲武，顯然是訛誤的。辛文房《唐才子傳·高適傳》云：「適，字達夫，一字仲武，滄州人……今有詩文等二十卷及所選至德迄大歷述作者二十六人詩為《中興間氣集》二卷並傳。」〈中興間氣集序〉云：「唐興一百七十載……奧若肅宗先帝，以殷憂啓聖，反正中興，优維皇帝以出震繼明，保安區宇，國風雅頌，蔚然復興，所謂文明御時，上以化下者也。武不揆菲陋，輒罄謏聞，博訪詞林，采察謠俗，起自至德元首，終於大歷末年，作者數千，選者二十六人，……命曰《中興間氣集》。」〈序〉言選詩至於大歷末年，而《舊唐書》本傳云：「永泰元年正月卒。」則高適永泰元年已卒，不可能回魂選大歷末年的詩。《唐才子傳》、《全唐詩話》作者不察，誤《中興間氣集》編者渤海高仲武為高適，所以有一字仲武之說，這是特別要辨正的。〔註3〕

又《舊唐書》本傳云：「適年過五十，始留意詩什。」《新唐書》本傳云：「年五十始學，為詩即工。」《唐才子傳》云：「年過五十始

〔註2〕參見勞榦著〈高適籍里〉一文，《大陸雜誌》十四卷六期。
〔註3〕參見阮廷瑜著〈中興間氣集作者渤海高仲武非高適〉一文，《大陸雜誌》二十五卷九期。

學爲詩。」宋曾季貍《艇齋詩話》云：「大凡人爲學，不拘早晚，高適年五十始爲詩，老蘇二十七歲始爲文，皆不害其爲工也。」其實「留意」固不盡然，「始學」更爲謬訛，就現存高常侍的詩來看，有名的詩篇皆五十歲以前所作，如〈燕歌行〉詩序明言作於開元二十年，那時高適才二十七歲。可知前人對於高適的了解，和事實頗有出入，或係人云亦云，史籍的記載也疏濶不詳，令人浩歎。〔註4〕

父從文，位終韶州（今廣東曲江縣）**長史，適少濩落不事生業，客居梁宋，並曾到過吳越閩中，大概是隨父至任所路過。**

《舊唐書》本傳云：「適少濩落，不事生業，家貧，客於梁宋，以求丐取給。」《新唐書》本傳云：「少落魄不治生事，客梁宋間。」《唐才子傳》云：「少性落拓，不拘小節，恥預常科，隱居博徒，才名便遠。」知高適少年浪跡落拓，以至於以求丐過活。

又高適〈秦中送李九赴越詩〉云：「鏡水君所憶，蓴羹余舊便，歸來莫忘此，兼示濟江篇。」又〈送鄭侍御謫閩中詩〉云：「閩中我舊過。」蓴羹用張翰季鷹典故，季鷹吳郡人。可知高適到過吳越、閩中，然集中未有居閩越所作的詩，上面兩首都是追憶之辭，顯然高適遊閩越在年少時，而且高適二十歲以後，行蹤歷歷可考，沒有到過閩越的踪跡，則到閩越應該是少年時代隨父親到任所取道而已。

中宗神龍二年丙午（706），**一歲。**

〔時事〕正月，吏部尚書李嶠同中書門下三品。五月，葬則天大聖皇后。左散騎常侍武三思、中書令魏元忠、禮部尚書祝欽明、史官太常少卿徐彥伯、秘書少監柳沖、國子司業崔融、中書舍人岑羲、徐堅、韋承慶、吳兢、劉知幾修成《則天實錄》二十卷，文集一百二十卷。七月，李嶠爲中書令。十二月，靈武軍大總管沙吒忠義與突厥戰於鳴沙，官軍敗績，死者三萬，突厥進寇原、會等州，掠隴右牧馬萬餘而去。〔註5〕

〔註4〕 參見彭蘭著〈高適繫年考證〉一文，《文史》第三輯。
〔註5〕 有關史事據新、舊《唐書》、《資治通鑑》、《冊府元龜》等書，下同。

〔生活〕適生於是年。

適〈奉酬北海李太守丈人夏日平陰亭〉詩云：「一生徒羨魚，四十猶聚螢，從此日開放，焉能懷拾青。」李太守即李邕，《舊唐書‧李邕傳》云：「天寶初，爲汲郡、北海二太守。」〈玄宗紀〉云：「天寶六載正月辛巳朔，北海太守李邕以事連王曾、柳勣，遣使就殺之。」據此知邕爲北海太守當在天寶二、三載之後，六載之前，杜甫天寶四載夏曾有〈陪李北海宴歷下亭〉、〈同李太守登歷下古城員外新亭〉諸詩，詩中皆寫夏景。李邕〈登歷下古城員外孫新亭〉詩，其中「負郭喜稻粳」一語亦點夏景，與適詩題「夏日」者正合。錢謙益《杜少陵先生年譜》云：「天寶四載在齊州，李邕爲北海太守，陪宴歷下亭，李白、高適俱有贈邕詩，當是同時。」天寶四載當西元七四五年，依「四十猶聚螢」一語推之，適當生於中宗神龍二年，西元七〇六年。

又適〈留別鄭三韋九兼洛下諸公〉詩云：「蹇躓蹉跎竟不成，年過四十尙躬耕……幸逢明聖多招隱，高山大澤徵求盡，此時亦得辭漁樵，青袍裏身荷聖朝，犁牛釣竿不復見，縣令邑丞來相邀。」此詩顯係除封丘尉時留別洛陽友人之作。又〈古飛龍曲留上陳左相〉詩云：「幸沐千年聖，何辭一尉休，折腰知寵辱，迴首見沉浮……此去從黃綬，歸歟任白頭，風塵與霄漢，瞻望日悠悠。」〈留上李右相〉詩云：「未爲門下客，徒謝少微星。」同爲赴官時留謝宰相之詩。陳左相名希烈，李右相乃李林甫，據《新唐書‧百官志》：「天寶元年改侍中爲左相，中書令爲右相。」《新唐書‧玄宗紀》：「天寶六載……三月甲辰，陳希烈爲左相。」是高適授封丘尉當在天寶六載或其後，又《資治通鑑》唐紀三十一：「天寶六載……上欲廣求天下之士，命通一藝以上皆詣京師，李林甫恐草野之士對策斥言其姦惡，建言：『舉人多卑賤愚聵，恐有俚言污濁聖聽。』乃令郡縣長官精加試練，灼然超絕者，具名送省，委尙書覆試，御史中丞監之，取名實相副者聞奏，既而至者，皆試以詩、賦、論，遂無一人及第者，林甫乃上表賀野無遺

賢。」〔註6〕是高適除封丘尉當在天寶六載，且此次應舉入京，雖被任爲封丘尉，但未曾及第，故〈留上李右相〉詩云：「未爲門下客，徒謝少微星。」因唐代習尚，科舉及第後，對宰相始自稱門生。《舊唐書》本傳云：「時右相李林甫擅權，薄於文雅，唯以舉子待之，解褐封丘尉，非其好也。」當係指天寶六年事而言。天寶四載適當四十歲，六載解褐當爲四十二歲，故辭別洛下友人詩有「年過四十尚躬耕」之語，兩詩互相參證，若合符節，定適生於西元七〇六年，應無大謬。

〔備考〕是年劉知幾四十六歲，職史事，修成《則天實錄》〔註7〕。張九齡二十九歲〔註8〕。孟浩然十八歲〔註9〕。王昌齡九歲〔註10〕。李白六歲〔註11〕。王維六歲〔註12〕。

景龍元年丁未（707），二歲。

〔時事〕五月，右屯衞大將軍張仁亶爲朔方道行軍大總管，以備突厥。假鴻臚卿臧思言使於突厥，死之。六月，吐蕃及姚州蠻寇邊，姚

〔註6〕《新唐書》李林甫傳、元結「諭友」并略同。

〔註7〕劉知幾生年史籍不載，此據傅振倫著《史通作者劉知幾研究》一書，文星書店印行，以下備考部份劉知幾生平據此。

〔註8〕張九齡生年史籍不載，此據楊承祖著《張九齡年譜——附論五種》一書，臺大文史叢刊，以下備考部份張九齡生平據此。

〔註9〕孟浩然生年史籍不載，此據游信利著〈孟浩然疑年錄〉一文，《中華學苑》創刊號，以下備考部份孟浩然生平據此。

〔註10〕王昌齡生年史籍不載，此據李國勝著《王昌齡詩校注》一書中〈王昌齡傳略〉章，文史哲出版社。以下備考部份王昌齡生平另參見吳鳳梅著《王昌齡詩格研究》一書中王昌齡之生平章，六十八年政大碩士論文。譚優學著〈王昌齡行年考〉一文，載《文學遺產》增刊第十二輯。

〔註11〕李白生年史籍不載，此據清人王琦編《李太白年譜》，見《李太白全集》第三冊，九思出版社。以下備考部份李白生平另參較劉維崇著《李白評傳》一書，商務印書館，張芝著《道教徒的詩人李白及其痛苦》一書，長安出版社。

〔註12〕王維生年史籍不載，此據清人趙殿成編《王右丞年譜》，見《王摩詰全集箋注》附，世界書局版。以下備考部份王維生平另參較劉維崇著《王維評傳》一書，正中書局，徐賢德著《王維詩研究》一書，六十二年文化學院碩士論文。

崑道討擊使唐九徵敗之。七月，皇太子重俊與李多祚等率羽林千騎兵誅武三思，不克，皇太子爲部下所殺。李嶠爲中書令。九月，改元景龍。十一月，西突厥寇邊。御史中丞馮嘉賓死于突厥。此時官爵渝濫，因依妃主墨敕而授官者，謂之斜封。

〔備考〕張九齡中材堪經邦科，授祕書省校書郎。劉知幾轉太子中允，仍修國史。

景龍二年戊申（708），三歲。

〔時事〕三月，朔方道大總管張仁亶築受降城於河上。十一月，突厥首領娑葛叛，自立爲可汗，遣弟遮弩率眾塞，唐以安樂公主出降，後安西都護牛師獎與沙葛戰於火燒城，師獎敗績，歿於陣。始於修文館置大學士四員，學士八員，直學士十二員，象四時、八節、十二月。於是李嶠、宗楚客、趙彥昭、韋嗣立爲大學士，李適、劉憲、崔湜、鄭愔、盧藏用、李乂、岑羲、劉子玄爲學士。薛稷、馬懷素、宋之問、武平、杜審言、沈佺期、閻朝隱爲直學士，又召徐堅、韋元旦、徐彥伯、劉允濟等滿員，天子饗會遊豫，唯宰相及學士得從。帝有所感，即賦詩，學士皆屬和，爲當時人所歆慕〔註13〕。

〔備考〕孟浩然約於此年隱居鹿門山，時年二十。劉知幾遷祕書少監，以監修國史者多，意尚不一，求罷史職，委國史於吳兢，未幾，復爲修文館學士。

景龍三年己酉（709），四歲。

〔時事〕六月，以經籍多缺，使天下搜括〔註14〕。七月，娑葛遣使來降。八月，吐蕃贊普遣使勃祿星奉進國信。十一月，吐蕃贊普遣其大臣尚贊吐來逆女。

〔註13〕見《舊唐書》李適傳。

〔註14〕《唐會要》卷三十五經籍條：「景雲三年六月十七日，以經籍多缺，令京官有學行者，分行天下搜檢圖籍。」按景雲三年於正月己丑即改元太極，此可能是景龍三年之誤，考中宗本紀景龍三年六月正有使天下搜括經籍事。

〔備考〕是年顏眞卿生〔註15〕。

睿宗景雲元年庚戌（710），五歲。

〔時事〕即景龍四年。六月，安樂公主與韋后合謀進鴆，毒殺中宗於神龍殿，韋后臨朝稱制，改元爲唐隆，引用其黨，分握政柄。臨淄王隆基率兵誅韋后，擁睿宗即位。七月，改元景雲。追諡雍王賢爲章懷太子。十一月，葬中宗於定陵。太子少傅蘇瓌薨，年七十二。

〔備考〕《史通》編次成書〔註16〕。

景雲二年辛亥（711），六歲。

〔時事〕正月，突厥默啜遣使請和親，許之。太僕卿郭元振中書侍郎張說並同中書門下平章事。六月，依漢代故事，分置二十四都督府。閏六月，初置十道按察使，皇太子將于八月丁巳釋奠於太學，有司草儀注，令從臣皆乘馬著衣冠，劉知幾上書駁之〔註17〕。書上，皇太子手令付外宣行，仍編入令，以爲常式。十月，太子詹事崔湜爲中書侍郎，同中書門下三品，郭元振爲吏部尙書，張說爲尙書左丞，罷知政事。時天下多濫度僧尼、道士、女冠。

玄宗先天元年壬子（712），七歲。

〔時事〕是年即景雲三年，正月改元爲太極。五月改元爲延和，七月，立皇太子隆基爲皇帝，以聽小事，自稱太上皇帝。八月，玄宗即位，改元爲先天。

〔備考〕是年劉知幾〔註18〕與柳沖、徐堅、吳兢、魏知古、陸象先修

〔註15〕顏眞卿生年史籍不載，後人無考，此據傅振倫著《史通作者劉知幾研究》一書內劉知幾年譜章內所考。

〔註16〕〈史通序錄〉云：「嘗以載削餘暇，商榷史篇，下筆不休，遂盈筐篋，於是區分聚類，編而次之……凡爲廿卷，列之如左，合若干言，于時歲次庚戌景龍四年仲春之月也。」

〔註17〕見《唐會要》卷三十五釋奠條。劉知幾此書名〈衣冠乘馬議〉，文見於《舊唐書》本傳、《唐文粹》卷四十議車服門、《文苑英華》卷七百六十六冠冕議、《全唐文》卷二百七十四。

〔註18〕見《新唐書·劉子玄傳》。

改太宗時《氏族志》為《姓系錄》〔註19〕。杜甫生〔註20〕。張九齡登道侔伊呂科，遷左拾遺。

開元元年癸丑（713），**八歲。**

〔時事〕是年即先天二年。七月四日，太平公主與僕射竇懷貞，侍中岑羲、中書令蕭至忠、左羽林大將軍常元楷等謀逆，事覺，玄宗率兵誅之，窮其黨羽，太子少保薛稷、左散騎常侍賈膺福、右羽林將軍李慈、李欽、中書舍人李猷、中書令崔湜、尚書左丞盧藏用、太史令傅孝忠、僧惠範等皆誅之。七月五日，睿宗歸政於玄宗。九月，燕國公張說為中書令。十一月，梁國公姚崇為兵部尚書，同中書門下三品，十二月壬寅，姚崇兼紫微令，時改尚書左右僕射為左右丞相，中書省為紫微省，門下省為黃門省，侍中為監。〔註21〕

〔備考〕張九齡上書姚崇，勸其遠諂躁，進純厚。

開元二年甲寅（714），**九歲。**

〔時事〕正月，紫微令姚崇上言請檢責天下僧尼，以偽濫還俗者二萬餘人。二月，突厥默啜遣其子同俄特勤率眾寇北庭都護府，右驍衛將軍郭虔瓘斬同俄於城下。十月，薛訥破吐蕃於渭州西界武階驛，斬首一萬七千級。

〔備考〕劉知幾、柳沖刊定《姓族系錄》二百卷，上之。

開元三年乙卯（715），**十歲。**

〔時事〕六月，山東諸州大蝗。七月，刑部尚書李日知卒。

〔備考〕李白年十五，有〈明堂賦〉。劉知幾遷左散騎常侍。張九齡上封事請重刺史縣令之選及採辟舉之法。王維年十五，丁父憂。是年岑參生〔註22〕。

〔註19〕見《新唐書・柳沖傳》。
〔註20〕杜甫生年史籍不載，此據錢謙益、仇兆鰲等著年譜，以下備考部份杜甫生平另參較汪中著《杜甫》一書，河洛圖書出版社。
〔註21〕詳見《通鑑》卷二百一十。
〔註22〕岑參生年史籍不載，此據聞一多著〈岑嘉州繫年考證〉，載《清華

開元四年丙辰（716），十一歲。

〔時事〕六月，睿宗崩於百福殿。突厥可汗默啜爲九姓拔曳固所殺，斬其首送于京師。十月，葬睿宗於橋陵，以同州蒲城縣爲奉先縣。十二月，宋璟爲吏部尚書兼黃門監、紫微侍郎，許國公蘇頲同紫微黃門平章事。梁國公姚崇爲開府儀同三司，黃門侍郎。

〔備考〕張九齡上請行郊禮，後以忤時相告病歸家。劉知幾撰〈昭成皇太后昭冊文〉，又與吳兢撰成《睿宗實錄》、《則天實錄》、《中宗實錄》，共成七十卷〔註23〕。李乂，李思訓卒。

開元五年丁巳（717），十二歲。

〔時事〕七月，改明堂爲乾元殿。九月，改紫微省依舊爲中書省，黃門省爲門下省，黃門監爲侍中。

〔備考〕是年柳沖卒。王維初至長安。

開元六年戊午（718），十三歲。

〔時事〕六月，瀍水暴漲，溺殺千餘人，遣工部尚書劉知柔持節往河南道存問。

〔備考〕張九齡遷左補闕，自詔赴東都，又隨駕還京。賈至生。〔註24〕

開元七年己未（719），十四歲。

〔時事〕正月，吐蕃遣使朝貢。九月，改昭文館依舊爲弘文館。十二月，置弘文、崇文兩館讎校書郎官員。時天下大治〔註25〕。

學報》八卷二期，以下備考部份岑參生平據此。

〔註23〕見《唐會要》卷六十三，史官上修國史條。

〔註24〕傅振倫《劉知幾年譜》以賈至卒於是年，又《全唐詩》卷二百四十六獨孤及有〈送陳兼應辟兼寄賈至高適〉詩，卷二百三十五賈至有〈閒居秋懷寄陽翟陸贊府封丘高少府〉詩，本年適年才十三，未出爲封丘尉，不得有少府之稱，兩相對照，疑傳說之誤。又據《新唐書》卷一百十九賈至傳，至卒於大曆七年，年五十五，逆推之，當生於本年，傳書「卒」當是「生」之誤。

〔註25〕鄭棨《開元傳信錄》：「開元初，上勵精治道，鏟革訛弊，不下六七年，天下大治。」

〔備考〕是年三月一日，勅諸儒論證《孝經》、《尙書》古文本孔、鄭注之得失。六日，又令儒官論次《孝經》孔、鄭注。《子夏易傳》及《老子王氏注》諸書長短〔註26〕。九月，詔鈔群書，並編目錄，以便披閱。〔註27〕張九齡爲禮部員外郎。王維年十九，赴京舉解頭。元結生〔註28〕。

開元八年庚申（720），十五歲。

〔時事〕正月，宋璟、蘇頲並罷知政事。舒國公褚无量卒。九月，突厥欲谷寇甘、涼等州，涼州都督楊敬述爲所敗。

〔備考〕張九齡遷司勳員外郎。蘇頲罷相，出爲益州長史。李白於路中投刺，頲待以布衣之禮。後白從東嚴子隱於岷山，巢居數年，不跡城市。

開元九年辛酉（721），十六歲。

〔時事〕九月九日姚崇薨於東都慈惠里〔註29〕。張說爲兵部尙書，同中書門下三品。十一月，左散騎常侍元行沖上《群書目錄》二百卷，藏之內府。

〔備考〕劉知幾子貺爲太樂令，犯事流配，請於執政，玄宗聞而怒之，貶爲安州別駕，至任所無幾而卒，年六十一。張九齡加朝散大夫。王維以進士擢第調大樂丞。

開元十年壬戌（722），十七歲。

〔時事〕六月，玄宗訓注《孝經》，頒于天下。十月，乾元殿復爲明堂。

〔備考〕張九齡時甚得張說親重，推爲後出詞人之冠，頗加援引。二月，九齡轉中書舍人，並入翰林供奉〔註30〕。

〔註26〕見《唐會要》卷七十七貢舉下論經義條。
〔註27〕見《唐會要》卷三十五經籍條。
〔註28〕元結生年史籍不載，此據楊承祖〈元結年譜〉一文，載《淡江學報》二期。
〔註29〕張說撰〈故中書令梁國公姚文貞公神道碑銘〉。
〔註30〕見曲江文集附誥命轉中書舍人敕、翰苑群書卷上韋執誼翰林故事。

開元十一年癸亥（723），十八歲。

〔時事〕正月，改并州爲太原府，官吏補授，一準京兆，河南兩府。兵部尙書張說兼中書令。玄宗幸并州、潞州，宴父老，赦大辟罪以下，給復五年。

〔備考〕王維以爲伶人舞黃獅子事，坐累謫濟州司倉參軍，王昌齡時客并州、潞州，玄宗幸潞。以玄宗曾爲潞州別駕，今重臨，故昌齡作詩以高祖歸沛擬之。其〈駕幸河東〉詩云：「開唐天業盛，入沛聖恩濃」。張九齡是年加朝請大夫。

開元十二年甲子（724），十九歲。

〔時事〕七月，廢皇后王氏爲庶人。十一月，五溪首領覃行璋反，遣鎮軍大將軍兼內侍楊思勗討平之。

〔備考〕張九齡受封爲曲江縣開國男，食邑三百戶。王昌齡赴河隴，出玉門，其著名邊塞詩如〈塞下曲〉、〈從軍行〉、〈出塞〉等當作於此時。

開元十三年乙丑（725），二十歲。

〔時事〕二月，初置彍騎。四月，改集仙殿爲集賢殿。十一月，封泰山。

〔生活〕始至長安，未幾還洛陽，此後十年，安居梁宋間，漁耕自給。

按：適〈別韋參軍〉詩云：「二十解書劍，西遊長安城，舉頭望君門，屈指取公卿。國風沖融邁三五，朝廷歡樂瀰寰宇。白璧皆言賜近臣，布衣不得干明主。歸來洛陽無負郭，東過梁宋非吾土，兔苑爲農歲不登，雁池垂釣心長苦……」據《元和郡縣志》：「宋城縣，漢睢陽縣，屬宋國，後屬梁國……兔園，縣東南十里，漢梁孝王園。」雁池在兔園內，岑參〈梁園詩〉自註云：「梁園中有雁池鶴州。」

又〈酬龐十兵曹〉詩云：「憶昔遊京華，自言生羽翼，懷書訪知己，末路空相識，許國不成名，還家有慚色，託身從畎畝，浪跡初自

得，雨澤感天時，耕耘忘帝力……。」以此知高適自長安東返後，依舊客居於梁宋，並漁耕於雁池兔苑。往後十年，亦皆客居梁宋，以下的詩可以證明：〈淇上酬薛三據兼寄郭少府〉詩云：「自從別京華，我心仍蕭索，十年守章句，萬事空寥落……。」〈贈別晉三處士〉詩云：「盧門十年見秋草，此心惆悵誰能道……。」〈苦雨寄房四昆季〉詩云：「曾是力井稅，曷爲無斗儲，萬事切中懷，十年思上書……。」

〔作品〕作〈行路難〉二首。

按：高適以弱冠之年到長安，抱著屈指取公卿的大志，却在「布衣不得干明主」的現實環境下失意而返，眼見當時長安的繁華，富豪貴家的窮極奢靡，加上自己不遇的傷感，發而爲詩，感情自然較爲激憤，詩云：「安知憔悴讀書者，暮宿靈臺私自憐。」「有才不肯學干謁，何用年年空讀書。」正寫置身其時的處境、心情，因知〈行路難〉兩首，當作於此時。

〔備考〕張九齡加中散大夫，隨駕登泰山封禪，後轉太常少卿。李白出遊襄漢；南泛洞庭，東至金陵、揚州，還憩雲夢，娶故相國許圉師家孫女，遂留安陸者十年。王昌齡客於扶風。

開元十四年丙寅（726），二十一歲。

〔時事〕四月，張說罷中書令。岐王範薨。

〔生活〕客居梁宋。

〔備考〕張九齡自京奉使南行，至衡州祭南嶽、廣州祭南海，便道省親，旅返東都。王維辭濟州參軍，隱於嵩山。

開元十五年丁卯（727），二十二歲。

〔時事〕正月，涼州都督王君㚟破吐蕃於青海之西，虜輜車馬羊而還。二月，尚書右丞相張說、御史大夫崔隱甫、中丞宇文融以朋黨相構，制說致任，隱甫免官侍母，融左遷魏州刺史。七月，禮部尚書蘇頲卒。九月，吐蕃寇瓜州，執刺史田元獻。閏九月，迴紇殺王君㚟於甘州之鞏筆驛。

〔生活〕客居梁宋。

〔備考〕張九齡授洪州刺史，王昌齡登進士第，授汜水尉。

開元十六年戊辰（728），二十三歲。

〔時事〕正月，安西副大都護趙頤貞敗吐蕃于曲子城。秋七月，吐蕃
寇瓜州，刺史張守珪擊敗之。八月，蕭嵩又遣杜賓客擊吐蕃于祁連城。

〔生活〕客居梁宋。

〔備考〕王維隱於終南山。孟浩然年四十，遊京師，應進士，不第，
還襄陽。王維有〈送孟六歸襄陽〉詩贈別。

開元十七年己巳（729），二十四歲。

〔時事〕二月，信安王禕攻拔吐蕃石堡城，張說復爲尚書左丞相。五
月，徐堅卒。六月，蕭嵩兼中書令。八月，定每年八月五日爲千秋節。
宋璟爲尚書左丞相。十月，元行沖卒。十一月，玄宗親饗九廟。

〔生活〕客居梁宋。

〔備考〕岑參移居河南登封縣。

開元十八年庚午（730），二十五歲。

〔時事〕五月，契丹衙官可突汗殺其主李召固，率部降於突厥，奚部
落亦西叛，制幽州刺史趙含章率兵討之。十二月，燕國公張說薨。

〔生活〕客居梁宋。

〔備考〕張九齡加中大夫，轉桂州刺史，兼嶺南按察使。王維始從大
德道光禪師習禪。

開元十九年辛未（731），二十六歲。

〔時事〕二月，以崔琳爲御史大夫。三月，崔琳使於吐蕃。九月，吐
蕃遣其國相論尚他碑來朝。

〔生活〕客居梁宋。

〔備考〕張九齡自桂州出行巡按嶺南諸州。三月，轉祕書少監，兼集
賢院學士，副知院事，即赴京就任。杜甫年二十，遊吳越，渡浙江，
至剡溪。王昌齡此年中博學宏詞科，遷校書郎。

開元二十年壬申（732），二十七歲。

〔時事〕三月，信安王禕與幽州長史趙含章大破奚、契丹於幽州之北山。六月，趙含章坐盜用庫物賜死。遣范安及於長安廣花萼樓築夾城至芙蓉園。令蕭嵩等奏上開元新禮一百五十卷。

〔生活〕客居梁宋。

〔作品〕作〈信安王幕府〉詩。

按：詩序云：「開元二十年，國家有事林胡，詔禮部尚書信安王總戎大舉，時考功郎中王公、司勳郎中劉公、主客郎中魏公、侍御史李公、監察御史崔公咸在幕府，詩以頌美數公，見於詞凡三十韻。」又詩中有「落梅橫吹後，春色凱歌前。」爲點時之句，知詩當作於本年春三月以後。

〔備考〕張九齡賜紫金魚袋，遷工部侍郎，兼知制誥，十月，扈駕北巡。

開元二十一年癸酉（733），二十八歲。

〔時事〕正月，令士庶家藏老子一本，每年貢舉加老子策。十一月，尚書右丞相宋璟以年老致仕。十二月，韓休罷知政事。是歲關中久雨害稼，京師饑。

〔生活〕客居梁宋。

〔備考〕張九齡加正議大夫，檢校中書侍郎。秋，丁母憂，奔喪還韶州。十二月，復拜中書侍郎，同中書門下平章事，兼修國史。其間九齡曾數乞歸養，不許，弟九皋、九章移官就養。

開元二十二年甲戌（734），二十九歲。

〔時事〕正月，玄宗幸東都。二月，初置十道採訪使。五月，張九齡爲中書令。李林甫爲禮部侍郎，同中書門下平章事。十二月，幽州長史張守珪發兵討契丹，斬其王屈烈及其大臣可突于於陣。

〔生活〕客居梁宋。

〔備考〕張九齡於五月加銀青光祿大夫，守中書令，集賢院學士，知

院事，修國史。擢王維爲右拾遺，王維卜居藍田。韓朝宗以襄州刺史兼山南東道探訪史，約孟浩然偕至京師，欲薦諸朝，會浩然與故人劇飲歡甚，竟不赴，朝宗怒之，浩然亦不悔。岑參始至長安，獻書闕下。

開元二十三年乙亥（735），三十歲。

〔時事〕正月，令有才劃霸王之略，學究天人之際，及堪將率牧宰者，令五品以上清官及刺史各舉一人。十月，移隸伊西、北庭都護屬四鎮節度。

〔生活〕春，舉有道科落第，仍還梁宋，族姪式顏曾隨行至長安。

按：《舊唐書》本傳稱：「宋州刺史張九皋染奇之，薦舉有道科，時右
　　相李林甫擅權、薄於文雅，唯以舉子待之，解褐封丘尉，非其好
　　也。」顯然是將舉有道科與天寶六年應詔至長安事混爲一談。高
　　適解褐封丘尉當在天寶六年，時李林甫爲右相，唐初於尙書省設
　　左右僕射，龍朔二年改左右匡政，廢尙書令，光宅元年曰文昌左
　　右相，開元元年曰左右丞相，天寶元年改侍中爲左相，中書令爲
　　右相，左右丞相復爲僕射。本年右丞相爲張九齡；李林甫任禮部
　　尙書，適解褐事詳見神龍二年。本年正月，令五品以上清官及刺
　　史各舉有道一人，《舊唐書》所言宋州刺史張九皋舉有道科赴長
　　安應舉，當即本年事。高適酬祕書弟兼寄幕下諸公詩序云：「乙
　　亥歲，適徵詣長安，時侍御史楊公任通事舍人，詩書起予，蓋終
　　日矣。」即自言赴京應舉事。開元二十七年適又〈送族姪式顏〉
　　詩云：「俱遊帝城下，忽在梁園裏。」知此年與族姪式顏俱至長
　　安，參見開元二十七年下。又〈魯郡途中過徐十八錄事〉詩云：
　　「弱冠負高節，十年思自強，終然不得意，去去任行藏。」弱冠
　　西遊長安，自言生羽翼，所以這裏說「負高節」，而此年舉有道
　　科落第，故有「終然不得意」之歎。自弱冠至今恰爲十年，此十
　　年間，適躬耕兔園，潛研典籍，學識修養漸趨成熟，關係至鉅，
　　故詩中屢言之。此後遂遊歷四方，出塞外，至齊魯，增廣見聞。

〔作品〕作〈苦雨寄房四昆季〉詩。

按：詩云：「萬事切中懷，十年思上書，君門嗟緬邈，身計念居諸……故人平臺側，高館臨通衢……」平臺在宋州虞城縣，《元和郡縣志》云：「平臺，縣（虞城）西四十里，宋皇國父爲宋平公所築，漢梁孝王大治宮室，爲複道，自宮連屬於平臺三十餘里，與鄒、枚、相如之徒並遊其上。」虞城距宋城七十里，平臺距宋城僅三十里，依詩意，當是作於本年居梁宋時。

〔備考〕張九齡加紫光祿大夫，封始興縣開國子，食邑四百戶。李白遊太原，識郭子儀於行伍中，言於主帥，脫其刑責。不久去之齊魯，寓家任城，與孔巢父、韓準、裴政、張淑明、陶沔居徂徠山，號竹溪六逸。杜甫自吳越歸，赴京兆貢舉不第。

開元二十四年丙子（736），三十一歲。

〔時事〕三月，始移考功貢舉，遣禮部侍郎掌之。十一月，李林甫兼中書令，殿中監牛仙客爲兵部尙書，同中書門下三品。

〔生活〕此年始北上幽薊塞外，歷邯鄲、鉅鹿、眞定、相州一帶，至於營州、遼陽。

按：適〈淇上酬薛三據兼寄郭少府詩〉云：「自從別京華，我心乃蕭索，十年守章句，萬事空寥落，北上登薊門，茫茫見沙漠……」依詩意，當是本年北上幽薊。

〔作品〕作〈邯鄲少年行〉詩。

按：邯鄲隋大業二年至唐永泰元年屬洺州，適北上路出燕趙，經洺州，遂有此作。

又作〈鉅鹿贈李少府〉詩。

按：鉅鹿貞觀元年後屬邢州，邢州東南至洺州一百二十里。詩當是離邯鄲轉鉅鹿後所作。

又作辟陽城詩。

按：《元和郡縣志》云：「信都縣，……辟陽故城在縣東南三十五里，審食其爲辟陽侯。」《史記・呂后本紀》云：「孝惠七年……以辟陽侯審食其爲左丞相，左丞相不治事，令監宮中，如郎中令，食

其故得幸太后，常用事，公卿因而決事。」故詩云：「傳道漢天子，而封審食其，好淫且不戮，茅土孰云宜，何得英雄主，反令兒女欺，母儀良已失，臣節豈如斯。」又信都縣屬冀州，西南距邢州二百六十里，適離邢州北上，至辟陽，遂有此作。

又作〈銅雀妓〉、〈三君詠〉。

按：《水經》卷十濁漳水：「又東出山，過鄴縣西。」注：「城之西北有三臺，皆因城爲之基，巍然崇舉，其高若山，建安十五年，魏武所起，中曰銅雀臺，高十丈，有屋百餘間。」《樂府詩集》卷三十一〈銅雀臺〉題下注曰：「一曰銅雀妓，鄴都故事曰：『魏武帝遺命啫子曰，吾死之後，葬於鄴之西崗，上與西門豹祠相近，無藏金玉珠寶，餘香可分諸夫人，不命祭，吾妾與妓人皆著銅雀臺，臺上施六尺牀，下繐帳，朝晡，上酒脯粮糧之屬，每月朝十五輒向帳前作伎，汝等時登臺望吾西陵墓園。』鄴縣爲相州治所，相州去洺州不過六十五里。三君指魏徵、郭元振、狄仁傑。魏徵鉅鹿曲城人，但據太平寰宇記載，相州安陽有魏徵宅。郭元振魏州貴鄉人，先天二年追封代國公。狄仁傑睿宗時追封梁國公，武后萬歲通天元年曾爲魏州刺史，百姓爲五生祠。又安陽、貴鄉唐分隸相、魏二州，漢代均屬魏郡。三君詠序云：「開元中，適遊於魏郡。」蓋用舊名。適經相州，懷古詠史，二詩寫作背景相同。

又作〈眞定即事奉贈韋便君二十八韻〉、〈酬司空璲〉詩。

按：〈眞定即事奉贈韋使君〉詩云：「舊燕當絕漠，全趙對平蕪，曠野何彌漫，長亭復鬱紆。」〈酬司空璲〉詩云：「驚飈蕩萬木，秋氣屯高原，燕趙何蒼茫，鴻雁來翩翩……」當是遍歷燕趙，時入秋序，有感之作。

繼作〈塞上〉詩。

按：詩云：「東出盧龍塞，浩然客思孤。」《水經注》云：「濡水東南逕盧龍塞，塞道自無終縣（今薊縣）東出渡濡水向林蘭陘（喜峰口），東至清逕（冷口），盧龍之險，峻坂縈折，故有九峥之名矣。」

《新唐書・地理志》:「懷戎東南五十里有居庸關,東連盧龍、碣石,西屬太行、常山,實天下之險。」

又有〈薊門〉五首,〈蘇門不遇王之渙郭密之因以留贈〉,〈酬李少府〉等詩。

按:〈蘇門〉五首之三云:「邊城十一月,雨雪亂霏霏。」蓋適至薊門時已深冬,〈酬李少府〉詩云:「一登薊丘上,四顧何慘烈。」亦同時之作。

更作〈營州歌〉。

按:適以十一月抵塞上,則本年杪當出塞達於營州、遼陽一帶。

阮廷瑜先生《高適年譜》繫〈同群公出獵海上〉詩於本年,似有待商権,所舉「層陰漲溟海,殺氣窮幽都」詩句,其中「幽都」對「溟海」而言,不必實指幽州,此其一。〈塞上〉詩云:「東出盧龍塞,浩然客思孤。」〈酬裴員外以詩代書〉詩云:「單車入燕趙,獨立心悠悠。」知適入燕趙乃獨往,未得言「與群公」。此其二。

〔備考〕張九齡為尚書右丞相,罷知政事。

開元二十五年丁丑(737),三十二歲。

〔時事〕正月,以道士尹愔為諫議大夫兼集賢學士,知史館事。二月,張守珪破契丹餘眾於捺祿山。三月,河西節度使崔希逸率眾入吐蕃界二千餘里,破吐蕃於青海西。七月,李林甫受封為晉國公,牛仙客為豳國公。十一月,宋璟薨。

〔生活〕春,在營州、遼陽一帶。旋還抵薊門,經滄州、邯鄲、淇上、相州還於梁宋。

〔作品〕作〈贈別王七十管記〉詩。

按:《舊唐書・玄宗紀》云:「(開元)二十五年二月癸酉,張守珪破契丹餘眾於捺祿山,殺獲甚重,三月乙卯,河北節度使崔希逸自涼州南率眾入吐蕃界二千餘里,己亥,希逸至青海西郎佐素文觜與賊相遇,大破之,斬首二千餘級。」又《舊唐書・張守珪傳》:「先是契丹及奚連年為邊患……及守珪到官,頻出擊之,每戰皆

捷。契丹首領屈剌可突于恐懼，遣使詐降，守珪察知其偽，遣管
記右衛騎曹王悔詣其部落就謀之，悔至屈剌帳，賊徒初無悔意，
乃移其帳，漸向西北，密遣使引突厥將殺悔以叛。會契丹別帥李
過折與可突于爭權不休，悔諿誘之，斬屈剌可突于，盡誅其黨，
率餘眾以降。」詩云：「歸旌告東捷，鬭騎傳西敗」當係指斥此
二事，王七十管記或即王悔。

作〈淇上酬薛三據兼寄郭少府〉詩。

按：詩云：「北上登薊門，茫茫見沙漠，倚劍對風塵，慨然思衛霍，
拂衣去燕趙，天長滄州路，日暮邯鄲廓，酒肆或淹留，漁潭屢漂
泊，獨行備艱險，所見窮善惡，……淇水徒自流，浮雲不堪託……」
據詩知適當道出滄州、邯鄲、淇水等地。

又作〈題尉遲將軍新廟〉詩。

按：尉遲將軍即北周尉遲迥。北史卷六十二尉遲迥傳云：「宣帝即位，
以迥爲大右軍，轉大前疑，出爲相州總管，宣帝崩，隋文帝輔
政……以隋文帝當權，將圖篡奪，遂謀舉兵，……迥眾大敗，遂
入鄴城，迥走保北城，孝寬縱兵圍之，李詢賀、婁子幹以其屬先
登，迥上樓射殺數人，乃自殺。」《舊唐書‧張嘉貞附嘉祐傳》
云：「嘉祐……至廿五年爲相州刺史，相州自開元以來刺史死貶
者十數人，嘉祐訪知尉遲迥周末爲相州總管，身死國難，乃立神
祠以邀福，經三考，改左金吾將軍，後吳兢爲鄴郡守，又加尉遲
神冕服，自後郡守無患。」又四庫本《高常侍詩集》題下注云：
「即太守張公所建也」考河朔訪古新錄卷二：「安陽縣……城內
西北隅尉遲迥廟，唐開元間立，有開元二十六年正月周太師蜀國
公尉遲廟碑。」又閻伯璵〈周太師蜀國公尉遲迥廟碑序〉云：「開
元丁丑歲」丁丑當二十五年，則新廟落成於二十五年，二十六年
正月乃立碑。適經相州，見新廟，感於故事而吟詠，故詩云：「周
室既板蕩，賊臣立嬰兒，將軍獨激昂，誓欲酬恩私，孤城日無援，
高節終可悲……」彭蘭氏〈高適繫年考證〉一文繫此詩於開元二

十年下，大謬，彼時新廟尙未興建，何得有詩？

〈自薊北歸〉詩、〈薊中作〉詩。

按：〈自薊北歸〉詩云：「驅馬薊門北，北風邊馬哀……誰憐不得意，長劍獨歸來。」〈薊中作〉詩云：「策馬自沙漠，長驅登塞垣，邊城何蕭條，白日黃雲昏……惆悵孫吳事，歸來獨閉門。」二詩寫作背景、心情相同。

開元二十六年戊寅（738），三十三歲。

〔時事〕正月，牛仙客爲侍中。三月，吐蕃寇河西，崔希逸擊破之，鄯州都督杜希望又攻拔新羅城，以其城爲威戎軍。九月，於舊六胡地置宥州，益州長史王昱率兵攻吐蕃安戎城，官軍大敗。析左右羽林軍置左右龍武軍。

〔生活〕返抵梁宋。

〔作品〕作〈燕歌行〉。

按：詩序云：「開元二十六年，客有從元戎〔註31〕出塞而還者，作燕歌行以示，適感征戍之事，因而和焉。」

〔備考〕是歲五月崔希逸爲河南尹，王維道甘州至居延，旋返涼州，不久北上河套，經榆林返長安。王昌齡謫嶺南，途訪孟浩然於襄陽，孟浩然有〈送王昌齡之嶺南詩〉。

開元二十七年己卯（739），三十四歲。

〔時事〕六月，御史大夫張守珪以賄貶括州刺史。七月，北庭都護蓋嘉運以輕騎破突厥騎施於碎葉城，擒其王大吐火仙，送詣京師。

〔生活〕客居梁宋。

〔作品〕作〈宋中送族姪式顏〉，〈又送族姪式顏〉詩。

按：〈宋中送族姪式顏〉詩題下自註云：「時張大夫貶括州，使人招式顏，遂有此作。」張守珪貶事在此年六月，詩當在六月後作。〈又送族姪式顏〉詩云：「俱遊帝城下，忽在梁園裏。」乃指開元二

〔註31〕《文苑英華》、《唐文粹》俱作「從御史大夫張公」。

　　十三年高適應舉，和式顏同遊長安，而本年二人又都在梁宋。

〔備考〕張九齡封始興縣伯。王昌齡遇赦北還。

開元二十八年庚辰（740），三十五歲。

〔時事〕五月，太子少傅李暠卒。六月，信安王禕爲太子少師。十月，吐蕃寇安戎城。此時歲頻豐稔，天下乂安。

〔生活〕客居梁宋。

〔備考〕張九齡於此年五月七日卒於韶州曲江之私第，追贈荊州大都督，諡曰文獻，年六十三。王昌齡遊襄陽，與孟浩然相得甚歡，孟浩然疾疹發背，且癒，食鮮疾動，終于治城南園，年五十二。冬，王昌齡出爲江寧丞，岑參有〈送昌齡赴江寧〉詩贈別。王維爲殿中御史、知南選，赴襄陽，自襄陽赴武漢，入蜀至渝州，北上經褒斜道返長安，後隱於終南山。

開元二十九年辛巳（741），三十六歲。

〔時事〕正月，制兩京諸州各置玄元皇帝廟並崇玄學，置生徒，令習老子、莊子、列子、文子，每年淮明經例考試。秋七月，洛水汎漲，毀天津橋及上陽宮仗舍，洛渭之間，廬舍壞，溺死者千餘人。幽州節度副使安祿山爲營州刺史，充平盧軍節度副使，押兩番、渤海、黑水四府經略使。九月，大雨雪，稻禾偃折，又霖雨月餘，道途阻滯。秋，河北博、洺等二十四州雨水害稼，命御史中丞張倚往東都及河北賑恤之。

〔生活〕自魯西取道蘆州、東平，至汶陽，與杜甫漫遊齊魯一帶。

〔作品〕作〈魯西至東平〉詩、〈東平路中過大水〉詩、〈東平路作〉三首、〈東平留贈秋司馬〉詩、〈送蔡少府赴登州推事〉詩、〈送郭處士往萊蕪兼寄苟山人〉詩。

按：〈東平路中遇大水〉詩云：「天災自古有，昏墊彌今秋，霖霪溢川原，潰洞涵田疇，指途適汶陽，掛席經蘆州，永望齊魯郊，白雲何悠悠，傍沿鉅野澤，大水緩橫流，蟲蛇擁獨樹，麋鹿奔行舟，

稼穡隨波流，西成不可求，室居相枕籍，蛙黽聲啾啾。乃憐蟻穴漂，益羨雲禽遊，農夫無倚著，野老生殷憂，聖主當深仁，廟堂運良籌⋯⋯」〈東平路作〉三首之一云：「索然涼風動，行行秋水深。」所言蘆州當河以北，東平、鉅鹿當河以南，地與博、洺近。詩中所記，與玄宗本紀謂「霖雨月餘，道途阻滯，是秋河北博洺等二十四州雨水害稼」正符合。知高適在本年經蘆州、東平到汶陽。又〈送郭處士往萊蕪兼寄苟山人〉詩云：「君爲東蒙客，往來東蒙畔。雲臥臨嶧陽，山行窮日觀。」據《元和郡縣志》，嶧山在鄒縣南二十二里，此詩當作於往鄒魯途中。又〈送蔡少府赴登州推事〉詩云：「崢嶸大峴口，邐迤汶陽亭，地迥雲偏白，天秋山更青。」詩當作於至汶陽時。又杜甫晚年〈奉寄高常侍詩〉云：「汶上相逢年頗多，飛騰無奈故人何。」乃追憶汶上之遊，仇兆鰲以爲係開元間相遇於齊魯，聞一多《杜少陵年譜會箋》則明定爲開元二十八年，參較上舉諸詩，或當在本年。

〔備考〕王維與盧象、韋孚遊韋嗣立別墅。岑參遊河朔，自長安至鄴鄲，歷井陘，抵冀州。由匡城至滑州，遂歸潁陽。

天寶元年壬午（742），三十七歲。

〔時事〕正月，得靈寶於尹喜故宅，乃置玄元廟於大寧坊。改元天寶。二月，莊子號爲南華眞人，文子號爲通玄眞人，列子號爲沖虛眞人，庚桑子號爲洞虛眞人，其四子所著書改爲眞經，崇玄學始置博士、助教各一員，學生一百人。改侍中爲左相，中書令爲右相。左右丞相依舊爲僕射，又黃門侍郎爲門下侍郎，東都爲東京，天下諸州改爲郡，刺史改爲太守。七月，牛仙客卒。八月，御史大夫李適之爲相，右相李林甫加尚書左僕射。九月，兩京玄元廟改爲太上玄元皇帝宮，天下淮此。

〔生活〕自汶上取道東平歸。

〔作品〕作〈東平旅遊奉贈薛太守二十四韻〉、〈送前衛李寀少府〉詩。〈爲東平薛太守進王氏瑞表〉。

按:〈東平旅遊奉贈薛太守〉詩云:「……汶上春帆度,秦亭晚日愁。」
　　此年二月始改刺史爲太守,詩題「太守」,知必在二月以後所作,
　　據此,則〈爲東平薛太守進王氏瑞表〉亦屬同時之作。又〈送前
　　衛李寀少府〉詩《文苑英華》、《唐詩紀》俱作〈東平別前衛李寀
　　少府〉,詩云「黃鳥翩翩楊柳垂,春風送客使人悲。」亦當是自
　　東平歸時之作。

〔備考〕王維爲左補闕,遷庫部員外郎、庫部郎中。李白遊會稽,與
道士吳筠共居剡中,會筠以召赴闕,薦之於朝,白至京師,與太子賓
客賀知章遇於紫極宮,一見賞之爲「天上謫仙」。玄宗召見於金鑾殿,
命供奉翰林,專掌密命。杜甫時在東京。

天寶二年癸未（743）,**三十八歲。**

〔時事〕正月,改兩京崇玄學爲崇玄館,博士爲學士。安祿山入朝。
三月,改西京玄元廟爲太清呂,東京爲太微宮。十月,信安王褘卒。
十二月,賀知章請度爲道士還鄉。

〔生活〕客居長安。

〔作品〕作〈鶻賦〉。

按:賦序云:「天寶初,有自滑臺奉太守李公鶻賦以垂示,適越在草
　　野,才無能爲,尚懷知音,遂作鶻賦。」是賦作於解褐前,當在
　　本年前後。

〔備考〕二月,綦毋潛棄官還江東,王昌齡時已自江寧返長安,與王
維、李頎送之於白馬寺。

天寶三載甲申（744）,**三十九歲。**

〔時事〕正月,改年爲載,遣左右相以下祖別賀知章於長樂坡。三月,
安祿山兼范陽節度使。壽王妃楊氏,號太眞,召入宮。

〔生活〕二月,在大梁,遇楊山人,秋,與李白、杜甫漫遊梁宋,登
梁考王平臺,至單父,登宓子賤琴臺,九月,隨即遊楚地。

按:《唐書‧杜甫傳》:「嘗從白及高適遊汴州,酒酣登吹臺,慷慨悲

歌，人莫測也。」杜甫遊汴梁，錢謙益與仇兆鰲《杜甫年譜》皆以爲在天寶三、四載間，聞一多〈杜少陵先生年譜會箋〉則更明云：「三載秋，遊梁宋，與李白、高適登吹臺、琴臺。」李、杜梁宋之遊均有詩作，李白〈梁園吟〉詩云：「我浮黃雲去京闕，挂席欲進波連山，天長水闊厭遠涉，訪古始及平臺間。」杜甫遣〈懷詩〉云：「昔我遊宋中，惟梁孝王都……憶與高李輩，論交入酒壚，兩君壯藻思，得我色敷腴，氣酣登吹臺，懷古視平蕪。」又〈昔遊〉詩云：「昔者與高李（原註，高適、李白），晚登單父臺，寒蕪祭碣石，萬里風雲來。」所言單父臺，即宓子賤琴臺，聞一多〈杜少陵年譜會箋〉云：「白三月放還，五月已至梁宋，至其與高、杜同遊則在深秋耳！」所論甚確。適與李、杜遊畢梁宋分別後，隨即遊楚，〈東征賦〉云：「歲在甲申，秋窮季月，高子遊梁既久，方適楚以超忽。」可證。

作〈別楊山人詩〉。

按：李白有〈駕去溫泉宮後贈楊山人詩〉、〈送楊山人歸嵩陽〉詩。《舊唐書·玄宗紀》：「天寶二年冬十月戊寅，幸溫泉宮……三載正月壬寅，幸溫泉宮。」李白隨玄宗至溫泉宮，當在天寶二年冬，此時白寵眷方隆，故得陪駕溫泉，白頗有用世之心，〈駕去溫泉宮後贈楊山人〉詩云：「待吾盡節報明主，然後相攜卧白雲。」此當作於二年。三載之後，則如李陽冰〈草堂集序〉所謂「醜正同列，害能成謗，格言不入，帝用疏之。」已不能陪駕幸溫泉。白〈送楊山人歸嵩陽〉詩云：「歲晚或相訪，青天騎白龍」蓋已有去志，白在三載放還，則此詩當作於三載正月，楊山人以三載正月去長安歸嵩陽，二月與高適遇於大梁，面覿而別，故高適〈別楊山人〉詩云：「夷門二月柳條色〔註 32〕，流鶯數聲淚沾臆……山人好去嵩陽路，惟余春眷長相憶。」

〔註32〕 《史記·信陵君傳》：「夷門者，（大梁）城之東門也。」

作〈單父逢鄧司倉覆倉庫因而有贈〉詩。

按：詩云：「白馬向田盡，青蟬歸路長，醉中不惜別，況乃正遊梁。」
　　知是此時之作。

作〈宋中〉十首。

按：〈宋中〉十首率皆憑弔古跡之作，時序皆寫秋景，第一首云：「梁
　　王昔全盛，賓客復多才，悠悠一千載，陳跡唯高臺，寂寞向秋草、
　　悲風千里來。」為詠梁孝王平臺之作，據《漢書・文三王傳》：「梁
　　孝王廣睢陽城七十里，大治宮室，為複道，自宮連屬於平臺三十
　　里。」如淳曰：「平臺在大梁東北，離宮所在也。」王先謙《漢
　　書補註》引沈欽韓曰：「任昉《述異記》：梁孝王平臺至今存有蒹
　　葭洲，鳧藻洲、梳洗潭。」第九首云：「常愛宓子賤，鳴琴能自
　　親」寫子賤事，詠琴臺。知此十首當為適與李杜諸人訪古平臺，
　　漫遊梁宋的時候寫成。

又有〈登子賤琴堂賦詩〉三首，〈觀李九少府樹宓子賤神祠碑〉詩。

按：〈登子賤琴堂賦詩〉三首序云：「甲申歲，適登子賤琴堂，賦詩三
　　首。」又《金石錄》卷七第一千二百二十二〈唐宓子賤碑〉下云：
　　「李少康撰，李景參正書，天寶三載七月。」《清一統志》曹州
　　府：「宓子賤廟，在單縣。」知前詩都是本年和李杜等人登單父
　　臺而感而作。

作〈古大梁行〉。

按：詩云：「暮天搖落傷懷抱，撫劍悲歌對秋草。」亦當是本年秋遊
　　汴梁，慷慨懷古之作。

作〈送蔡山人〉詩。

按：詩云：「看書學劍長辛苦，近日方思謁明主，斗酒相留醉復醒，
　　悲歌數行淚如雨，丈夫遭遇不可知，買臣主父皆如斯，我今蹭蹬
　　無所似，看爾奔騰何若為？」由「蹭蹬無所似」知高適時尚在草
　　澤，由「近日方思謁明主」、「看爾奔騰何若為？」知是送蔡山人
　　赴京，李白亦有〈送蔡山人〉詩，詩中有「燕客期躍馬，唐生安

敢譏」之句，也是謁明主以求奔騰之意，與高詩當為同時之作。
又白詩中有「我本不棄世，世人自棄我，一乘無倪舟，人極縱遠
柂」之句，當是天寶三年被讒去京感慨之言，去京後與高適同遊
梁宋，送別蔡山人，兩人都有詩作，所以將高詩繫於本年。

作〈宋中別周梁李三子〉詩。

按：詩云：「李侯懷英雄，骯髒乃天資，方寸且無間，衣冠當在斯。」
　　稱譽若是，所以聞一多〈杜少陵年譜會箋〉疑李侯即李白，詩又
　　云：「我心不可得，君兮定何之？京洛多知己，誰能憶左思？」
　　與李白被讒去京的情況若合符節。再云：「俱為千里遊，毋念兩
　　鄉遲，且見壯心在，莫嗟携手遲，涼風吹北原，落日滿西陂，露
　　下草初白，天長雲屢滋。」寫携手同遊，深秋分袂，與前面的推
　　論全合，聞一多所疑不差，詩當作於本年深秋與李杜諸人分手後。

作〈平臺夜遇李景參有別〉詩。

按：詩云：「離心忽恨然，策馬對秋天，孟諸薄暮涼風起，歸客相逢
　　渡睢水，昨時携手已十年，此行浩蕩令人悲。」按前引《金石錄》
　　卷七〈宓子賤碑〉下云：「李景參正書，天寶三載七月。」知李
　　景參時在單父，適遊單父與之相遇，不久又將渡淮水遠行到楚，
　　所以詩有「今日分途各千里」、「此行浩蕩令人悲」之句。

作〈送虞城劉明府謁魏郡苗太守〉詩。

按：苗太守即苗晉卿，《舊唐書·苗晉卿》傳：「苗晉卿，上黨壺關人……
　　開元二十三年遷吏部郎中……二十九年拜吏部侍郎……天寶三
　　載閏二月轉魏晉太守充河北採訪處置使，居職三年，政化洽聞。」
　　虞城故城在今河南虞城縣西南三里。《舊唐書·地理志》：「河南
　　道，宋州望，虞城，隋分下邑縣置。」知詩作於天寶三載至六載
　　間，時高適尚在宋州，姑且繫於本年。

作〈東征賦〉。

按：賦云：「歲在甲申，秋窮季月，高子遊梁既久，方適楚以超忽……
　　出東苑而遂行，沿濁河而茲始……至酇縣之舊邑，懷蕭相之高

風……經洛城而永望，想譙郡而銷憂……下符離之西偏，臨彭城之高岸，連山鬱其漭蕩，太澤平乎渺漫。……次靈壁之逆旅，面垓下之遺墟……登夏丘而寓目，對蒲隧而愁予……宿徐縣之迴津，惟偃王之舊域……緬沛水之悠悠，俯婁林之紆直，即白河滸，依然泗上……眺淮源之呀豁，偉楚關之雄壯……尊枉渚於淮陰，徵昔人於韓信……歷山陽之村墅，挹襄鄙之邑居……」從東苑到達山陽，行跡歷歷，東苑就是梁孝王園，亦即兔苑。

〔備考〕王維隱於淇上。王昌齡時在長安。岑參年三十，舉進士第，解褐後授右內率府兵曹參軍，李白有〈同王昌齡送族弟襄之桂陽二首〉。無時，李白爲張垍所譖，自知不爲親近所容，懇求還山，玄宗賜金放歸，旋與高適、杜甫諸人遊梁宋。

天寶四載乙酉（745），**四十歲。**

〔時事〕八月，立太眞爲貴妃。九月，契丹及奚酋長各殺公主以叛〔註33〕，隴右節度使皇甫惟明與吐蕃戰於石堡城，官軍失利。

〔生活〕春，在楚。春夏之交，取道連上至汶陽。秋，至齊魯，與杜甫、李邕同遊。

按：〈東征賦〉云：「過盱眙之邑屋，傷義帝之波蕩，歎三戶之亡秦，知萬人以離項，越龜山以訪泊，入漁浦而待潮，鴻雁飛兮木葉下，楚歌悲兮雨瀟瀟，霜封野樹，冰凍寒苗，岸草無色，蘆花自飄。」龜山在臨淮縣，（今安徽泗縣境）《太平寰宇記》載禹鎖淮渦之神无支邪於龜山之足，淮水乃安流注於海。適天寶三年至盱眙臨淮，時序已入霜雪蘆花之秋冬。賦又云：「歷山陽之村墅，挹襄鄙之邑居，人多嗜艾，俗喜觀魚，連葭葦於郊甸，雜汀洲於里閭，感百川之朝宗，彌念於歸歟。」按山陽天寶間屬楚州，「襄」當指連水。《元和郡縣志》：「連水本漢厹猶縣之地……宋明帝於城北置襄賁縣……隋開皇五年改襄賁爲連水縣，因縣界有連水改

〔註33〕按契丹及奚公主都是漢女嫁之者。

名。」賦稱「襄鄙」，蓋用舊名，葭葦連郊甸，已是春夏景色，以是知高適在本年春夏取道漣上賦歸。

〔作品〕作〈漣上別王秀才〉、〈漣上題樊氏水亭〉詩。

按：漣上別王秀才詩云：「飄颻經遠道，客思滿窮秋……行矣當自愛，壯年莫悠悠，余亦從此辭，異鄉難久留。」漣上題樊氏水亭詩云：「漣上非所趣，偶為事物牽，經時駐歸棹，日夕對平川……」二首都是寫旅客思歸之情，證以東征賦，知是此時之作。

作〈奉酬北海李太守丈人夏日平陰亭〉詩。

按：詩云：「一生徒羨魚，四十猶聚螢。」知此詩作本年。詳見神龍二年下所考。詩又云：「寄書汶陽客，迴首平陰亭，開封見重，結念存百齡。」知此時高適已回到汶陽。李太守即李邕，平陰亭當即歷下新亭，據仇譜，杜甫此年曾有〈陪李北海宴歷下亭〉詩、〈同李太守登歷下古城員外孫新亭〉詩，李邕有〈登歷下古城員外孫新亭〉詩，高適在汶陽，得李邕所寄紀遊詩，故有此奉酬之作。

作〈同群公十月朝宴李太守宅、同群公出獵海上〉詩。

按：本年夏，杜甫與李邕等曾同宴歷下新亭，適時在汶陽，疑秋後適亦至齊魯，同遊共獵〔註34〕，李邕設宴款待。〈十月朝宴李太守宅〉詩云：「仍憐門下客，不作布衣看。」李邕被殺在天寶六載正月，時尚為北海太守，適解褐亦在六載（詳後），此時固為布衣，自視為李邕門下客。〈同群公出獵海上〉詩云：「偶與群公遊，曠然出平蕪，層陰漲溟海，殺氣窮幽都。」杜甫〈壯遊〉詩追憶往事有「春歌叢臺上，冬獵青丘旁」之句，青丘即青州千乘縣。二人所寫當係同一時同一事。

〔備考〕岑參時在長安。

〔註34〕《舊唐書》卷一百九十中李邕傳云：「邕性豪奢，所在縱求財貨，馳獵自恣。」可知李邕性喜馳獵。

天寶五載丙戌〔746〕，四十一歲。

〔時事〕正月，改禮記月令爲時令。四月，左相李適之罷知政事，門下侍郎陳希烈同中書門下平章事。十月，改臨淄郡爲濟南郡。

〔生活〕自齊魯取道濮陽、淇上賦歸。

〔作品〕作〈贈別沈四逸士〉、〈賦得還山吟送沈四山人〉、〈同群公登濮陽聖佛寺閣〉等詩。

按：〈贈別沈四逸士〉詩百家詩選作〈贈別沈山人〉，沈山人即沈千運。

《唐才子傳》謂：「千運，吳興人，工舊體詩，氣格高古，當時士流皆敬慕之，號爲沈四山人，天寶中，數應舉不第，遨遊襄鄧間，干謁名公，來濮上，感懷賦詩。」又云：「自知屯蹇，遂浩然有歸歟之志，賦詩曰……高適賦還山吟贈行。」〈贈別沈四逸士〉詩云：「沈侯未可測，其況信浮沈！十載常獨坐，幾人知此心？乘舟蹈滄海，買劍投黃金……疾風掃秋樹，濮上多鳴砧。」所寫沈侯，景況與《唐才子傳》所言正合。濮上就是濮陽，春秋時爲衛地，唐屬濮州濮陽郡，按水經注，濮水上承濟水於封丘縣，東北經匡城、酸棗等地，直至濮故城之南，又東經濟陰、乘氏諸縣入於鉅野澤。《漢書‧地理志》：「濮水自濮陽南入鉅野。」與水經注所言同，又適天寶六載解褐後行踪極清楚，未曾至濮陽，而沈千運以天寶中數舉不第，於是浩然欲歸吳興，高適應是這時候自齊魯賦歸，經過濮陽故有詩相贈。

作〈淇上別業詩〉、〈淇上送韋司倉往滑臺〉詩、〈淇上別劉少府子英〉詩、〈送魏八〉詩。

按：《元和郡縣志》：「淇水，源出共城縣，西北沮迦山，至衛縣入河，謂之淇水口。」考高適行踪，在淇上應與過濮陽同時，濮陽春秋時爲衛地，淇水口正當衛縣，地緣極近。衛縣唐時在黃河北岸，渡河而南，即爲滑州，滑州治所在古滑臺城，所以適〈淇上送韋司倉往滑臺〉詩有「滑臺門外見，淇水眼前流。」之句，又〈淇上別業詩〉云：「依依西山下，別業桑林邊……野人種秋菜，古

老開原田。」〈贈別沈四逸士〉詩云：「疾風掃秋樹，濮上多聞砧。」
同寫秋景，知適在本年秋至濮陽淇上。〈送魏八〉詩云：「更沽淇
上酒，還泛驛前舟」點地，「雲山行處合，風雨興中秋。」點時。
〈淇上別劉少府子英〉詩云：「近來住淇上，蕭條唯空林。」時
地雙寫，知為此時所作。

〔備考〕杜甫於本年歸長安。

天寶六載丁亥（747），四十二歲。

〔時事〕正月，北海太守李邕，淄川太守裴敦復並以事連王曾、柳
勣，遣使就殺之。三月甲辰，陳希烈為左相，詔天下通藝者詣京師，
林甫下尚書覆試，皆退下。九月，安祿山築雄武城。十月，幸溫泉宮，
改為華清宮。十一月，哥舒翰充隴右節度使。十二月，高仙芝討小勃
律，虜其王歸。

〔生活〕初夏離淇水歸宋中，獨孤及以此時遊梁宋，高適得與之相
識，又和陳兼、賈至等訂交，隨即到京歸，解褐任封丘尉。

按：適〈自淇涉黃河途中作〉十二首，詩對離淇的時序說得很明白，
如「去秋雖薄熟，今夏猶未雨」「孟夏桑葉肥，濃陰夾長津」、「朝
景入平川，川長復垂柳」，都寫夏景，可知高適當在本年夏自淇
涉黃河歸宋。獨孤及時年二十三，遊梁宋，梁肅〈獨孤公行狀〉
云：「二十餘，以文章遊梁宋間，通人潁川陳兼、長樂賈至、渤
海高適見公皆色授心服，約子孫之契。」又獨孤及《毗陵集・祭
賈至文》云：「某獲見於兄二十有六年矣，兄有七年之長，蒙以
伯仲相視。」此文作於大曆七年四月，逆數二十六年，正好是天
寶六載。據《新唐書》卷一百十九賈至以大曆七年卒，年五十五，
及少七歲，正當四十八，則天寶六載，及當二十三歲。高適和獨
孤及、陳兼、賈至訂交，當在本年。到了炎夏三伏，高適隨已應
詔到京，解褐披黃為封丘尉，〈答侯少府〉詩說得極清楚：「漆園
多喬木，睢水清粼粼，詔書下柴門，天命敢逡巡，赫赫三伏時，
十日到咸秦，褐衣不得見，黃綬翻在身。」又〈初至封丘縣〉詩

云：「到官數日秋風起」知適以初秋到任所。又〈飛龍曲留上陳左相〉詩云：「幸沐千年聖，何辭一尉休，折腰知寵辱，回首見沉浮。」係除官離京辭謝宰相的詩作。據《新唐書·玄宗紀》，天寶六年三月甲辰，陳希烈始為左相。可知高適解褐，一定是在六載以後，參較《資治通鑑·唐紀》三十一：「天寶六載……上廣求天下之士，命通一藝以上皆詣京師，李林甫恐草野之士對策斥言其奸惡，建言舉人多卑賤愚聵，恐有俚言污濁聖聽，乃令郡縣長官精加試練，灼然超絕者，具名送省，委尚書覆試，御史中丞監之，取名實相副者聞奏，既而至者皆試以詩賦論，遂無一人及第者，林甫乃上表賀野無遺賢。」《舊唐書·高適傳》：「時右相子林甫擅權，薄於文雅，唯以舉子待之，解褐汴州封丘尉，非其好也。」知適任封丘尉，正在天寶六載，詳見神龍二年所考。又阮廷瑜先生《高適年譜》以為〈酬祕書弟兼寄幕下諸公詩序〉云：「乙亥歲，適徵詣長安……」乙亥當是丁亥之誤，並引其師陶重華先生之說以證，愚意以為乙亥並沒有錯誤，乙亥當開元二十三年，張九皋舉高適有道科，高適的確到過長安，下第後又回到梁宋，唯《舊唐書》將它和天寶六載應詔的事混為一談，所以連文為「時右相李林甫擅權，薄於文雅，唯以舉子待之，解褐汴州封丘尉，非其好也。」陶先生的考證，當因《舊唐書》的謬誤而起。適乙亥歲徵詣長安事，詳見開元二十三年下所考。

〔作品〕作〈自淇涉黃河途中作〉十二首。

作〈古飛龍曲留上陳左相〉詩、〈留上李右相〉詩。

按：此二首皆為離京赴官辭別宰輔之作。

作〈留別鄭三韋九兼寄洛下諸公〉詩、〈初至封丘〉詩。

按：〈留別鄭三韋九兼寄洛下諸公〉詩云：「幸逢明聖多招隱，高山大澤徵求盡，此時亦得辭漁樵，青袍裹身荷聖朝，犁牛釣竿不復見，縣令邑丞來相邀，遠路鳴蟬秋興發，華堂美酒離憂銷，不知何時更携手，應念茲晨去折腰……蹇躓蹉跎竟不成，年過四十尚躬

耕。」自言除官前後景況甚詳，高適時四十二歲，和詩中說的「年過四十尚躬耕」正合。〈初至封丘〉詩云：「去家百里不得歸，到官數日秋風起。」當作於初秋到封丘時。

〔備考〕杜甫本年亦應詔落第。王維復出仕，官職不詳。

天寶七載戊子（748），**四十三歲。**

〔時事〕八月，改千秋節爲天長節。十月，封貴妃姊二人爲韓國、虢國夫人。十二月，哥舒翰築神威軍於青海上，吐蕃不敢近青海。

〔生活〕在封丘任。

按：適以天寶十一載去職（詳後），其間皆在封丘任內。

〔作品〕這一時期作品可推知的有：

〈同陳留雀司戶早春宴蓬池〉詩。

按：《太平寰宇記》載：蓬池在尉氏縣東北五里，大梁西南九十里。阮籍〈詠懷詩〉云：「徘徊蓬池上，回首望大梁」即指此，蓬池距封丘應不遠，詩云：「州縣徒勞那可度，後時連騎莫相違」知是作於封丘任內。

〈同顏少府旅宦秋中之作〉。

按：詩云：「跡留黃綬人多怨，心在青雲世莫知」，唐制，尉官皆黃綬，可知此詩也是封丘任內所作。

〈奉酬路太守見贈之作〉。

按：詩云：「州縣甘無取，丘園悔莫追」也應是縣官任內所作，時已有去官的意思。

〈封丘作〉，〈封丘縣〉詩。

按：〈封丘作〉詩云：「州縣才難用，雲山道欲窮，揣摩懃點吏，棲隱謝愚公」〈封丘縣〉詩云：「拜迎官長心欲碎，鞭撻黎庶令人悲。」對縣尉的生活，更加不可終日。杜甫〈送高三十五書記〉詩云：「脫身簿尉中，始與捶楚辭。」即指脫離此種鞭撻黎庶的官場生活。

〔備考〕王昌齡貶龍標尉。李白有〈聞王昌齡左遷龍標尉遙有此寄〉詩。

天寶八載己丑（749），**四十四歲。**

〔時事〕六月，隴右節度使哥舒翰攻拔吐蕃石堡城。閏六月，改石堡城爲神武軍。太子太師徐國公蕭嵩薨。

〔生活〕在封丘任。

〔備考〕岑參爲安西四鎮節度使高仙芝幕下右威衛錄事參軍，掌書記，遂赴安西。

天寶九載庚寅（750），**四十五歲。**

〔時事〕五月，安祿山進封東平郡王，節度使封王自此始。七月，國子監置廣文館，以鄭虔爲廣文博士。今年雲南蠻陷雲南郡，都督張虔陀死之。

〔生活〕在封丘任。

〔備考〕王維此年春丁母憂。

天寶十載辛卯（751），**四十六歲。**

〔時事〕正月，安西四鎮節度使高仙芝執突騎施可汗及石國王。二月，安祿山兼領三鎮。四月，劍南節度使鮮于仲通討雲南蠻，大敗於西洱河，雲南都護府陷。八月，安祿山爲契丹所敗。十一月，玄宗幸楊國忠宅。楊國忠兼領劍南節度使。

〔生活〕自封丘尉統吏卒於青夷，途經博陵，冬抵薊北。

按：適〈酬祕書弟兼寄幕下諸公詩序〉云：「……今年適自封丘尉統吏卒於青夷，途經博陵。」按《舊唐書·地理志》：「范陽節度使統經略、威武、青夷、靜塞、恆陽、北平、高陽、唐興、橫洛等九軍。」註云：「青夷軍在媯州城內（今河北懷來縣）管兵萬人，馬三百匹。」適歸自青夷在天寶十一載（詳後），則使青夷送北到薊北應在本年冬，〈送兵到薊北〉詩云：「積雪興天迴，屯軍連塞愁」知時當冬日。

〔作品〕作〈酬祕書弟兼寄幕下諸公〉詩、〈送兵到薊北〉詩。

按：〈酬祕書弟兼寄幕下諸公詩序〉云：「今年適自封丘尉統吏卒於青

夷，途經博陵……因賦是詩。」

〔備考〕杜甫年四十，進三大禮賦，玄宗奇之，命待制集賢殿。高仙芝爲大食所敗，還朝，岑參亦還長安。

天寶十一載壬辰（752），四十七歲。

〔時事〕三月，改吏部爲文部。十一月，晉國公李林甫薨於行在所，楊國忠爲右相兼文部尙書，哥舒翰、安祿山、思順皆入朝。

〔生活〕自青夷軍歸，途經蒲津，不久辭封丘尉，到長安。秋，與儲光羲、薛據、杜甫同登慈恩寺塔。冬，識哥舒翰於長安。

按：適有〈陳留郡上源新驛〉記：「壬辰歲，太守元公，連率河南之
　　三載也……迨茲郵亭，俯視頹朽，何逼側蹇淺，不稱其聲，將圖
　　鼎新，豈曰仍舊……末吏不敏，紀於貞石云。」封丘屬陳留郡，
　　是適此年猶爲封丘尉，故自稱末吏。但其〈答侯少府〉詩云：「北
　　使經大寒，關山饒苦辛，邊兵若芻狗，戰骨成塵埃……江海有扁
　　舟，丘園有角巾，君意定何適，我懷知所遵……」〈使青夷軍入
　　居庸〉三首之二云：「出塞應無策，還家賴有期，東山足松桂，
　　歸去結茅茨。」可見使青夷之時，已欲去官。又《舊唐書・哥舒
　　傳》：「天寶十一載，加開府儀同三司，翰素與祿山、思順不協，
　　上每和解之爲兄弟，其多祿山、思順、翰並來朝，上使內侍高力
　　士及中貴人於京師東附馬崔惠童池亭宴會。」高適當在這時候認
　　識哥舒翰，所以明年乃有河右之行，即是赴哥舒翰之召。聞一多
　　〈岑嘉州繫年考證〉也以此年秋岑參與高適、杜甫、儲光羲同登
　　長安慈恩寺塔。是適使青夷軍後，前半年仍在封丘任內，秋多則
　　去官在長安。

〔作品〕作〈陳留郡上新驛記〉。

又作〈答侯少府詩〉。

按：詩於除封丘尉及使青夷軍事敍述甚詳，又云：「明時取秀才，落
　　日過蒲津……兩河歸路遙，二月芳草新。」知本年二月途經蒲津
　　而歸，遂有是作。

〈使青夷軍入居庸〉三首、〈奉和儲光羲〉詩、〈同諸公登慈恩寺塔〉
　　詩。

按：〈奉和儲光羲〉詩云：「逍遙滄州路，乃在長安城。」知高適辭官
　　置散，遁跡長安。

作〈奉酬睢陽太守〉詩，〈畫馬篇〉。

按：李太守即李峘，太宗第三子吳王恪之孫。《舊唐書・李峘傳》：「楊
　　國忠秉政，郎官不附己者悉出於外，峘自考工郎中出爲睢陽太
　　守。」又《資治通鑑・唐紀》三十二：「天寶十一載十一月丁卯，
　　李林甫薨，庚申以楊國忠爲右相，兼文部尚書，台省官有才行時
　　名，不爲己用者悉出之」知李峘出爲睢陽太守在本年十一月以
　　後。〈奉酬睢陽李太守〉詩當作於本年多，所以有「多至招搖轉，
　　天寒蟪蛚收」之句。〈畫馬篇〉原註云：「同諸公宴睢陽李太守，
　　各賦一物。」與前詩當爲同時的作品。

〔備考〕王維拜文部郎中。李白遊歷江南。

天寶十二載癸巳（753），**四十八歲。**

〔時事〕九月，涼國公哥舒翰進封西平郡王。

〔生活〕在長安，不久應哥舒翰之召赴河右。

〔作品〕作〈李雲南征蠻〉詩、〈登隴〉詩、〈送竇侍御史和糴還京序〉。

按：〈李雲南征蠻詩序〉云：「天寶十一載，有詔伐西南夷，右相楊公
　　兼節制之寄，乃奏前雲南太守李宓自交趾擊之，道路艱險，往復
　　數萬里，蓋百王所未通也，十二載四月至於長安，君子是以知廟
　　堂使能，而李公效節，適忝斯人之舊，因賦是詩。」知本年四月
　　適在長安，遂有此作。〈送竇侍御和糴還京序〉云：「我幕府涼公，
　　勤勞王家。」按本年九月哥舒翰由涼國公進封西平郡王，序稱涼
　　公，當是作於九月前，又稱「我幕府」，知高適九月前已赴河右，
　　在哥舒翰幕府中。〈登隴〉詩云：「淺才登一命，孤劍通萬里」登
　　一命謂爲封丘尉，孤劍通萬里指往河右，詩又云：「豈不思故鄉，
　　從來感知己」知高適赴河右，應是因受知於哥舒翰赴翰之召，而

不是如唐書所言「客遊河右」。

〔備考〕獨孤及有〈送陳兼應辟兼寄高適賈至〉詩〔註35〕。

天寶十三載甲午（754），四十九歲。

〔時事〕正月，加安祿山尙書左僕射，實封千戶。二月，楊國忠爲司空。三月，隴右、河西節度使哥舒翰敗吐蕃，復河源九曲。六月，劍南節度使留後李宓及雲南蠻戰於西洱河。左相許國公陳希烈罷，文部侍郎韋見素同中書門下平章事，是秋，玄宗御勤政樓試四科制舉人，策外加詩賦各一首，制舉加詩賦自此始。

〔生活〕哥舒翰表爲左驍騎衛兵曹充翰府掌書記。在翰幕中，往來於隴右，河西。

按：《資治通鑑·唐紀》云：「天寶十三載……翰又奏嚴挺之子武爲節度判官，河東呂諲爲度支判官，前封丘尉高適掌書記。」應是去年已在幕中而今年始奏。

〔作品〕作〈同呂判官從哥舒大夫破洪濟城迴登積石軍多福七級浮圖〉詩、〈同李員外賀哥舒大夫破九曲之作〉詩、〈九曲詞〉三首。

按：此皆哥舒翰本年三月敗吐蕃、復河源九曲之後，高適爲幕主慶賀的作品。

又作〈陪竇侍御靈雲南亭宴〉詩、〈陪竇侍御泛靈雲池〉詩。

按：〈陪竇侍御靈雲南亭宴詩序〉云：「涼州近胡，高下其池亭，蓋以耀蕃落也，幕府董帥雄勇，征踐戎庭，身陽關而西猶枕席矣！」知二詩也是翰破吐蕃後的作品。

又作〈武威同諸公過楊七山人〉詩、〈入昌松東界山行〉詩。

按：〈武威同諸公過楊七山人〉詩云：「幕府日多暇，田家歲復登」當作於本年秋在翰幕中時，又天寶元年，改涼州爲武威郡，屬隴右道，昌松在今甘肅鼓浪縣西，唐屬涼州武威郡。〈入昌松東界山行〉詩云：「石激水流處，天寒松色間。」與前詩當同爲本年秋

〔註35〕據獨孤及《毗陵集·送陳贊府兼應辟赴京序》，陳兼應辟在天寶十二載。

的作品。

又作〈同呂員外酬田著作幕門軍西宿盤山秋夜作〉詩、〈金城北樓〉
詩。

按：《元和郡縣志》：「莫門軍儀鳳二年置，在洮州（臨洮）城內。」
盤山即十八盤山，在狄道州，狄道在臨洮東北，唐時本屬金城郡，
天寶三年分置，呂員外即呂諲，《舊唐書・呂諲傳》：「河西節度
使哥舒翰奏充支度判官，累兼虞部員外郎。」以地緣來看，二詩
應是同時之作。

又作〈部落曲〉、〈塞下曲〉、〈塞上聽吹笛〉詩、〈河西送李十七〉詩。

按：〈部落曲〉詩云：「蕃軍傍塞遊，伐馬噴風秋，老將垂金甲，關支
著錦裘，珮戈蒙豹尾，紅旆插狼頭。」蕃軍已能傍塞遊，可見邊
庭已靖，詩當作於十三載的秋天。〈塞下曲〉云：「戰酣太白高，
戰罷旄頭空、萬里不惜死，一朝得成功。」也是哥舒翰收九曲以
後的作品。〈塞上聽吹笛〉詩《國秀集》作〈和王七度玉門關上
吹笛〉，與〈河西送李十七〉詩并當為此時在河西的作品。

又作〈後漢賊臣董卓廟議〉。

按：議云：「今狄道之人，不懲卓之不臣，而務其為鬼……適竊奉吹
噓，庇身戎幕……」當是居幕府在狄道州所作。

〔備考〕安西四鎮節度使封常清表岑參為大理評事，充安西北庭節度
判官，遂赴北庭。杜甫有〈寄高三十五書記〉詩，詩云：「主將收才
子，崆峒凱歌前」當寄於收九曲之後，李白遊廣陵，入秦淮，上金陵，
往來於宣城。

天寶十四載乙未（755），五十歲。

〔時事〕十一月，安祿山反，封常清為范陽、平盧節度使以討安祿山。
十二月，安祿山陷東京。封常清、高仙芝以兵敗被誅。哥舒翰為太子
先鋒兵馬副元帥，守潼關。

〔生活〕在河西、隴右。十二月，佐哥舒翰守潼關，拜左拾遺，轉監
察御史。

按：《資治通鑑‧唐紀》三十三：「天寶十四載二月隴右、河西節度使哥舒翰入朝，道得風疾，遂留京師，都尉蔡希魯先還隴右。」杜甫有〈送蔡希魯都尉還隴右因寄高三十五書記〉詩，詩作於本年六月，時麥已枯，故杜詩有「漢使黃河還，涼州白麥枯」之句。知此年春夏適猶在隴右，秋始還長安，十二月拜左拾遺，轉監察御史，佐翰守潼關，《舊唐書‧高適傳》：「祿山之亂，徵翰討賊，拜適左拾遺，轉監察御史，仍佐翰守潼關。」據《新唐書‧玄宗本紀》，哥舒翰拜兵馬副元帥守潼關在十二月，則適佐守也應在這時。

〔作品〕有〈和竇侍御登涼州七級浮圖之作〉詩。

按：詩云：「始知陽春後，具物皆筌蹄」當是本年春的作品，因去年春天哥舒翰才破吐蕃，兵事悾偬，不可能有登臨之事。

〔備考〕杜甫授河西尉，不拜，改右衛率府冑曹參軍，十一月，往奉先。李白時在宣城，岑參在輪臺間至北庭。

肅宗至德元載丙申（756），五十一歲。

〔時事〕即天寶十五載。正月，安祿山僭號於東京，哥舒翰進位尚書左僕射，同中書門下平章事，於潼關擊退安慶緒。六月，哥舒翰兵敗於靈寶西，安祿山陷潼關，玄宗出延秋門，次馬嵬，陳玄禮殺楊國忠，貴妃賜死自縊。安祿山陷長安。七月，房琯同平章事。八月，太子即位於靈武，改元至德，以玄宗為上皇，迴紇吐蕃請助討國賊。十月，房琯兵敗陳陶斜。永王璘反。

〔生活〕六月，哥舒翰兵敗，高適請募豪傑拒守，眾以為不可，乃自駱谷奔赴行在，到河池郡謁玄宗，陳潼關形勢，玄宗嘉之，遷為侍御史，隨駕至成都，玄宗以諸王分鎮，高適切諫不可。八月，為諫議大夫。十二月，肅宗遷為御史大夫，揚州大都督府長史、淮南節度使兼採訪使，與來瑱、韋陟會師討永王璘。

按：《新唐書‧外戚傳‧楊國忠傳》：「翰不得已出關，遂大敗……監察御史高適請率百官子弟及募豪傑十萬拒守，眾以為不可。」《舊

唐書·高適傳》：「及翰兵敗，適自駱谷西馳，奔赴行在，及河池郡謁見玄宗，因陳潼關敗亡之勢曰：『僕射哥舒翰忠義感激，臣頗知之，然疾病沉頓，智力將竭，監軍李大宜與軍士約爲香火，使娼婦彈箜篌、琵琶以相娛樂，樗蒲飲酒，不恤軍務，蕃軍及秦隴武士，盛夏五六月於赤日之下，食倉米飯且猶不足，欲其勇戰，安可得乎。故有望敵散亡，臨陣翻動，萬全之地，一朝而失，南陽之軍魯炅、何履光、趙國珍各皆持節，監軍等數人更相用事，寧有是戰而能必勝哉！臣與楊國忠爭，終不見納，陛下因此履巴山劍閣之險，西幸蜀中，避其蠆毒，未足爲恥也。』玄宗嘉之，尋遷侍御史，至成都，八月，制曰：『侍御史高適，立節貞峻，植躬高朗，感激懷經濟之略，紛綸膽文雅之才，長策遠圖，可云大體，讜言義色，實謂忠良，宜迴糾狄之才，俾超風諫之職，可諫議大夫，賜緋魚帶。』適負氣敢言，權幸憚之。二年，永王璘起兵於江東，欲據揚州，初，上皇以諸王分鎭，適切諫不可，及是永王叛，肅宗聞其論諫有素，召而謀之，適因陳江東利害，永王必敗，上奇其對，以適兼御史大夫、揚州大都督府長史、淮南節度使，詔與江東節度來瑱，率本部兵平江淮之亂，會於安州。」永王璘之叛當在至德元年，高適傳誤爲二年，據《資治通鑑》：「至德元載十一月，璘領四道節度使鎭江陵，時江淮租稅山積於江陵，璘召募勇士數萬人，日費巨萬。璘生長深宮，不更人事，子襄城王瑒有勇力，好兵，有薛鏐等爲之謀士，以爲今天下大亂，惟南方完富，璘握四道兵，封疆四千里，宜據金陵，保有江表，如東晉故事，上聞之，敕璘歸覲于蜀，璘不從，……上召高適與之謀，適陳江東利害，且言璘必敗之狀」又云：「至德元載十二月，江陵大都督府永王璘擅領舟師東巡，沿江而下……高適與來瑱、韋陟會於安陸，結盟誓眾以討之。」又《舊唐書》肅宗紀：「十二月，以諫議大夫高適爲廣陵長史，淮南節度使兼採訪使。」〔作品〕有〈酬河南節度使賀蘭大夫見贈〉之作。

按：賀蘭大夫即賀蘭進明，安祿山之亂，賀蘭進明以北海太守起兵討
　　賊，時在至德元載三月。十月，充河南節度使，二載八月始以張
　　鎬爲代賀蘭進明。詩云：「愧無戡亂策，多謝出師名，秉鉞知恩
　　重，臨戎覺命輕。」當是至德元載十二月的作品，時高適奉詔討
　　永王璘。

〔備考〕杜甫五月自奉先往白水，六月自白水往鄜州，聞肅宗立，自
鄜州奔行在，遂陷賊中。王昌齡以世亂還鄉里，爲閭丘曉所殺，年六
十。王維爲給事中，長安城陷，爲賊所獲，服藥稱瘖，祿山素知其才，
迎置洛陽，迫爲給事中，禁於洛陽菩提寺。岑參在輪臺，領伊西、北
庭支度副使，歲晚東歸，次晉昌，酒泉。李白之溧陽、剡中，入廬山，
永王璘辟爲府僚佐。

至德二載丁酉（757），五十二歲。

〔時事〕正月，肅宗在彭原，安慶緒弒父祿山而自立。二月，肅宗幸
鳳翔，李光弼敗賊於太原，斬虜七萬。郭子儀大破崔乾祐於潼關，收
河東郡。永王璘兵敗奔大庾嶺，爲洪州刺史皇甫侁所殺。三月，以苗
晉卿爲左相。五月，郭子儀兵敗於清渠，退保武功。房琯罷知政事，
張鎬同中書門下平章事。八月，張鎬兼河南節度使。九月，廣平王統
朔方、安西、迴紇、南蠻、大食之眾二十萬收復東京，肅宗自鳳翔還
長安。十二月，玄宗自蜀還京，改蜀郡爲成都府，長史爲尹，分劍南
爲東西川，各置節度使。又定陷賊官六等罪，囚二百餘人於宣陽里楊
國忠舊宅鞫問，僞置侍中陳希烈等並賜自盡。

〔生活〕春，在廣陵，後招季廣琛於歷陽。

按：李白〈送張秀才謁高中丞詩序〉云：「余時繫潯陽獄中，正讀留
　　侯傳，秀才張孟熊蘊滅胡之策，將之廣陵謁高中丞，余喜子房之
　　風，感激於斯人，因作是詩以送之。」白繫潯陽獄在至德二載二
　　月永王璘兵敗之後，知此年春適尚在廣陵。《舊唐書・高適傳》：
　　「詔與江東節度使來瑱，率本部兵平江淮之亂，會於安州，師將
　　渡而永王敗，乃招季廣琛於歷陽。」

〔作品〕作〈賀安祿山死表〉。

按：安祿山以正月爲其子安慶緒所殺，時適持節淮南，在廣陵，所以
　　表云：「即當總統將士，憑恃威靈，驅未盡之犬羊，覆已亡之巢
　　穴……」

〔備考〕李白以永王璘兵敗，亡走彭澤，坐繫潯陽獄。杜甫本年春尚
陷賊中，五月竄歸鳳翔，拜左拾遺，上疏救房琯，肅宗怒，詔三司推
問，張鎬救之。八月，放還鄜州省妻子，十月，扈從還京。岑參於本
年二月至鳳翔，六月，杜甫、裴薦、孟昌浩、魏齊聃、韋少遊等五人
薦參可備諫職，詔以爲右補闕。十月，肅宗還京，王維與鄭虔等都被
囚於楊國忠宅。

乾元元年戊戌（758），五十三歲。

〔時事〕即至德三載。二月改元，復以載爲年。李輔國判行軍司馬，
五月，張鎬罷，立成王俶爲皇太子。崔圓、李麟並罷知政事。以王璵
同中書門下平卓事。六月，貶房琯爲汾州刺史，嚴武爲巴州刺史。九
月，命郭子儀統九節度之師討安慶緒，以魚朝恩爲觀軍容使。十二月，
官軍圍安慶緒于相州。

〔生活〕春，去廣陵，路出睢陽，赴伊洛，左授太子少詹事。

按：《舊唐書》本傳云：「李輔國惡適敢言，短於上前，乃左授太子少
　　詹事」〈酬裴員外以詩代書〉詩云：「擁旄出淮甸，入幕徵楚材，
　　誓當剪鯨鯢，永以竭駑駘，小人胡不仁，讒我成死灰，賴得日月
　　明，照耀無不該，留司洛陽宮，詹府唯蒿萊。」又〈還京次睢陽
　　祭張巡許遠文〉云：「維乾元元年五月日太子詹事御史中丞高適，
　　謹以清酌之奠，敬祭於故御史中丞張許二公之靈……我辭淮楚，
　　將赴伊洛，途出茲邦，悲經舊廓。」詩中小人即指李輔國，由「留
　　司洛陽宮，詹府唯蒿萊」句，知時詹府在洛陽，洛陽至德二載十
　　月始收復，則適授詹事一定在洛陽收復以後，乾元元年五月以
　　前。而高適在乾元元年春辭淮楚，五月次睢陽，轉到洛陽任職。

〔作品〕作〈登廣陵棲靈寺塔〉詩、〈廣陵別鄭處士〉詩。

按：〈登廣陵寺塔〉詩云：「落日駐江帆，募情結春靄。」〈廣陵別鄭
　　處士〉詩云：「落日知分手，春風莫斷腸。」適以春天離開廣陵，
　　詩當爲本年春的作品。

作〈同群公宿開善寺贈陳十六所居〉詩、〈送崔錄事赴宣城〉詩。

按：《洛陽伽藍記》云：「準財里內有開善寺，京兆人韋英宅也，英早
　　卒，其妻梁氏捨宅爲寺。」〈同群公宿開善寺贈陳十六所居〉詩
　　云：「駕車出人境，避暑投僧家。」疑適本年夏已抵洛陽，所以
　　有此詩。〈送崔錄事赴宣城〉詩云：「欲行宣城印，住飲洛陽杯。」
　　也是洛陽詹府任內的作品。

作〈還京次睢陽祭張巡許遠文〉。

〔備考〕杜甫任左拾遺，六月，出爲華州司功，冬離官間至東京。李
白以永王璘事流放夜郎，遂泛洞庭，上三峽至巫山。王維弟縉有功位
顯，削官爲維贖罪，且維凝碧池詩曾聞於行在，肅宗憐之，乃免罪復
官，授太子中允，遷太子中庶子、中書舍人，復拜給事中，居於輞川。
岑參時與杜甫、王維、賈至並爲兩省僚佐，倡和甚盛。

乾元二年己亥（759），五十四歲。

〔時事〕正月，史思明稱魏王於魏州。三月，王璵罷爲刑部尙書，九
節度師潰於相州。史思明殺安慶緒。郭子儀斷河陽橋，以餘眾保東京。
肅宗召郭子儀還京，以李光弼代之。五月，貶宰相李峴爲蜀州刺史。
六月，以裴冕爲成都尹，充劍南節度使。九月，史思明陷東京，李光
弼守河陽。十月，李光弼收復洛陽。

〔生活〕三月以前在東京，相州潰敗後，登頓於襄鄧宛葉間，後歸長
安，五月出爲彭州刺史。

按：《資治通鑑》云：「乾元元年冬郭子儀等九節度圍相州，安慶緒堅
　　守以待史思明之援，自冬至春，城不下，史思明自魏州引兵趨鄴，
　　乾元二年三月兩軍戰於安陽河北，大風忽起，吹沙拔木，天地畫
　　晦，咫尺莫辨，兩軍大驚，各南北潰散，棄甲杖輜重無數。郭子
　　儀以朔方軍斷河陽橋保東京，戰馬萬匹唯存三千，甲杖十萬遺棄

殆盡，東京士民驚駭，散奔山谷，留守崔圓、河南尹蘇震等官吏南奔襄鄧，諸節度各潰師歸本鎮。」適〈酬裴員外以詩代書〉敘此段史事甚詳，詩云：「留司洛陽宮，詹府唯蒿萊，是時掃芬穢，尚未殲渠魁，背河列長圍，師疲將亦乖，歸軍劇風火，散卒爭椎埋，一夕湮洛空，生靈悲曝腮，衣冠投草莽，予欲馳江淮，登頓宛葉下，棲遲襄鄧間，城池何蕭條，邑邑更崩摧，縱橫荊棘叢，但見瓦礫堆，行人無血色，戰骨多青苔，遂除彭門守，因得朝至階。」知適亦於三月隨崔圓、蘇震等官吏南奔襄鄧。間道返長安，朝見天子，被任爲彭州刺史，另舊書本傳云：「未幾蜀中亂，出爲蜀州刺史，遷彭州。」《新唐書》本傳云：「未幾蜀亂，出爲蜀彭二州刺史。」所言爲官先後似有待商榷。清張道著《唐書疑義》卷三高適傳條云：「〈高適傳〉云：『李輔國惡適敢言，短於上前，乃左授太子少詹事，未幾，蜀州亂，出爲蜀州刺史，遷彭州』然適自彭遷蜀，史誤也。按適集有〈春酒歌〉云：『前年持節將楚兵，去年由司在東京，今年復拜二千石，盛夏五月西南行，彭門劍門蜀山裏，昨逢軍人劫奪我。』是適以乾元元年五月領刺彭之命也。又適〈謝上彭州刺史表〉云：『始拜宮允，今列藩條，以今月七日到部所上訖。』又房琯〈蜀州先主廟碑〉云：『州將高適，建牙言公，頃自彭遷蜀』又柳芳《唐曆》云：『適乾元初刺彭，上元初牧蜀。』《新唐書》亦未駁正。」張道的論述，乃在駁正新、舊《唐書》「自蜀遷彭」之誤，可是定「適以乾元元年五月領刺彭之命也」亦不正確。至德元載十二月，高適領淮南節度兼採訪使，張道可能據此定「前年持節將楚兵」乃至德元載，則「去年留司在東京」即是二載，「今年復拜二千石，盛夏五月西南行」自是乾元元年五月領彭州刺史。然高適〈還京次睢陽祭張巡許遠文〉云：「維乾元元年五月日太子詹事御史中丞高適謹以清酌之奠，敬祭於故御史張許二公之靈……我辭淮楚，將赴伊洛……」知乾元元年五月適從廣陵回京，道經睢陽，自然不可能

再有西南之行。考之於史實，適持節淮南在至德元載十二月，已是歲杪，乾元元年春又已去廣陵，惟有至德二載全年在節度使任內，那麼「前年持節將楚兵」當是指至德二載，推之，則「去年留司在東京」就是指乾元元年任太子少詹事在洛陽，而「今年」即指乾元二年，〈春酒歌〉題云：「時洛陽告捷」，按李光弼收復洛陽正在乾元二年十月，〈春酒歌〉即作於是時，詩中所說的「今年復拜二千石，盛夏五月西南行」就是指乾元二年出為彭州刺史。

又杜甫有〈寄高三十五詹事〉詩云：「安穩高詹事，兵戈久索居」仇注繫此詩於乾元元年六月之後，高適授詹事最早在至德二載十月，而本年三月已經奔至襄鄧，杜甫的詩當作於本年初，那時適為詹事大約一年或多些，所以詩才說：「安隱高詹事，兵戈久索居。」

〔作品〕有〈赴彭州山行之作〉、〈同河南李少尹畢員外宅夜飲時洛陽告捷遂作春酒歌〉、〈同鮮于洛陽畢員外宅觀畫馬〉詩。

按：〈赴彭州山行〉詩云：「鳥聲堪駐馬，林色可忘機，怪石時侵徑，輕蘿乍拂衣。」寫夏日的景色，與〈春酒歌〉中「盛夏五月西南行」正合。

作〈謝上彭州刺史表〉。

〔備考〕杜甫本年春自東都回華州，七月棄官西去，度隴客秦州，卜居西枝村，置草堂不成，十月往同谷縣，十二月自隴右入蜀到成都。李白在往夜郎途中遇赦還於江夏、岳陽，後往潯陽。王維轉尚書右丞。岑參轉起居舍人，四月為虢州長史。

上元元年庚子（760），五十五歲。

〔時事〕即乾元三年。四月，李光弼破賊於懷州、河陽。歲飢米斗至一千五百文，閏四月，改乾元為上元，大雨自四月至閏月末不止，米價翔貴，人相食，餓死者委骸於路。五月，太子少傅韓國公苗晉卿為侍中，呂諲罷知政事。七月，開府高力士流配巫州。九月，以荊州為南都，州曰江陵府。制郭子儀統諸道兵，自朔方取洛陽，為魚朝恩所

沮。十一月，李光弼收懷州。

〔生活〕在彭州，秋後轉蜀州刺史。

按：近人阮廷瑜曾辯高適未曾爲蜀州刺史，阮文云：「又從《舊唐書·
　　蕭宗紀》：『乾元二年……于月辛巳，貶李峴爲蜀州刺史。』《新
　　唐書》略同，通鑑考異雖謂代宗實錄云貶峴爲通州刺史，但貶通
　　州顯然不可信）及〈李峴傳〉：「上怒峴言，出峴爲蜀州刺史，代
　　宗即位，徵峴爲荊南節度、江陵尹……」（《新唐書》略同）可以
　　知道從乾元二年五月起到代宗即位，李峴刺蜀州，高適又怎樣作
　　蜀州刺史？」按史家筆法，每於關節處著眼，李峴貶蜀州至代宗
　　徵爲荊南節度，其間是否再遷官不可知，且《代宗實錄》說貶李
　　峴爲通州刺史，阮文只說不可信，沒有說明爲什麼不可信。或者
　　其間李峴曾遷通州，所以史籍兩出也未可知，又房琯〈蜀州先主
　　廟碑〉云：「州將高適，建牙言公，傾自彭遷蜀。」杜甫有〈追酬
　　故高蜀州人日見寄〉詩。比較之下，寧可相信高適同時人所言。
　　杜甫有〈王十七侍御掄許携酒至草堂奉寄此詩便邀高三十五使君
　　同過〉詩、〈王竟携酒高亦同到〉詩，黃鶴杜詩注云：「是時高適
　　刺蜀州，以攝尹事至成都。」也以適曾刺蜀，且適〈謝上劍南節
　　度使表〉云：「出臨彭蜀，又乏良循。」彭、蜀對舉，也是自言爲
　　彭、蜀二州刺史。阮文以爲適出爲蜀州刺史乃後人因通代成都尹
　　而致誤，事實上成都尹和劍南節度使乃一官兩兼，《新唐書·方鎮
　　表》第七：「至德二載，更劍南節度使號西川節度使，兼成都尹。」
　　《舊唐書·蕭宗紀》：「上元二年二月，以鳳翔尹崔光遠爲成都尹，
　　劍南節度。」〈高適傳〉：「以適代光遠爲成都尹，劍南西川節度。」
　　可證。適既領劍南節度兼成都尹，其〈謝上劍南節度使表〉云：「臣
　　往在淮陽，已無展效，出臨彭蜀，又乏良循。」明係追憶往職，
　　可知在他兼成都尹前，就曾作過蜀州刺史了。〔註36〕

〔註36〕阮廷瑜著〈高適未曾做蜀州刺史〉一文，見《書和人》雜誌第二〇
　　　　七期。

又杜甫於乾元二年十二月至成都，寓居浣花溪寺，適在彭州曾寄詩給他，杜甫也有〈酬高使君相贈〉之作，詩云：「古寺僧牢落，空房客寓居。」詩當作於乾元二年冬或本年春，時杜甫居浣花溪寺，本年秋杜甫又有〈因崔五侍御寄高彭州一絕〉，詩云：「百年已過半，秋至轉飢寒，爲問彭州牧，何時救急難。」知本年初秋適還在彭州任。繼此杜甫又有〈奉簡高三十五使君〉詩云：「行色秋將晚，交情老更深，天涯喜相見，披豁對吾眞。」知適當以深秋轉爲蜀州刺史，所以二人才能相見。

〔作品〕作〈贈杜二拾遺〉詩。

按：詩云：「傳道招提客，詩書自討論。」招提即梵語拓鬥提奢，漢語即十萬方文住持寺院，杜甫乾元二年十二月到成都，客居浣花溪寺，贈詩應是作於本年初。

〔備考〕杜甫寓成都始營草堂，有〈酬高使君相贈〉詩，〈寄彭州高三十五使君適虢州岑二十七長史參三十韻〉、〈因崔五侍御寄高彭州一絕〉詩。

上元二年辛丑（761），五十六歲。

〔時事〕二月，以鳳翔尹崔光遠代李若幽爲成都尹，兼劍南節度度支營田觀察處置等使。三月，史思明爲其子朝義所殺。四月，梓州刺史段子璋叛，東川節度使李奐與戰，敗奔成都。五月，劍南節度使崔光遠率師與李奐擊敗段子璋於綿州，殺之。牙將花驚定恃功大掠。八月，李輔國守兵部尚書。九月，制去上元之號。十月，崔光遠卒。十二月，合劍南兩川爲一道，以嚴武爲成都尹。

〔生活〕在蜀州，五月率兵從西川節度使崔光遠攻段子璋，後代光遠爲成都尹、劍南西川節度使，十二月，離成都尹，返本職。

按：《舊唐書》本傳：「梓州副使段子璋反，以兵攻東川節度使李奐，適率本州兵從西川節度使攻子璋，斬之，西川牙將花驚定者，恃勇，既誅子璋，大掠東蜀，天子怒光遠不能戢，乃罷之，以適代光遠爲成都尹，劍南西川節度使。」又《舊唐書・崔光遠傳》：「光

遠不能禁，肅宗遣監軍官使按其罪，光遠憂恚成疾，上元二年十月卒。」則適代光遠必在十月前，又十二月嚴武爲成都尹，適即離開成都返本職。

〔作品〕作〈人日寄杜二拾遺〉詩。

按：詩云：「人日題詩寄草堂，遙憐故人思故鄉。」杜甫浣花溪草堂始營於上元元年〔註37〕，詩當作於上元二年人日，杜甫大曆五年有追酬故高蜀州人日見寄詩，序云：「開文書帙中，檢所遺忘，因得故高常侍往居在成都人日相憶見寄詩，淚洒行間，讀終篇末，自枉詩已十餘年，莫記存歿又六七年。」大曆五年上距上元二年恰爲十年，距永泰元年高適卒爲六年，這裏說六七年、十餘年只是個約數。

〔備考〕杜甫居草堂，有〈王十七侍御掄許携酒至草堂奉寄此詩便邀高三十五使君同到〉詩、〈王竟携酒高亦同到詩〉。李白遊金陵，又往來宣城、歷陽二郡間。王維七月卒，年六十一。

代宗寶應元年壬寅（766），五十七歲。

〔時事〕二月，封郭子儀爲汾陽王。四月，玄宗、肅宗相繼崩殂，代宗即位，改元寶應。六月，程元振代李輔國判行軍司馬。七月，召嚴武還爲二聖山陵橋道使，徐知道反，以兵守劍閣，武不得出。八月，徐知道伏誅。郭子儀解副元帥節度使。九月，來瑱同中下平章事，程元振進封邠國公。十月，雍王适爲天下兵馬元帥，僕固懷恩加同中書門下平章事，副之。會師於陝州討史朝義。丁卯夜，盜殺李輔國於其第。李懷仙斬史朝義首來歸。

〔生活〕在蜀州，七月，繼嚴武爲西川節度使，八月，討平徐知道。

按：杜甫〈奉送嚴公入朝〉詩云：「鼎湖瞻望遠，象闕憲章新」是肅宗已薨，代宗新立，詩又云：「江潭隱白蘋」寫夏景，知武入朝在夏日，錢譜正定於此年七月。嚴武北返，適乃遷爲西川節度使。

〔註37〕杜甫〈草堂〉詩云：「經營上元始」。

又《新唐書·代宗紀》:「寶應元年七月癸丑,劍南西川兵馬使徐知道反,八月乙未,知道伏誅。」適〈賀斬逆賊徐知道表〉云:「……臣與邛南臨境,左右叶心,積聚軍糧,應接師旅,以今月二十三日大破賊眾,同惡翻然,共殺知道……」

〔作品〕作〈賀斬逆賊徐知道表〉、〈請入奏表〉。

〔備考〕杜甫七月送嚴武還朝、到綿州,未幾因徐知道之亂入梓州,冬復歸成都,迎家至梓州,隨遊東蜀依高適。岑參改任大子中允,旋兼殿中侍御史,充關西節度判官,十月,為雍王适掌書記。李白往依當塗令李陽冰,十一月卒,年六十二。

廣德元年癸卯（763），**五十八歲。**

〔時事〕即寶應二年。三月,玄宗葬泰陵。七月,改元廣德。吐蕃盡取河隴。十月,吐蕃寇奉天武功,代宗出幸陝州,吐蕃入長安。郭子儀旋復京師。十二月,代宗還長安。

〔生活〕閏正月,上賀收城表。在蜀練兵。十二月,吐蕃寇邊,不能救。

按:《唐書·代宗紀》:「寶應元年十月乙亥,雍王奏收東京河陽汴鄭滑相魏等州。」適〈賀收城表〉云:「閏正月十六日,中使郭羅至,伏奉敕書,示臣聖略,收復洹洛,掃殄兇徒。」廣德元年正好有閏正月,表當上於此時。又《舊唐書》代宗紀:「廣德元年十二月,吐蕃陷松州、維州、雲山城、籠城。」《舊唐書》本傳:「代宗即位,吐蕃陷隴右,漸逼京畿,適練兵於蜀,臨吐蕃南境以牽制之,師無功,而松、維等州尋為蕃兵所陷,代宗以黃門侍郎嚴武代。」《資治通鑑·唐紀》三十九:「廣德元年十二月,吐蕃陷松、維、保三州及雲山、新築二城,西川節度使高適不能救,於是劍南西山諸州亦入於吐蕃矣。」

〔作品〕作〈賀收城表〉。

〔備考〕杜甫除京兆功曹。岑參改考功員外郎,在長安。

廣德二年甲辰（764），**五十九歲。**

〔時事〕正月，嚴武領劍南兩川節度使。二月，雍王适爲皇太子。七月，李光弼薨於徐州。九月，張鎬卒。劍南節度嚴武破吐蕃，拔當狗城。十月，僕固懷恩引吐蕃寇邠州。嚴武收吐蕃監川城。

〔生活〕三月還抵長安，遷刑部侍郎，轉散騎常侍，加銀青光祿大夫，進封渤海縣侯。

按：《舊唐書》本傳：「代宗以黃門侍郎嚴武代，還，用爲刑部侍郎，轉散騎常侍，加銀青光祿大夫，進渤海侯，食邑七百戶。」又聞一多〈少陵先生年譜會箋〉廣德二年下云：「三月，高適召還爲刑部侍郎，轉左散騎常侍。」

〔作品〕作〈酬裴員外以詩代書〉詩。

按：詩自少年說到爲郎官止，等於高適的自傳，詩中有「朗詠臨清秋，涼風下庭槐」之句，當作於本年秋天。

〔備考〕杜甫春自梓州往閬州，六月在嚴武幕中，武表爲節度參謀檢校工部員外郎，賜緋魚袋，甫有〈寄高常侍〉詩。岑參轉虞部郎中。

永泰元年乙巳（765），**六十歲。**

〔時事〕四月，嚴武卒。十月，郭子儀合回紇軍擊破吐蕃於靈臺。閏十月，劍南節度使郭英乂爲其檢校西山兵馬使崔旰所殺，蜀中亂。

〔生活〕適以本年正月卒。

按：《舊唐書》本傳：「永泰元年正月卒，贈禮部尚書，諡曰忠。適喜言王霸大略，務功名，尚節義，逢時多難，以安危爲己任，然言過其術，爲大臣所輕，累爲藩牧，政存寬簡，吏民便之，有文集二十卷，其與賀蘭進明書，令疾救梁宋，以親諸君，與許叔冀書，綢繆繼好，使釋他憾，同援梁宋，未過淮，先與諸將校書，使絕永王，各求自白，君子以爲義而知變，而有唐以來，詩人之達者，唯適而已。」《新唐書》本傳云：「永泰元年卒，贈禮部尚書，諡曰忠，適尚節義，語王霸，袞袞不厭，遭時多難，以功名自許，而言浮其術，不爲搢紳所推，然政寬簡，所涖人便之……其貽書

賀蘭進明，使救梁宋，以親諸軍，與許叔冀書，令釋憾，未渡淮，移檄將校，絕永王，俾各自白，以爲義而知變。」又《全唐詩》小傳謂適卒於永泰二年，顯係訛誤。

〔備考〕岑參年五十一，出爲嘉州刺史，行至梁州因蜀亂而還。杜甫年五十四，辭幕府歸浣花溪草堂，六月，自忠州至雲安縣居之，高適卒，杜甫有〈聞高常侍亡〉一詩之作。

第二節　高適的生平

一、籍里和家世

　　高適的籍里，歷來頗有爭議，主要原因在於地理沿革的雜亂紛紜、史傳所言不一〔註38〕，和唐人喜言郡望等。我們若從高適詩集中推求，則其籍里當爲洛陽，宋州乃其客居之地，至於渤海則只是郡望而已（詳見年譜所考）。蓋從魏晉以來，矜尚門第，不重里居，所以「文人屬詞喜稱先代之地望，非必土著云然，李白生西蜀寄長安而自稱隴西成紀人。」〔註39〕李賀家於昌谷〔註40〕，而詩中每自稱「隴西長吉」〔註41〕，又自稱「成紀人」〔註42〕，李氏之言隴西，想是唐人的通例，《新唐書》卷一高祖本紀云：「高祖神堯大聖天光孝皇帝諱淵，字叔德，姓李氏，隴西成紀人也。」近人葉慶炳先生以爲「唐代實無隴西成紀地名，蓋以李氏郡望相稱耳！」〔註43〕又劉知幾《史通‧因

〔註38〕《舊唐書》本傳以爲渤海蓨人，而卷一九〇〈文藝傳〉下則有「京兆王昌齡、高適」之語。

〔註39〕見《國粹學報》四十三期「史篇」，頁2。

〔註40〕《四庫全書總目》昌谷集提要云：「賀系出鄭王，故自以郡望稱隴西，實則家於昌谷，昌谷地近洛陽，於唐爲福昌縣，今爲宜陽縣地，集中屢言歸昌谷。」

〔註41〕《李長吉歌詩》卷二，〈酒罷張大徹索贈詩時張初效潞幕〉詩云：「隴西長吉摧頹客」。

〔註42〕《李長吉歌詩》卷三，〈昌谷〉詩云：「刺促成紀人」。

〔註43〕葉慶炳著《唐詩散論》書中〈兩唐書李賀傳考辯〉一文，洪範書店。

習篇》自註云：「近代史爲王氏傳，云瑯琊臨沂人，爲李氏傳，云隴西成紀人，非惟王、李二族久離本郡，亦自當時無此郡縣，皆是魏晉以前舊名。」可見史傳中記載的籍里，大都是題先世郡望，這乃是唐代習尙，《新、舊唐書》本傳說高適是渤海人，恐怕也不免如此。

　　高適的先世，史籍闕如，高適詩文中也沒有提及，僅《舊唐書》本傳說：「父從文，位終韶州刺史。」其他則不可考知，近人勞榦先生嘗疑高適爲隋故相高潁的族人，蓋「潁自言爲渤海蓚人，實不可信，其實潁當爲洛陽人，潁父曾爲獨孤后家之客，並曾以此賜姓獨孤氏。據隋書獨孤后傳，后爲洛陽人，則潁自當爲洛陽人，潁傳言：『初孩孺，家有柳樹，高百尺許，亭亭如蓋，里中父老曰：此家當出貴人。』則亦當指洛陽而言也。」〔註44〕高潁自言渤海蓚人，勞氏以爲不可信，因爲渤海只是高氏的郡望，這種情況和《舊唐書》高適傳所言「渤海蓚人也」正同。高潁若果爲洛陽人，而高適〈別韋參軍〉詩有「歸來洛陽無負郭」之句，則高適也是洛陽人，這點在年譜已詳言之。兩相參較，二人不無關係，但是孤證難以徵信，聊備一說可也。

　　又《舊唐書》本傳說：「適少濩落，不事生業，家貧，客於梁宋，以求丐取給。」《新唐書》本傳說：「少落魄不治生事，客梁宋間。」《唐才子傳》也說他「隱跡博徒」，則高適的家族，恐怕不是什麼王公鉅門，高適〈別韋參軍詩〉云：「二十解書劍，西遊長安城……白璧皆言賜近臣，布衣不得干明主，歸來洛陽無負郭，東過梁宋非吾土，兔苑爲農歲不登，雁池垂釣心長苦。」可知高適本布衣，連負郭之田都無，爲農垂釣，心長戚戚，過著十足「小人懷土」的生活。

　　至於族人可考的，也只有弟高耽、族姪高式顏和司功叔。

　　王維有〈送高適弟耽歸臨淮作〉，高適有〈酬祕書弟兼寄幕下諸公詩〉，就兩詩內容看，祕書弟當即高耽。王詩云：「少年客淮泗，落魄居下邳，遨遊向燕趙，結客過臨淄，山東諸侯國，迎送紛交馳，自

〔註44〕勞榦著〈高適籍里〉一文，刊《大陸雜誌》十四卷六期。

爾厭遊俠，閉戶方垂帷，深明戴家禮，頗學毛公詩，備知經濟道，高臥陶唐時，聖主詔天下，賢人不得遺，公吏奉繡組，安車去茅茨，君王蒼龍闕，九門十二達，群公朝謁罷，冠劍下丹墀，野鶴終跼蹐，威鳳徒參差。或問理人術，但致還山洞。」高適詩云：「祕書即吾門，虛白無不通，多才陸平原，碩學鄭司農，獻封到關西，獨步歸山東。」兩詩均稱曾治毛詩，並應詔至長安，未授官而還山東，足證祕書弟即高耽無疑。

又適集中有〈宋中送族姪式顏〉及〈又送族姪式顏〉二詩，前一首云：「不改青雲心，仍招布衣士。」後一首云：「惜君才未遇，知君才若此，世上五百年，吾家一千里，俱遊帝城下，忽在梁園裡。」可見高式顏頗有才氣，極受高適器重，惜時仍陸沉布衣，與高適同在梁園。另杜甫有〈贈高式顏〉詩云：「昔別是何處，相逢皆老夫，故人還寂寞，削跡共艱虞。自失論文友，空知賣酒壚，平生飛動意，見爾不能無。」杜甫此詩未審作於何時，但根據詩意可知時高式顏年已老大而仍不遇。杜甫生於玄宗先天元年，西元七一二年，少高適六歲，據杜詩「相逢皆老夫」句，知高式顏年齡與杜甫相當，則和高適年歲也相去不遠。

另適集中又有〈宋中別司功叔各賦一物〉詩，司功叔何名不可知。據《舊唐書》職官志：「上州司功參軍事一人，從七品上，司功掌官吏考課、祭祀禎祥、道佛、學校、表疏、醫藥、陳設之事。」

親戚中可知者僅從甥萬盈，高適集中有〈別從甥萬盈詩〉。

高適家世，可考者如上，闕疑若是，不能不說一件憾事。

二、交遊的情形

高適交遊廣濶，主要由於官場生活中，升調轉任，送往迎來，軍旅之中，戎務繁忙，交接頻仍，事多人雜，又詩人喜歡互相唱和酬贈，詩文時相往來，這些都是造成交遊廣濶的要因。近人阮廷瑜先生對高

適交遊已有所考〔註45〕，惟阮文所論過簡。今據可知資料，在高適交遊中，姓名可考者不下六十人，姓名疑似者有六人，姓名不可考者更在一百十六人之譜。其中姓名不可考者可參見阮文，本文僅論述姓名疑似及可考者。

（一）姓名疑似者

在高適交遊中姓名疑似不能定者有六人，試論列如下：

1. 王悔

高適詩集有〈贈別王七十管記〉詩，詩云：「故交吾未測，薄宦留年歲……飄颻戎幕下，出入關山際，轉戰輕壯心，立談有邊計……歸旌告東捷，鬥騎傳西敗。」按《舊唐書・玄宗紀》：「（開元）二十五年二月癸酉，張守珪破契丹餘眾於禁榛祿山，殺獲甚眾，三月乙卯，河北節度使崔希逸自涼州南率眾入吐蕃界二千餘里，己亥，希逸至青海西郎佐素文觜與賊相遇，大破之。」詩中所謂「東捷」、「西敗」當即指斥此事。又《舊唐書・張守珪傳》云：「先是契丹及奚連年為邊患，……及守珪到官，頻出擊之，每戰皆捷，契丹首領屈刺可突于恐懼，遣使詐降，守珪察知其偽，遣管記右衛騎曹王悔詣其部落就謀之，悔至屈刺帳，賊徒初無降意，乃移其營帳，漸向西北，密遣使引突厥將殺悔以叛，會契丹別將李過折與可突于爭權不叶，悔潛誘之，斬屈刺可突于，盡誅其黨。」高適詩寫王七十管記出入關山、轉戰邊塞，恐即張守珪傳所言之王悔。

2. 薛奇童

高適詩集有〈同薛司直諸公秋霽曲江俯見南山作〉詩。按《全唐詩》卷二百二載薛奇童詩七首，作者小傳云：「薛奇童，大理司直。」「童」字下夾注云，「一作章」〔註46〕，薛詩中有「塞下曲」一首，寫

〔註45〕見阮廷瑜先生著〈高適交遊考〉一文，刊《大陸雜誌》三十卷七、八期，該文後收入再版的《高常侍詩校注》一書中，中華叢書。
〔註46〕見《全唐詩》卷二○二，第三冊，頁 2210，盤庚出版社。

邊塞景物，恐亦是軍旅中人，此薛司直，或與高詩題中云謂者同一人。

3. 顏　韶

　　高適詩集有〈「九月九日酬顏少府」〉、〈送顏少府旅宦秋中作〉二詩。另岑參有〈夏初醴泉南樓送太康顏少府〉、〈送顏少府投鄭陳州〉、〈送顏評事入京〉、〈送顏韶〉等詩，高適的兩首詩和岑參的四首詩所描述的語意相類，則顏少府或即顏韶，以太康尉入爲評事者。

4. 薛稷後裔

　　高適集中有〈東平旅遊奉贈薛太守二十四韻〉詩、〈爲東平薛太守進王氏瑞詩表〉。詩首稱美薛太守先人云：「頌美馳千古，欽賢仰大猷，晉公標逸氣，汾水注長流。」晉公即薛稷，薛太守當爲薛稷後人。按稷蒲州汾陰人，長壽三年（694）進士及第〔註47〕，封晉國公，《舊唐書・薛收傳》附子元超從子稷傳云：「稷又於帝面折崔日用，遞相短長，由是罷知政事，遷左散騎常侍，歷工部禮部二尚書，以翊贊睿宗功封晉國公，賜實封三百戶，除太子少保，睿宗常招稷入宮中參決庶政，恩遇莫與爲比。」

5. 張叔明

　　高適集中有〈題張處士菜」〉詩。另杜少陵集卷二有〈題張氏隱居〉二首，黃鶴注：「《舊唐書・李白傳》云，『少與魯中諸生張叔明等隱於徂徠山，號爲竹溪六逸。』又子美雜述云：『魯有張叔卿』，意叔明、叔卿止是一人，卿與明有一誤耳，不然，亦兄弟也，是詩張氏隱居，豈其人歟？此當是開元二十四年後，與高李遊齊趙時作。」高適此詩題中的張處士，恐怕即是張叔明或張叔卿，詩也應是遊齊趙時所作。

6. 張立本女

　　高適集有〈聽張立本女吟〉詩。按《四庫全書總目》卷一百四

〔註47〕《唐會要》卷七六貢舉中制科舉類：「長壽三年四月，臨難不顧循節寧邦科：薛稷。」

十九「高常侍集十卷」，下云：「……明人所刻適集，以《太平廣紀》高鍇侍郎墓中之狐妖絕句，所謂『危冠高髻楚宮粧，閒步前庭趁夜涼，自把玉簪敲砌竹，清歌一曲月如霜』一首併載之，蕪雜殊甚。」今檢《太平廣記》卷四百五十四狐類有張立本云：「唐丞相牛僧孺在中書，草場官張立本有一女，為妖物所魅，其妖來時，女即濃粧盛服，於閨中如與人語笑，其去，即狂呼號泣不已，久每自稱高侍郎，一日忽吟一首詩云：危冠廣袖楚宮粧，獨步閒庭逐夜涼，自把玉簪敲玉砌，清歌一曲月如霜。立本乃隨口抄之，立本與僧法舟為友，至其宅，遂示其詩云：某女少不曾讀書，不知因何而能。舟乃與立本兩粒丹，令女服之，不旬日而疾自愈，其女說云：宅後有竹叢，與高鍇侍郎墓近，其中有野狐窟穴，因被其媚。服丹之後，不聞其疾再發矣。」此詩《全唐詩》兩收，卷七百九十九有「張立本女詩」，夾註云：「草場官張立本女，少未讀書，忽自吟詩，立本隨口錄之，詩一首。」〔註48〕卷八百六十七高侍郎詩，夾註云：「草場官張立本有女為物所魅，自稱高侍郎，吟詩一首，宅後有高偕侍郎墓，野狐窟穴其中，蓋狐妖也。」〔註49〕今按《四庫全書》高常侍集十卷乃據鮑廷博知不足齋所藏《高常侍集》影鈔，而鮑廷博書得自汲古閣所藏，據汲古閣珍藏祕本書目云：高常侍集二本。下註：「從宋本精抄。」〔註50〕可知《四庫全書》高常侍集來自宋本，而宋本尚無此詩，所以紀昀說明人誤併，大概是不錯的。

（二）姓名可考知者

　　高適交遊中姓名可考知的很多，其中有些僅是泛泛之交，有些則對他個人生平有很大的影響，或在當時詩壇就享有盛名的，以下分述

〔註48〕見《全唐詩》卷七九九，第十一冊，盤庚出版社，頁8992。

〔註49〕見《全唐詩》卷八六七，第十二冊，盤庚出版社，頁9820。

〔註50〕《全唐文》卷三百十七〈李華三賢論〉云：「潁川陳兼字不器，渤海高適達夫，落落有奇節。」卷三百六十八〈賈至送本兵曹往江外序〉云：「想子行邁，路經夷門，見潁川陳兼，河南于頔，為問道心無恙，星鬢如何？」

條論之：

1. 梁　洽

　　高適集有〈哭單父梁九少府詩〉，《文苑英華》作〈哭單父梁洽少府〉。《全唐文》卷三百五十六作者小傳云：「梁洽，開元時處士。」《全唐詩》卷二百三作者小傳云：「梁洽，開寶間進士，詩一首。」高詩云：「晉山徒嵯峨，斯人已冥冥。」是梁洽當是晉山人，晉山唐屬河東道，劉長卿送薛據宰涉縣詩云：「縣前漳水綠，郭外晉山翠。」

2. 陳　兼

　　高適集有〈宋中遇陳二〉詩，《文苑英華》、《河嶽英靈集》俱作「宋中遇陳兼」。陳兼，字不器，穎川人，初耕於楚縣。天寶十二載應辟入京〔註51〕，獨孤及有序贈行。為封丘尉〔註52〕，累官祕書少監京父官右補闕，翰林學士〔註53〕。適集中〈酬裴員外以詩代書〉詩有「辛酸陳侯誄」之句，《唐詩紀》於句下註云：「陳二補闕銘誄即裴所為。」陳二補闕即是陳兼，杜甫有〈贈陳二補闕〉詩。陳兼與高適、賈至、杜甫、獨孤及時有往來，獨孤及有送陳兼應辟兼寄賈至詩。至於高適與陳兼的訂交，當在天寶六載，參看年譜。

3. 張守珪〔註54〕

　　高適集有〈宋中送族姪式顏時張大夫貶括州使人招式顏遂有此作〉一詩。按《舊唐書・玄宗紀》：「開元二十七年七月，幽州節度使兼御史大夫以賄貶括州刺史。」張守珪陝州河北人，卒於開元二十七年。

4. 呂諲〔註55〕

　　高適集中〈同呂判官從哥舒大夫破洪濟城迴登積石軍多福七級浮

〔註51〕此據獨孤及《毗陵集・送陳贊府兼應辟赴京序》一文。
〔註52〕此據《全唐文》卷三七三陳兼〈陳留郡文宣王廟堂碑並序〉一文。
〔註53〕此據《全唐文》卷三七三作者小傳。
〔註54〕張守珪傳見《舊唐書》卷一○三、《新唐書》卷一三三。
〔註55〕呂諲傳見《舊唐書》卷一三五良吏傳下、《新唐書》卷一四○。

圖〉詩。呂判官即呂諲，河東蒲州人，開元末中進士第，調寧陵尉，採訪使韋陟署爲支使。天寶十三載，河西節度使哥舒翰表爲支度判官〔註56〕，歷太子通事舍人，累兼殿中侍御史，哥舒翰敗於潼關，呂諲西趨靈武，肅宗拜爲御史中丞。乾元二年，擢爲同中書門下平章事，知門下省，累封須昌縣伯，遷黃門侍郎。上元初，加同中書門下三品，後以事出爲荊州長史。諲在朝雖不稱任職相，在荊州任內却是號令嚴明，賦斂均一。後來死於羸疾，年五十一。

5. 李 寀

高適集有〈送前衛李寀少府〉詩。寀生平不詳。

6. 司空璵

高適集有〈酬司空璵〉詩，《百家詩選》、《唐詩紀》皆作〈酬司空璵少府〉，是璵曾爲少府，高詩云：「飄颻未得意，感激與誰論，昨日遇夫子，乃欣吾道存，江山滿詞賦，札翰起涼溫，吾見風雅作，人知德業尊。」餘則未詳。

7. 陳章甫

高適集有〈同觀陳十六史興碑〉詩、〈同群公宿開善寺贈陳十六所居〉詩。〈同觀陳十六史興碑詩序〉云：「楚人陳章甫繼毛詩而作史興碑，遠自周末，迨乎隋季，善惡不隱，蓋國風之流，未藏名山，刊在樂石，僕美其事，而賦是詩焉。」是陳十六即陳章甫，《全唐文》卷三百七十三作者小傳云：「陳章甫，開元中進士。」李頎有〈送陳章甫〉詩、〈宴陳十六樓〉詩。〈送陳章甫〉詩云：「……陳侯立身何坦蕩，糾鬚虎眉仍大顙，腹中貯書一萬卷，不肯低頭在草莽……」。

8. 李 翥

高適集中有〈觀李九少府翥樹宓子賤神祠碑〉、〈秦中送李九赴越〉、〈同李九士曹觀壁畫雲〉、〈同崔員外綦毋拾遺九日宴京兆府李士

曹〉等詩。適〈賀安祿山死表〉云：「謹攝判官李齊，奉表陳賀以聞。」按《金石錄》卷七第一千二百二十二〈唐宓子賤碑〉，下云：「李少康撰，李景參正書，天寶三載七月。」高適〈觀李九少府齊樹宓子賤神祠碑詩〉云：「吾友吏茲邑，亦嘗懷宓公。」又安祿山死於至德二載正月。知李齊天寶三載曾爲單父少府，至德二載高適爲淮南節度使時，李齊在幕下任判官。另岑參有〈送李齊遊江外〉詩〈題李士曹廳壁畫度雨雲詩〉。

9. 姜　撫〔註57〕

高適集中有〈遇沖和先生〉詩。沖和先生爲姜撫的號，姜撫宋州人，自言通仙人不死術，隱居不出，開元末，太常卿韋縚祭名山，訪遺民，還白撫已數百歲，玄宗召他到東都，舍於集賢院。因言常春藤可致長生，玄宗使人到處索求，且擢升姜撫爲銀青光祿大夫，右驍騎將軍甘守誠能詔藥石，以爲常春藤即千歲藟，民間以酒漬之，飲者多暴死。姜撫內自慚悸，請求藥牢山，遂逃去。高詩云：「沖和生何代，或謂遊東溟，三命謁金殿，一言拜銀青，自云多方術，往往通神靈。萬乘親問道，六宮無敢聽，昔云限霄漢，今來覿儀形。頭戴鶡鳥冠，手搖白鶴翎，終日飲醇酒，不醉復不醒。猶憶鶏鳴山，每誦西昇經，拊背念離別，依然出戶庭，莫見今如此，曾爲一客星。」詩中所言與史傳正合。

10. 李　邕〔註58〕

高適集中有〈奉酬北海李太守夏日平陰亭詩〉、〈同群公十月朝宴李太守宅詩〉。李太守即李邕，字泰和，廣陵江都人，長安初，內史李嶠及監察御史張廷珪並薦邕詞高行直，堪爲諫諍之官，由是召拜左拾遺，開元三年，擢爲戶部郎中，邕素與黃門侍郎張廷珪友善，時姜皎用事，與廷珪謀引邕爲憲官，事洩，姚崇嫉邕險躁，因而構成其罪，

〔註57〕姜撫傳見《新唐書》卷二百四方技傳。
〔註58〕李邕傳見《舊唐書》卷一九〇中、《新唐書》卷二〇二〈文藝傳〉。

左遷括州司馬，後徵爲陳州刺史。十三年，邕於汴州謁玄宗，累獻詞賦，甚稱玄宗意，由是矜衒，自云當居相位，中書令張說惡之，俄而陳州贓事發，邕罪當死，許州人孔璋上書救上。貶爲欽州遵化縣尉，後以從楊思勗討賊有功，累轉括、淄、滑三州刺史。天寶初，爲汲郡、北海二太守，五載，以贓事被杖殺。年七十餘。李邕生性豪奢，所在縱求財貨，馳獵自恣。高適有〈同群公出獵海上〉詩，當是天寶四載與李邕、杜甫共獵時所作。天寶四載夏，李白、杜甫同遊齊魯，邕曾於歷下亭設宴招待；歷下亭有兩處，一爲古亭，一爲新亭，《水經注》云：「濼水出歷縣故城西南，城南對山，其水北爲大明湖，西即大明寺。寺東北兩面側湖，此水便成淨池也。池上有客亭，左右楸桐，負日俯仰，目對魚鳥，極水木明瑟，可謂濠梁之性，物我無違矣。」客亭即古亭。《水經注》又載：「湖水引瀆，東入西郭，至歷城西而側城北，注湖水，上承東城，歷祠下，泉源競發，其水北流，逕歷城東，又北引水爲流杯池，州僚賓燕，公私多在其上。」流杯池旁有一亭，即新亭，乃齊州司馬李之芳所建，之芳爲邕從孫，開元末曾爲駕部員外郎，後出爲齊州司馬，邕〈登歷下古城員外孫新亭〉詩云：「吾宗固神秀，體物寫謀長，形制開古跡，曾冰延樂方。太山雄地理，巨壑渺雲莊，高興洎煩促，永懷清典常，含弘知四大，出入見三光，負郭喜秔稻，安時歌吉祥。」杜甫「陪李北海宴歷下亭」詩記宴會事云：「東藩駐宅蓋，北渚臨清河，海右此亭古，濟南名士多，雲山已發興，玉佩仍當歌，修竹不受暑，交流空湧波，蘊眞愜所遇，落日將如何？貴賤俱物役，從公難重過。」另杜甫晚年於夔州時有〈八哀〉詩，追頌其所尊崇之八人，中有贈祕書監江夏李公邕，於邕之才學事跡，所敘甚詳，詩云：「長嘯宇宙間，高才日陵替，古人不可見，前輩復誰繼。惜昔李公存，詞林有根柢，聲華當健筆，灑落富清製，風流散金石，追琢山岳銳，情窮造化理，學貫天人際。干謁走其門，碑版照四裔，各滿深望還，森然起凡例，蕭蕭白楊路，洞徹寶珠惠，龍宮塔廟湧，浩劫浮雲衛，宗儒俎豆事，故吏去思計，眄睞已皆虛，跋涉曾不

泥，向來映當時，豈獨勸後世。豐屋珊瑚鉤，麒麟織成罽，紫騮隨劍几，義取無虛歲。分宅脫驂間，感激懷未濟，眾歸瞯給美，擺落多藏穢，獨步四十年，風聽九皋唳，嗚呼江夏姿，竟掩宣尼袂，往者武后朝，引用多寵嬖，否臧太常議，面折二張勢，表俗凜生風，排蕩秋旻霽，忠貞負冤恨，宮闕深旒綴。放逐早聯翩，低垂困炎厲，日斜鵬鳥入，魂斷蒼梧帝，榮枯走不暇，星駕無安稅，幾分漢廷竹，夙擁文侯彗。終悲洛陽獄，事近小臣敝，禍階初貞諒，易力何深濟，伊昔臨淄亭，酒酣託末契，垂敘東都別，朝陰改軒砌，論文到崔蘇，指盡流水逝，近伏盈川雄，未甘特進麗，是非張相國，相扼一危脆，爭名古豈然，鍵捷欻不閉。例及吾家詩，曠懷掃氛翳，慷慨嗣真作，咨嗟玉山桂，鍾律儼高懸，鯤鯨噴迢遞，坡陁青州血，蕪沒汶陽瘞，哀贈竟蕭條，思波延揭厲。子孫存如線，舊客舟凝滯，君臣尚論兵，將帥接燕薊。朗咏六公篇，憂來豁蒙蔽。」

又杜甫〈奉贈韋左丞文二十二韻〉有「讀破萬卷書，下筆如有神，賦料揚雄敵，詩看子建親，李邕求識面，王翰願卜鄰。」之句，也可見李邕在當時文壇的地位及受杜甫尊重之一斑。

李邕死後，李白經其故宅，宅已改建為修靜寺，李白不禁感慨地寫了首〈題江夏修靜寺〉的詩，詩云：「我家北海宅，作寺江南濱，空庭無玉樹，高殿坐幽人，書帶留青草，琴堂冪素塵，平生種桃李，寂滅不成春。」

李邕早擅文名，尤長碑頌，與當時詩人時有往來，高適〈奉酬北海李太守文人夏日平陰亭〉詩中有「盛烈播南史，雄詞豁東溟」亦可見其推崇。今《全唐詩》卷一百十五存李邕詩四首。

11. 薛　據

高適集中有〈同韓四薛三東亭翫月〉、〈酬別薛三蔡大留簡韓十四主簿〉、〈淇上酬薛三據兼寄郭少府〉、〈同群公登慈恩寺塔〉〔註59〕

〔註59〕杜甫、儲光羲均有〈同諸公登慈恩寺塔〉詩，岑參有〈與高適薛據

等詩。

按杜甫有〈寄薛三郎中璩〉詩,〈秦中見勅目薛三璩授司議郎〉詩知薛三即薛璩,《唐詩紀事》、《唐才子傳》「璩」作「據」,當以「據」爲是。《唐詩紀事》卷二十五作者小傳云:「薛據,河中寶鼎人,中書舍人文思曾孫,父元暉,什邡令,開元天寶間,據與弟播、揔相繼登科,終禮部侍郎。」又《唐才子傳》卷二〈薛據傳〉云:「據,荊南人,開元十九年王維榜進士〔註60〕,天寶六年,又中風雅古調科第一人,於吏部參選,據自恃才名,請受萬年錄事,流外官訴宰執,以爲赤縣是某等清要,據無媒,改涉縣令,後仕歷司議郎,終水部郎中。據爲人骨鯁,有氣魄,文章亦然,嘗自傷不得早達,造句往往追凌鮑謝,初好棲遁,居高鍊藥,晚歲置別業終南山下老焉。」《唐會要》卷七十六貢舉中制科舉類有:「天寶六載,風雅古調科,薛據及第。」據早孤,由伯母林氏撫訓長大〔註61〕,曾爲永樂主簿,轉宰涉縣〔註62〕。與王維、杜甫最友善〔註63〕,王維有〈座上走筆贈薛據慕容損〉詩、〈送張舍人佐江州同薛據十韻〉。又《全唐詩》卷二五三閻防小傳云:「嘗與薛據讀書終南豐德寺。」王維曾半官半隱於終南山,薛據與王維訂交,或在此時。

登慈恩寺浮圖〉。

〔註60〕 據《新、舊唐書》王維傳及明顧起經、清趙殿成年譜,王維擢進士第在開元九年,此云十九年當是九年之誤。

〔註61〕 《舊唐書》卷一四六薛播傳云:「初,播伯父元曖終於隰城令,其妻濟南林氏,丹陽太守洋之妹,有母儀令德,博涉五經,善屬文,所爲篇章,時人多諷詠之,元曖卒後,其子彥輔、彥國、彥偉、彥雲及播兄據、揔並早幼孤,悉爲林氏所訓導,以至成立,咸致文學之名,開元天寶中二十年間,彥輔、據等七人並舉進士,連中科名,衣冠榮之。」

〔註62〕 劉長卿〈送薛據宰涉縣〉詩云:「故人河山秀,獨立風神異,人許白眉長,天資青雲器,雄辭變文名,高價喧時議,下筆盈萬言,皆合古人意,一從負能名,數載猶卑位……」題下注云:「自永樂主簿陟狀,尋復選受此官。」

〔註63〕 見《唐詩紀事》卷二五。

12. 沈千運

　　高適集中有〈贈別沈四逸士〉詩、〈賦得還山吟送沈山人〉詩。
按沈四逸士即沈山人，亦即沈千運，詳見年譜天寶五載所考。《唐才
子傳》卷二云：「千運，吳興人，工舊體詩，氣格高古，當時士流，
皆敬慕之，號爲沈四山人，天寶中，數應舉不第，時年齒已邁，遨
遊襄鄧間，干謁名公，來濮上，感懷賦詩曰：『聖朝優賢良，草澤無
遺族，人生各有命，在余胡不淑，一生但區區，五十無寸祿，衰落
當捐棄，貧賤招謗讟。』其時多難，自知屯蹇，遂浩然有歸歟之志，
賦詩曰：『棲隱無別事，所願離風塵，不來城邑遊，禮樂拘束人』又
曰：『如何巢與由，天子不得臣。』遂釋志、還山中別業，嘗曰：『衡
門之下，可以棲遲，有薄田園，兒稼女織，俛仰今古，自足此生，
誰能作小吏走風塵下乎？』高適賦〈還山吟〉贈行曰：『還山吟，天
高日暮寒山深，人生老大須恣意，看君解作一生事，山間俛仰無不
至，石泉淙淙若風雨，桂花松子常滿地，賣藥囊中應有錢，還山服
藥又長年，白雲勸盡杯中物，明月相隨何處眠，眠時憶問醒時意，
夢魂可以相周旋。』肅宗議備禮徵致，會卒而罷。」千運所爲文章，
皆與時異〔註64〕，今《全唐詩》存其詩五首，作者小傳云：「爲詩力
矯時俗，一出雅正，王季友、于逖、孟雲卿、張彪、趙徵明、元季
川皆其同調也，乾元中，季川兄結，嘗編七人詩爲篋中集，千運爲
之冠。」

13. 王　徹

　　高適集中有〈別王徹〉詩。孫逖有〈授濮陽郡王徹宗正卿制〉云：
「門下宗卿設伍，邦族是司，必擇親賢，以光名器，金紫光祿大夫行
太僕卿員外置同正員上柱國濮陽郡王徹，清貞履道，淑慎持身，行無
越思，動不踰矩，以才從政於歷官，而則濬以地，推恩在同姓，而爲
近敦敘之任，疇咨所難，宜受寄於本枝，更遷榮於列棘，可行宗正卿，

〔註64〕見元結〈篋中集序〉。

散官勳如故。」〔註65〕餘未詳。

14. 劉子英

高適集有〈淇上別劉少府子英〉詩。詩云：「千里忽携手，十年同苦心，求仁見交態，於道喜甘臨。」知二人係舊遊知交，餘未詳。

15. 房　休

高適集中有〈苦雨寄房四昆季〉詩，《文苑英華》題作〈苦雨寄房休昆季〉詩。房休生平不詳。

16. 郭密之

高適集有〈薊門不遇王之渙郭密之因以留贈〉詩，詩云：「賢交不可見，吾願終難說，迢遞千里遊，羈離十年別，才華仰清興，功業嗟芳節。」又阮芸臺《兩浙金石》卷二云：「（永嘉）邑志云：郭密之於天寶中令諸暨，建義津橋，築放生湖，溉田二千餘頃，民便之。」《全唐詩》卷八百八十七補遺載郭密之詩一首，題曰：〈永嘉經謝公石門山作〉。

17. 苗晉卿〔註66〕

高適集中有〈送虞城劉明府謁魏郡苗太守〉詩，苗太守即苗晉卿，天寶三年爲魏郡太守，字元輔〔註67〕，上黨壺關人，開元七年進士及第〔註68〕，授懷州修武縣尉。祿山反，晉卿以憲部尚書致仕，朝廷失守，赴行在，肅宗拜爲左相，尋封韓國公，改爲侍中，代宗即位，詔攝冢宰，固辭，代宗號泣從之。今《全唐詩》中存詩一首，題曰〈奉和聖製早登太行山中言志〉。

18. 郭　微

高適集中有〈淇上酬薛三據兼寄郭少府〉詩，《文苑英華》「郭少府」作「郭微」，百家詩選作「郭主簿」，又劉眘虛有〈送韓平兼寄郭

〔註65〕見《全唐文》卷三〇九。

〔註66〕苗晉卿傳見《舊唐書》卷一一三、《新唐書》卷一四〇。

〔註67〕見《全唐詩》卷二五八作者小傳。

〔註68〕《唐會要》卷七六貢舉中制科舉類：「開元七年辭雅麗科——苗晉卿。」

微〉詩〔註69〕，詩云：「……余憶東州人，經年別來久，殷勤為傳語，日夕念携手……」是所可知道的，郭微乃東州人，曾為少府，主簿。

19. 李 宓

高適集中有〈李雲南征蠻〉詩，序云：「天寶十一載，有詔伐西南夷，右相楊公兼節制之寄，乃奏前雲南太守李宓，涉海自交趾擊之，……適忝斯人之舊，因賦是詩。」按《舊唐書》卷一百六楊國忠傳云：「國忠又使司馬李宓率師七萬再討南蠻，宓渡瀘水為蠻所誘，至和城，不戰而敗，李宓死於陣。」《新唐書》卷二百六外戚列傳楊國忠傳云：「尋遣劍南留後李宓率兵十萬擊閣羅鳳。」《新唐書》卷二百二十二南蠻傳上云：「使侍御史李宓討之……」是可知者，李宓曾為雲南太守、劍南留後、司馬、侍御史等官，其他不詳。

20. 韋 建

高適集中有〈留別鄭三韋九兼寄洛下諸公〉詩，韋九即韋建，劉長卿有〈「客舍贈別韋九建赴河南韋十七造任鄭縣就便觀省」詩，詩云：「與子頗疇昔，常時仰英髦，弟兄盡公器，詩賦凌風騷，頃者遊上國，獨能光選曹，香名冠二陸，精鑑逢山濤……」。韋建，字士經，京兆人〔註70〕，天寶中為河南令〔註71〕，與蕭穎士最善〔註72〕，今《全唐詩》卷二百五十七存其詩二首。

21. 李景參

高適集中有〈別李景參〉詩，《金石錄》卷七第一千二百二十二唐〈宓子賤碑〉下云：「李少康撰，李景參正書，天寶三載七月。」餘不詳。

〔註69〕見《全唐詩》卷二五六。
〔註70〕《全唐文》卷三一七，李華〈三賢論〉云：「京兆韋建士經，中明外純。」
〔註71〕見《全唐文》卷三七五作者小傳。
〔註72〕《唐詩紀事》卷二四載韋建〈泊舟盱眙〉詩，詩末註云：「建，與蕭穎士最善。」

22. 張　旭〔註73〕

高適集中有〈醉後贈張旭〉詩，詩云：「世上謾相識，此翁殊不然，興來書自聖，醉後語猶顚，白髮老閑事，青雲在目前，牀頭一壺酒，能更幾回眠？」按張旭蘇州吳人，嗜酒，每大醉，呼叫狂走，乃下筆，或以頭濡墨而書，既醒自視，以爲神而不可復得，世呼爲張顚。文宗詔以李白歌詩、裴旻劍舞、張旭草書爲三絕。今《全唐詩》卷一百十七存旭詩六首，率皆詠物敘情之。作另李頎有〈贈張旭〉詩云：「張公性嗜酒，豁達無所營，皓首窮草隸，時稱太湖精。」

23. 渾　瑊〔註74〕

高適集中有〈送渾將軍出塞〉詩，詩云：「將軍族貴兵且強，漢家已是渾耶王，子孫相承在朝野，至今部曲燕支下，控弦盡用陰山兒，登陣常騎大宛馬……」知渾將軍即渾瑊，瑊本名進，皋蘭州人，本鐵勒九姓部落之渾部也，高祖大俟利發渾阿貪支，貞觀中爲皋蘭州刺史，曾祖元慶、祖大壽、父釋之，皆代爲皋蘭都尉，渾瑊十餘歲即善騎射，隨父戰伐，後從僕固懷恩討史朝義，從郭子儀討吐蕃，封咸寧郡王，貞元十五年卒。渾瑊一生忠勤謹愼，功高不伐，物論方之金日磾。

24. 衛　賓

高適集中有〈酬衛八雪中見寄〉詩、〈同衛八題陸少府書齋〉詩，杜甫亦有〈贈衛八處士〉詩，衛八即衛賓，《唐史拾遺》云：「杜甫與李白、高適、衛賓相友善，時賓年最小，號小友。」

25. 張　瑤

高適集中有〈送張瑤貶五溪尉〉詩，張瑤生平未詳。

26. 綦毋潛

高適集中有〈同崔員外綦毋拾遺九日宴京兆府李士曹〉詩，綦毋

〔註73〕張旭傳見《新唐書》卷二○二〈文藝傳〉中。
〔註74〕渾瑊傳見《舊唐書》卷一三四、《新唐書》卷一五五。

拾遺即綦毋潛，字孝通〔註75〕，生於武后如意元年（692），卒於玄宗天寶八年左右（749）〔註76〕，《唐才子傳》卷二說他：「荊南人，開元十四年嚴迪榜進士及第，授宜壽尉，遷右拾遺，入集賢院待制，復授校書，終著作郎，與李端同時，詩調屹崒峭蒨，足佳句，善寫方外之情，歷代未有，荊南分野，數百年來，獨秀斯人，後見兵亂，官況日惡，挂冠歸隱江東別業，王維有詩送之曰：『明時久不達，棄置與君同，天命無怨色，人生有素風。』一時文士咸賦詩，祖餞甚榮。」潛與王維、王昌齡、李頎、儲光羲、韋應物、王灣等人皆相善。王維有〈送綦毋潛落第還鄉〉詩、〈綦毋校書棄官還江東〉詩。王昌齡有〈東京府縣諸公與綦毋潛李頎相送至白馬寺〉詩，據唐書玄宗紀，東都洛陽於天寶元年改稱東京，知天寶元年潛還在東京任官，和王昌齡、李頎時相往來。李頎贈潛之詩頗多，《全唐詩》卷一三二有他的〈送綦毋三謁房給事〉詩〔註77〕，詩中有「惜哉湖海上，曾校蓬萊書」之句，房給事即房琯，據《舊唐書》卷一百一〈房琯傳〉，琯於天寶五年正月擢給事中，知潛於天寶五年在校書郎任內，並曾謁見房琯。又儲光羲有〈酬綦毋校書夢耶溪見贈之作〉，詩云：「校文在仙掖，每有滄海心」，所謂耶溪即若耶溪，地當今紹興縣南二十里若耶山下，相傳是春秋時代美人西施浣紗故址，西施於吳亡後隨范蠡遨遊五湖，身心自恣，因之若耶溪成了唐代文士追求自由的象徵，由此可知綦毋潛對校書郎一職早有掛冠之意。又韋應物有〈和李二主簿寄淮上綦毋三〉詩，當是潛棄官返江東後，居於淮上。又殷璠《河嶽英靈集》內收王灣詩八首，中有〈哭補闕亡友綦毋學士〉詩，詩云：「反哭魂猶寄，終喪子尚孩，葬田門吏給，樹木路人栽」，極見其身後蕭條的境

〔註75〕《全唐文》卷三三三龍興寺銘作者小傳云：「綦毋潛，字季通。」然《新唐書》藝文志及《唐才子傳》俱作「孝通」，疑「季」字形似而誤。

〔註76〕此據聞一多《唐詩大系》，另楊陰深《中國文學家大辭典》作「約七四一年前後在世。」

〔註77〕綦毋三即綦毋潛，潛行第第三，見岑仲勉《唐人行第錄》。

況，《唐才子傳》卷一王灣傳云：「與學士綦毋潛契切」今考灣哭綦毋
學一詩中有「登山一臨哭，揮淚滿蒿萊」之句，知《唐才子傳》「契
切」一語洵不誣也。

27. 孫　訢

高適集中有〈別孫訢詩〉，按「訢」同「欣」，《全唐詩》卷二百
三載孫欣〈秦試冷井〉詩一首，作者小傳云：「開、寶間人」，餘未詳。

28. 陳希烈〔註78〕

高適集中有〈古飛龍曲留上陳左相〉詩，《全唐詩》於詩題下註
云：「陳希烈」，按希烈宋州人，精玄學，李林甫以其和裕易制，引
為宰相，封潁川郡開國公，安祿山陷京，與張垍、達奚珣同為祿山
掌機衡，兩京收復，賜死於家。今《全唐詩》卷一百二十一存其詩
三首。

29. 李林甫〔註79〕

高適集中有〈留上李右相詩〉，《文苑英華》詩題下註云：「奉贈
李右相林甫」。按李林甫善音律，開元中為太子中允。及韓休入相，
薦為宰相。林甫面柔有狡計，能伺侯人主意，玄宗在位多年，倦於萬
機，一委林甫，宰相用事之盛，開元以來，未有其比。晚年溺於聲妓，
姬侍盈房。今《全唐詩》卷一百二十一收其詩三首。

30. 李　禕〔註80〕

高適集中有〈信安王幕府詩〉，信安王即李禕，吳王恪之孫，恪
為太宗第三子，生子仁、瑋、琨、璄，琨即禕父，禕少有志向，事母
甚謹，開元十二年封信安郡王，十九年玄宗遣忠王為河北道行軍元帥
以討奚及契丹，以禕為副，王即不行，禕率裴耀卿等諸副將分道統兵

〔註78〕陳希烈傳見《舊唐書》卷九山張說傳附、《新唐書》卷二二三姦臣傳
　　　　上。
〔註79〕李林甫傳見《舊唐書》卷一〇六、《新唐書》卷二二三姦臣傳上。
〔註80〕李禕傳見《舊唐書》卷七六太宗諸子傳、《新唐書》卷八十太宗諸子
　　　　傳。

出范陽北，大破兩蕃，擒其酋長，開元二十二年，遷兵部尚書，天寶
二年病薨，年八十餘。高詩序云：「開元二十年，國家有事林胡，詔
禮部尚書信安王，總戎大舉……」是時李禕尚爲禮部尚書也！

31. 李 峘〔註81〕

　　高適集中有〈奉酬睢陽李太守詩〉、〈畫馬篇詩〉〔註82〕，李太
守即李峘，信安王李禕子，天寶中爲南宮郎，楊國忠秉政，郎官不附
己者悉出於外，峘自考功郎中出爲睢陽太守。安史之亂，峘奔赴京師，
除武部侍郎，兼御史大夫，乾元初，持節都統淮南、江南、江西節度，
宋州刺史劉展叛，峘拒之壽春，爲展所敗，貶袁州司馬，寶應二年，
卒於貶所。

32. 賀蘭進明

　　高適集中有〈酬河南節度使賀蘭大夫見贈之作〉，賀蘭大夫即賀蘭
進明，房琯爲相，奏用賀蘭爲彭城太守，河南節度使兼御大夫〔註83〕，
進明開元十六年虞咸榜進士及第，好古博雅，經籍滿腹，有古詩樂府
數十篇，大體皆符於阮籍〔註84〕安祿山反，進明守臨淮，時許遠爲睢
陽太守，與張巡共禦賊，賊將尹子奇攻圍經年，城中食盡，張巡至殺
妻妾以食將士，又遣帳下之士南霽雲夜縋出城，求援於進明，進明日
與諸將張樂高會，無出師意〔註85〕，至德二載八月，以張鎬爲河南節
度使代進明〔註86〕。方南霽雲之乞師，進明不分兵，高適曾寄書進明，
令疾救梁宋，以親諸軍，又寄書許叔冀，綢繆繼好，使釋他憾，同援
梁宋〔註87〕可惜執政相乖，終使河南郡邑爲墟。肅宗時，進明爲北海

〔註81〕李峘傳見《舊唐書》卷一〇二、《新唐書》卷八十太宗諸子傳。
〔註82〕〈畫馬篇〉詩《四庫本高常侍集》、《唐詩紀》題下注云：「同諸公宴
　　　　睢陽李太守各賦一物」。
〔註83〕見《舊唐書》卷一一一〈房琯傳〉、卷一八七忠義列傳下許遠傳。
〔註84〕見《唐才子傳》卷二賀蘭進明傳。
〔註85〕見《舊唐書》卷一八七忠義烈傳下張巡傳。
〔註86〕見《資治通鑑》唐紀。
〔註87〕見《舊唐書》卷一一一高適傳。

太守，轉南海太守，嶺南節度使，後貶秦州司馬〔註88〕，今《全唐詩》收其〈古意〉二首、〈行路難〉五首。

33. 許叔冀

許叔冀，安祿山陷洛陽時守靈昌，一年而自拔。房琯爲相，用爲賀蘭進明都知兵馬兼御史大夫，因房琯與進明素不叶，進明此時爲河南節度使兼御史大夫，琯欲重許叔冀官以挫進明，故以之爲進明都知馬使。方南霽雲之乞師，高適曾寄書許叔冀，使其同援梁宋。

34. 謝　偃

高適集中有〈逢謝偃〉詩，詩云：「紅顏愴爲別，白髮始相逢。」則二人係舊交，惟非過從甚密者。另《舊唐書》卷一九○、《新唐書》卷二○一有謝偃傳，然爲貞觀時人，非高適所交遊者。

35. 董庭蘭

高適集中有〈別董大〉詩二首，第一首有「莫愁前路無知己，天下誰人不識君」之句。而李頎有〈聽董大彈胡笳聲兼寄語房給事〉詩，《全唐詩》於詩題下註云：「一本題作聽董庭蘭彈琴兼寄房給事」，則董大即董庭蘭，爲房琯琴客，琯每大招集琴客筵宴，聽董庭蘭彈琴，朝官往往因庭蘭以見琯，自是亦大招納貨賄，爲憲司所奏劾，琯亦因此受累，入朝自訴，肅宗叱出之，貶爲太子少師。〔註89〕是所可知者，董庭蘭善彈琴，曾爲房琯琴客，天下知名。

36. 顏真卿〔註90〕

敦煌古籍殘卷伯三八六二號有高適〈奉贈平原顏太守詩並序〉，顏太守即顏眞卿，天寶十二載爲平原太守，字清臣，琅邪臨沂人，北齊黃門侍郎顏之推裔孫，少勤學有詞藻，尤工書，開元中，登甲科進士，累遷至武部員外郎，楊國忠秉權，郎官不附己者悉出於外，眞卿

〔註88〕見《全唐詩》卷一五八作者小傳。
〔註89〕見《舊唐書》卷一一一〈房琯傳〉。
〔註90〕顏眞卿傳見《舊唐書》卷一二八、《新唐書》卷一五三。

亦出守平原。代宗嗣位，除尙書左丞，封魯郡公。德宗時爲太子太師，盧杞專權，眞卿得罪於杞，會逆賊李希烈陷汝州，杞乃奏曰：「顏眞卿四方所信，使諭之，可不勞師旅。」德宗從之，朝廷失色，咸以爲失一元老，後果爲李希烈所殺。

天寶十二載春，顏眞卿出守平原〔註91〕，玄宗親賦詩，觴宴于蓬萊前殿，賜以繪帛，寵餞加等〔註92〕，時高適亦在長安，眞卿到官後，適有〈奉酬平原顏太守廿韻〉之作，詩序云：「初顏公任蘭臺郎，與余有周旋之分，而於詞賦，特多深知，洎擢在憲司，而僕寓於梁宋，今南海太守張公之牧梁也，亦謬以僕爲才，遂奏所製詩集於明主，而顏公又作四言詩數百字，並序之。」是顏眞卿與高適乃詩文舊友，今《全唐詩》卷一百五十二存顏眞卿詩一卷，另有與朋輩聯句二十一首。

37. 張九皋

《舊唐書·高適傳》云：「每吟一篇，己爲好事者稱誦，宋州刺史張九皋深奇之，薦舉有道科。」高適〈贈平原顏太守詩序〉云：「今南海太守張公之牧梁也，亦謬以僕爲才，遂奏所製詩集於明主……張公吹噓之美，兼述小人狂簡之盛，遍呈當代群英……」按張公即九皋，九齡之弟，自尙書郎歷唐、徐、宋、襄、廣五州刺史〔註93〕，終嶺南節度使〔註94〕

38. 任 華

《唐詩紀事》卷二十二有高適〈贈任華〉詩一首。任華，李、杜同時人，初爲桂州刺史參佐，嘗與賈京尹、杜中丞、嚴大夫牒，多所致責，又〈與庚中丞書〉云：「華本野人，常思漁釣，尋當杖策，歸

〔註91〕聞一多〈岑嘉州繫年考證〉引留元剛《顏魯公年譜》云：「天寶十二載，楊國忠以前事銜之，繆稱請擇，出公爲平原太守。」又曰：「按十三載有東方朔畫贊碑陰記云：去歲拜此郡。則以是年出守明矣。」
〔註92〕見岑參《送顏平原詩·序》。
〔註93〕見《舊唐書》卷九九〈張九齡傳〉。
〔註94〕見《新唐書》卷一二六〈張九齡傳〉。

乎舊山，非有機心，致斯扣擊。」蓋亦狂狷之流。〔註95〕

39. 李泰和

高適集中有〈奉和鶡賦〉，《全唐文》卷三百五十七題作〈奉和李泰和鶡賦〉，賦序云：「天寶初，有自滑台奉太守李公鶡賦以垂示，適越在草野，才無能爲，尙懷知音，遂作鶡賦。」李泰和鶡賦今不傳，其生平亦未詳。

40. 皇甫冉〔註96〕

《全唐詩》卷二百四十九載皇甫冉〈秋夜有懷高三十五兼呈空和尙〉詩，惟題下註云：「一作劉長卿詩」，另四部叢刊三編《皇甫冉詩集》卷五亦載此詩，而「高三十五」作「高十五」，然海鹽張元濟〈唐皇甫冉集校勘記〉云：「明活字本、黃貫曾刊本無。」則此詩究係皇甫冉或劉長卿所作，不可斷知。皇甫冉，字茂政，安定人，天寶中登進士，授無錫尉，永泰元年八月，王縉爲河南元帥〔註97〕，表掌書記，遷右補闕卒。

另《全唐文》收高適〈皇甫冉集序〉云：「皇甫冉補闕，自擢桂禮闈，遂爲高格，往以世道艱虞，避地江外，每文章一到朝廷，作者變，色於詞場爲先輩，推錢郎爲伯仲，可以雄視潘張，平揖沈謝……恨長轡未騁，而茅草早凋，悲夫！」《唐才子傳》皇甫冉傳所言與之相近，當本於此序。惟此序作於皇甫冉沒後，據梁廷燦《歷代名人生卒年表》，皇甫冉卒於大曆二年，又永泰元年正月高適已卒，冉以是年八月爲王縉書記，遷補闕又在其後，而序云「皇甫冉補闕」，明此序非高適所作，《全唐文》有誤。

〔註95〕見《全唐詩》卷二六一作者小傳。
〔註96〕皇甫冉傳見《新唐書》卷二〇二〈文藝傳〉中。
〔註97〕《舊唐書》肅宗紀：「永泰元年八月乙亥，河南道副元帥涇原節度使馬璘封扶風郡王。」《新唐書》肅宗紀：「永泰元年八月庚辰，王縉爲河南副元帥。」

41. 韋 陟〔註98〕

《新唐書》卷一百四十三高適傳云：「適節度淮南，與江東節度使韋陟、淮西來瑱率師會于安陸，共討永王璘。」按韋陟字殷卿，父名安石，爲睿宗時的中書令，陟與弟斌俱秀敏異常，開元中守父喪，兄弟杜門不出者八年，宋璟見陟歎曰：「盛德遺範，盡在是矣！」張九齡時爲中書令，引爲舍人。後來升爲禮部侍郎，却因爲李林甫惡其名高，出爲襄陽太守，不久襲封郇國公，天寶十二載入考清華宮，又被楊國忠陷罪貶爲桂嶺尉，肅宗即位，起用爲吳郡太守，永王起兵，韋陟奉命招諭，授爲御史大夫、江東節度使。永王兵敗，肅宗欲以韋陟爲相，却因杜甫論房琯，詞意迂慢，肅宗令韋陟與崔光遠、顏眞卿按罪，而韋陟奏言：「甫言雖狂，不失諫臣禮。」肅宗因此疏遠他。史思明兵逼伊洛時，韋陟率領東京官屬入關避之，肅宗令他就保永樂，不許至京師，竟因此鬱鬱成疾而卒，年六十五。今《全唐詩》卷一百二十五有王維〈奉寄韋太守陟〉、〈送韋大夫東京留守〉二詩，可知他和王維交誼也不錯。

42. 來 瑱〔註99〕

高適曾與來瑱會師安陸討永王璘，按來瑱，邠州永壽人，天寶十一年爲左贊善大夫，殿中侍御史，安祿山反，他爲潁州太守，因爲軍功加河南淮南遊奕逐要招討使，兩京收復，和魯炅同制加開府儀同三司、封潁國公。乾元三年，襄州軍將張維瑾作亂，肅宗又以他爲襄州刺史，並且兼領山南東道襄、鄧、均、房、金、商、隨、郢、復十州觀察處置使，後來呂諲、王仲昇怕他廣布恩惠，深得士心，竟然詔言陷害，於是遷爲鄧州刺史，不久，王仲昇領淮西節度，被賊所困，來瑱因爲前嫌也不相救，被裴茂劾奏，遷爲安州刺史，他竟不去就任，代宗即位以後，暗命裴茂出兵討伐，又被他所敗，寶應元年八月，來

〔註98〕〈韋陟傳〉見《舊唐書》卷九二，《新唐書》卷一二二。
〔註99〕來瑱傳見《舊唐書》卷一一四、《新唐書》卷一四四。

瑱入朝請罪，代宗遷爲兵部尚書，加中書門下平章事。賊亂平後，王仲昇返朝，因言來瑱通敵，致使其陷賊三年，代宗大怒，來瑱因此賜死於鄠縣。

43. 季廣琛

《舊唐書・高適傳》：「師將渡而永王敗，乃招季廣琛於歷陽。」按永王璘反，季廣琛與渾惟明、高仙琦同爲永王部將，以永王不足以成事，於是率兵六千投廣陵。〔註100〕永王兵敗以後，韋陟表爲歷陽太守〔註101〕，轉瓜州刺史，終於散騎常侍〔註102〕又《酉陽雜俎》載：「河西騎將宋青春有劍，是青龍精，刃所及，若叩銅鐵，青春死，爲廣琛所得，或風雨後通光出室，環燭方文，哥舒翰求易以他寶，廣琛不與，因贈詩。」按詩云：「刻舟尋已化，彈鋏並酬恩。」今存《全唐詩》中。

44. 暢　當〔註103〕

《唐才子傳》卷三〈王之奐〔渙〕傳〉：「恥困場屋，遂交謁名公……與王昌齡、高適、暢當忘形爾汝，嘗共詣旗亭。」旗亭事見下面王昌齡條。

暢當，河東人，貞元初年爲太常博士，位終果州刺史。

45. 李　頎

李頎有〈贈別高三十五〉詩、〈答高三十五留別便呈于十一〉詩。按李頎，東川人，開元二十三年賈季鄰榜進士〔註104〕，《唐才子傳》卷二說他：「性疏簡，厭薄世務，慕神仙，服餌丹砂，期輕舉之道，結好塵喧之外，一時名輩皆重之，工詩，發調既清，修辭亦秀，雜歌咸善，玄理最長，多爲放浪之語，足可震蕩心神，惜其偉材，只到黃

〔註100〕見《舊唐書》卷一〇七〈永王璘傳〉、《新唐書》卷八十二〈永王璘傳〉。
〔註101〕見《新唐書》卷一二二〈韋陟傳〉。
〔註102〕見《全唐詩》卷八〇三作者小傳。
〔註103〕暢當傳見《新唐書》卷二〇〇。
〔註104〕《唐詩品彙》作開元十三年。

綬。」

又王右丞集卷二有〈贈李頎〉詩，詩中有「聞君餌丹砂，甚有好顏色。」之句，看來王維對李頎的慕神仙、服丹砂頗爲欽羨，二人的訂交，恐怕和道家大有關係，《全唐詩》卷一三二至卷一三四收李頎詩三卷，第一卷有〈寄焦煉師〉詩，王維集中也有〈贈東嶽焦煉師〉詩，據《唐六典》，唐朝的修行道士有法師、威儀師、律師三稱呼，另凡德高思精者稱煉師，而世俗對於學道者都泛稱煉師。又《王右丞集》卷九有〈秋夜獨坐〉詩云：「白髮終難變，黃金不可成。」是王維對自己煉丹求仙不成的嘆息，則王維和李頎不僅是詩友，也是道友。

又王昌齡詩有〈東京府縣諸公與綦毋潛李頎相送至白馬寺作〉，《全唐詩》卷一三二有李頎〈送王昌齡〉詩，可知王昌齡也是李頎舊交。王昌齡另有〈就道士問周易參同契〉詩、〈謁焦煉師〉詩、〈武陵龍興觀黃道士問易題〉詩、〈題朱煉師山房〉詩、〈黃煉師院〉詩，是王昌齡對於道家周易也頗多沉潛，和煉丹修行的煉師也常往來，和王維又是密友，可知李頎和二王不僅是詩友，還同時熱衷於道家修煉之術，思想上很接近。

又李頎有〈送綦毋三謁房給事〉詩、〈欲入新鄉答崔顥綦毋潛〉詩、〈送綦毋三〉詩、〈送五叔入京兼及綦毋三〉詩，是李頎和綦毋潛、崔顥時有酬唱，應該不是泛泛之交。

李頎〈贈別高三十五〉詩中有「……僶俛從寸祿，舊遊梁宋時，……小縣情未愜，折腰君莫辭，吾觀聖人意，不久召京師」之句，知詩當作於高適爲封丘尉以後，而李頎也曾和高適同遊梁宋，只是時間不可考。

46. 獨孤及 [註105]

獨孤及有〈送陳兼應辟兼寄高適賈至〉詩、〈雨後超公北原眺望

[註105] 獨孤及傳見《新唐書》卷一六二，另《全唐文》卷四○九有崔祐甫〈獨孤及神道碑〉文。

寄高拾遺〉詩，前一首云：「……高侯秉戎翰，策馬觀西夷，方從幕中事，參謀王者師。……」知作詩時高適在哥舒翰幕中。按獨孤及，字至之，河南洛陽人，據羅聯添先生的考證〔註106〕，可知他開元十三年生於好畤縣，七歲時父親教他孝經，十二歲在長安入學。天寶六載遊梁宋，因得和高適訂交，又結識了陳兼、賈至（參看年譜），天寶十二載又遊汴梁，李白過汴梁往曹州，獨孤及作了〈送李白之曹南序〉，十月，陳兼應辟，又有〈送陳兼應辟兼寄高適賈至詩〉之作，十三載，以洞曉玄經科登進士第，做了華陰縣尉。上元元年授左金吾兵曹參軍掌都統江淮節度書記，廣德元年，代宗召他爲左拾遺，大曆元年遷爲太常博士，三年除濠州刺史，五年移舒州刺史，七年賈至卒，獨孤及有文弔祭，八年擢升爲常州刺史，在常州三年，治績極爲可觀，幾乎道不拾遺，大曆十二年死於常州，年五十三。他的交遊除了李白、高適、賈至以外，還有李華、李幼卿、梁肅等人。

47. 賈　至〔註107〕

　　賈至有〈閒居秋懷寄陽翟陸贊府封丘高少府〉詩。按賈至，字幼鄰，河南洛陽人，開元六年生。後登明經第，做了單父縣尉，從玄宗入蜀後，拜爲起居舍人，知制誥，寶應初年遷尙書左丞，轉禮部侍郎，待制集賢院，大曆初封信都縣伯，大曆七年死於右散騎常侍任內，年五十五。今《全唐詩》卷二百三十五存其詩一卷。

　　又獨孤及有〈送陳兼應辟兼寄高適賈至〉詩，是三人互有往來，其訂交在天寶六載，賈至時年三十。參看年譜及獨孤及條下。

　　又李白有〈與賈至舍人於龍興寺剪落梧桐枝望灉湖〉詩、〈陪族叔刑部侍郎曄及中書賈舍人至遊洞庭〉五首、〈巴陵贈舍人〉詩諸作，賈至也有〈初至巴陵與李十二白裴九同泛洞庭湖〉三首、〈洞庭送李十二赴零陵〉詩之作，知賈至和李白也應當是知交。

〔註106〕見羅聯添著〈獨孤及考證〉一文，刊《大陸雜誌》四十八卷三期。
〔註107〕賈至傳見《舊唐書》卷一九○〈文苑傳〉中、《新唐書》卷一一九〈賈曾傳附〉。

48. 儲光羲〔註 108〕

　　高適集中有〈奉和儲光羲〉詩、〈同諸公登慈恩寺塔〉詩、〈同薛司直諸公秋霽曲江俯見南山作〉、〈李雲南征蠻〉詩，儲光羲也有〈同諸公登慈恩寺塔〉詩、〈同諸公秋霽曲江俯見南山〉詩、〈同諸公送李雲南伐蠻〉詩。高適與儲光羲的訂交當在天寶十一載，時高適在長安。

　　儲光羲，兗州人，開元十四年嚴迪榜進士，被任爲汜水尉，遷下邽及安宜尉〔註 109〕，後退隱終南山，拜太祝，未赴任〔註 110〕，轉監察御史，祿山陷長安，任僞官，賊平後貶至馮翊而卒。《唐才子傳》說他的詩：「格高調逸，趣遠情深，削盡常言，挾風雅之道，養浩然之氣，覽者猶聽韶濩音，先洗桑濮耳，庶幾乎賞音也。」儲光羲約生於中宗景龍元年，卒於肅宗乾元二年〔註 111〕。

　　儲光羲另有〈同王十三維偶作十首〉、〈答王十三維〉詩、〈藍上茅茨期王維補闕〉詩，王右丞集卷九亦有〈待儲光羲不至〉詩，兩人交情當非泛泛，儲光羲另有〈山居貽裴十二迪詩〉，裴迪乃王維隱於終南山時的密友，儲也曾隱於終南，則儲與王、裴之訂交，也許就在同隱終南之時。

　　又儲光羲有〈華陽作貽祖三詠〉詩、〈酬綦毋校書夢耶溪見贈之作〉、〈哥舒大夫頌德〉詩、〈同王十三維哭殷遙〉詩、〈貽閻處士防十居終南〉詩，是儲與祖詠，綦毋潛、哥舒翰、殷遙、閻防亦有來往。

　　天寶十一載，儲光羲和高適、杜甫、岑參、薛據同登慈恩寺塔，儲與高適訂交，可能始於此，十二載四月，李宓征南蠻，兩人皆有詩相送，以後高適赴隴應哥舒翰之召，而儲光羲安史亂後不久貶死，則

〔註 108〕 儲光羲生平參見《唐才子傳》卷一〈儲光羲傳〉、《唐詩紀事》卷二十二及《全唐詩》卷一三六作者小傳。

〔註 109〕 儲光羲有〈送丘健至州敕放作時任下邽〉詩。又有〈安宜園林獻高使君〉詩，詩云：「直道已三黜，幸從江上迴。」

〔註 110〕 儲光羲有「終南幽居獻蘇侍郎三首時拜太祝未上詩」。

〔註 111〕 此據聞一多《唐詩大系》，另陸侃如、馮沅君《中國詩史》所云生年同，卒年則定爲肅宗上元元年。

兩人的交往，大概只限於天寶十一、二年在長安的時候。

49. 王之渙

　　高適集中有〈薊門不遇王之渙郭密之因以留贈〉詩，王之渙，薊門人〔註112〕《唐才子傳》說他：「少有俠氣，所從遊皆于陵少年，擊劍悲歌，從禽縱酒，中折節工文，十年名譽日振，恥困場屋，遂交謁名公。爲詩情致雅暢，得齊、梁之風，每有作，樂工輒取以被聲律。」王之渙又曾與崔國輔、儲光羲、綦毋潛同時舉縣令〔註113〕，和王昌齡、高適、暢當、鄭鱸等人連唱迭和，忘形爾汝〔註114〕。旗亭的故事，也爲歷代文人所傳誦。今《全唐詩》卷二五三存王之渙詩六首。

　　王之渙與高適的交遊不可詳可，然旗亭飲酒唱詩，也當是知交。

50. 王昌齡

　　王昌齡，字少伯，生於武后聖曆元年，其籍貫有太原、江寧、京兆等三種說法〔註115〕，近人譚優學氏據王昌齡的〈別李浦之京〉詩中有「故園今在灞陵西」之句，定爲京兆人〔註116〕，今考其〈鄭縣宿陶太公館中贈馮六元二〉詩云：「本家藍田下，非爲漁獵故」，則王昌齡是京兆人大概沒有疑問。至於太原一說，原只是王氏郡望，江寧則恐怕是因爲昌齡曾爲江寧丞而誤。昌齡開元十五年登李嶷榜進士，被任爲汜水尉，四年之後又以公孫宏開東閣賦中宏詞科，遷校書郎，二十六年謫嶺南，途中訪孟浩然於襄陽，二十七年遇赦放還，二十八年再遊襄陽訪孟浩然，天寶元年左遷江寧丞，岑參有〈王大昌齡赴江寧〉詩贈別，李頎、綦毋潛也在白馬寺相送，各有詩作。天寶七年被

〔註112〕　《唐詩紀事》卷二六作并州人，今依《唐才子傳》卷三〈王之渙傳〉。
〔註113〕　見《唐才子傳》卷二〈崔國輔傳〉。
〔註114〕　見《全唐詩》卷二五三作者小傳。
〔註115〕　殷璠《河嶽英靈集》、元辛文房《唐才子傳》以爲太原人，《新唐書》卷二○三〈王昌齡傳〉、《唐詩紀事》以爲江寧人，《舊唐書》卷一九○下〈王昌齡傳〉以爲京兆人。
〔註116〕　見譚學優著〈王昌齡行年考〉一文，刊《文學遺產》增刊十二輯。

貶爲龍標尉，安史起兵，以世亂回到鄉里，經亳州被刺史閭丘曉所殺，時約當至德二年，昌齡六十歲（註 117）。

另《唐才子傳》說他：「工詩，縝密而思清，時稱「詩家夫子王江寧」，又述作詩格律、境思、體例共十四篇，爲《詩格》一卷，另有《詩中密旨》一卷及《古樂府解題》一卷，今并傳。自元嘉以還，四年之內，曹劉陸謝，風骨頓盡，逮儲光羲、王昌齡頗從厥跡，兩賢氣同而體別也。王稍聲峻，奇句俊格，驚耳駭目，示何晚途不矜小節，議謗騰沸，兩竄遐荒，使知音者嘆然長歎，至歸全之道，不亦痛哉！」

又唐薛用弱《集異記》卷二載旗亭宴飲故事云：「開元中詩人王昌齡、高適、王之渙齊名，……三詩人共詣旗亭貰酒小飲，忽有梨園伶官十數人登樓會讌，三詩人因避席隈映，擁爐火以觀焉，俄有妙妓四輩尋續而至……旋則奏樂，皆當時之名部也，昌齡等私相約曰：『我輩各擅詩名，每不自定其甲乙，今者可以密觀諸伶所謳，若詩入歌詞之多者，則爲優矣。』俄而一伶拊節而唱曰：『寒雨連江夜入吳，平明送客楚山孤，洛陽親友如相問，一片冰心在玉壺。』昌齡則引手畫壁曰：『一絕句』尋又一伶謳之曰：『開篋淚沾臆，見君前日書，夜臺今寂寞，猶是子雲居。』適則引手畫壁曰：『一絕句』尋又一伶謳曰：『奉帚平明金殿開，強將團扇共徘徊，玉顏不及寒鴉色，猶帶昭陽日影來。』昌齡則又引手畫壁曰：『一絕句』，之渙自以得名已久，因謂諸人曰：『此輩皆潦倒樂官，所唱皆巴人、下里之詞耳，豈陽春白雪之曲，俗物敢近哉？』因指諸妓中最佳者曰：『待此子所唱，如非我詩，吾即終身不敢與子爭衡矣，脫是吾詩，子等須列拜床下，奉吾爲師。』因歡笑而俟之，須臾次至雙鬟發聲，則曰：『黃河遠上白雲間，一片孤城萬仞山，羌笛何須怨楊柳，春風不度玉門關。』之渙即撽歡

〔註 117〕 聞一多《唐詩大系》以爲生於武后聖曆元年，卒年不詳，約在代宗永泰元年左右。陸侃如馮沅君《中國詩史》同。楊蔭深《中國文學家大辭典》作生年不詳，卒年同。近人譚學優氏〈王昌齡行年考〉所說較可信，此從譚說。

二子曰：『田舍奴，我豈妄哉？』」

　　此事盛傳於唐，久布藝林，明清時甚至演爲劇本，明鄭之父、清盧見曾俱有《旗亭記傳奇》，清張龍文有《旗亭宴雜劇》。雖然盛傳，却也有人懷疑故事的眞實性，胡應麟《莊嶽委談》即說：「唐妓女歌曲酒樓，恍忽與今俗類，薛用弱所記王昌齡、之渙、高適豪飲事，詞人間或用之，考其故實，極爲可笑，適五十始作詩，藉令酣燕狹斜，必當年少，何緣得以詩句與二王決賭，一也。又令適學詩後，則是龍標業爲閭丘曉所害，無緣復與高狎，二也。樂天鄭臚墓志第言昌齡、之渙更迭唱和，絕不及高；高集亦無與之渙詩，三也。」其實胡應麟所說的三點都不足爲信，因爲他的前提已因唐事中說高適五十始學詩而致誤，唐書的錯誤前面已辯明，而高適集有〈薊門不遇王之渙郭密之因以留贈〉詩，胡應麟說：「高集亦無與之渙詩」就不可信。而且王昌齡開元二十一年至二十五年間皆在長安，高適開元二十三年也曾因應舉到長安，之渙則半生閒放，交謁名公，則此時共聚長安大有可能，旗亭故事，當不是子虛烏有。

　　從當時詩人的詩文中，可知王昌齡的交遊還有暢當、岑參、王維、李頎、綦毋潛等人，此不細論。

51. 岑　參〔註118〕

　　岑參，荊州江陵人，生於玄宗開元三年，開元二十二年他曾到過長安，獻書闕下，以後的十年，往來於京洛間，二十九年春曾遊歷邯鄲、井陘，到達貝丘一帶。天寶三載舉進士，以趙岳榜第二人及第，被任爲右內率府兵曹參軍，天寶八載，高仙芝表爲右威衛錄事參軍，掌書記，於是他到安西赴任，十載五月，高仙芝安西四鎭兵被諸胡合大食軍所敗，返回長安，岑參也隨歸京城。十一載秋，與高適、杜甫、儲光羲、薛據等人同登慈恩寺塔，感懷賦詩，岑參與高適的交往當始

〔註118〕岑參兩唐書無傳，生平參見杜確《岑嘉州集·序》，《唐才子傳》卷三〈岑參傳〉、近人聞一多〈岑嘉州繫年考證〉等。

於此。十三載，安西四鎮節度使封常清表爲大理評事，充安西北庭節度判官，於是他又到了北庭、安西一帶。至德元載，岑參領伊西北庭支度副使，歲晚東歸長安。至德二載六月，杜甫推薦他爲右補闕，於是他和杜甫、王維、賈至成了兩省僚友，也就時相唱和。乾元二年四月被任爲虢州長史，代宗寶應元年又轉任太子中允，充關西節度判官，十月，雍王适討伐史朝義，以岑參爲書記。廣德元年又轉考功員外郎，永泰元年出守嘉州，到了梁州因爲蜀中大亂竟不能赴任。大曆元年二月，杜鴻漸爲山南西道劍南東西川副元帥、劍南西川節度使，奉命平蜀亂，因以岑參爲職方郎中兼殿中侍御史，同入蜀川，大曆二年六月杜鴻漸罷節度使之職，岑參也轉赴嘉州刺史之任。大曆三年七月罷官東歸，在戎州受阻於群盜，不得已退回成都，大曆五年正月竟死在成都旅舍中。

　　《唐才子傳》說他：「累佐戎幕，往來鞍馬烽塵間十餘載，極征行離別之情，城障塞堡，無不經行，博覽史籍，尤工綴文，屬詞清尙，用心良苦，詩調尤高，唐興罕見此作，放情山水，故常懷逸念，奇造幽致，所得往往超拔孤秀，度越常情，與高適風骨頗同，讀之令人慷慨懷感，每篇絕筆，人輒傳詠。」歷來批評家，也喜以高適和岑參作比較、并舉，如《滄浪詩話》云：「高岑之詩悲壯，讀之使人感慨。」《唐音癸籤》卷二也說：「高岑之悲壯……其才不可概以清，言其格與調與思，則無不清者。」又兩人在文學史上居於邊塞詩派開山祖的地位，也實在是因爲兩人半身戎馬，驅馳戎幕，經歷邊塞，強度關山，身歷戰爭，所寫自然氣壯山河，多激昂感慨之詞了。

52. 哥舒翰〔註119〕

　　哥舒翰乃突厥族首領哥舒部落的後裔，蕃人多以部落稱姓，因以爲氏。翰初事節度使王倕，後來爲王忠嗣的衙將，天寶六載，爲右武衛員外將軍、充隴右節度副使、都知關西兵馬使、河源軍使，在此之

〔註119〕哥舒翰傳見《舊唐書》一〇四、《新唐書》卷一三五。

前，吐蕃每每在秋熟時搶掠積石軍，至有吐蕃麥莊的稱呼，翰到官後，設伏於積石軍，吐蕃五千騎入寇，匹馬不還。第二年，又築神威軍於青海上，吐蕃入寇則北，從此不敢近青海，走保石堡城，又被翰部將高秀巖、張守瑜仄破。天寶十一載冬，哥舒翰入朝，其時高適辭官在長安，因此得以相識，次年，翰即以高適爲左驍衛兵曹，掌書記。十三載，翰又攻破吐蕃洪濟、大莫門等城，收回黃河九曲之地，設置了洮陽、澆河二郡，進封爲西平郡王。後因得了風痺病而還京，安祿山反，玄宗召拜爲皇太子先鋒兵馬元帥，守潼關，楊國忠恐翰不利於自己，屢次奏請出兵，哥舒翰不得已而引師出關，兵敗而降，被安祿山所潛殺。

哥舒翰破洪濟城的時候，高適正好在其幕中，有〈同呂判官從哥舒大夫破洪濟城迴登積石軍多福七級浮圖〉詩稱美這件事，詩云：「拔城陣雲合，轉旆胡星墜，大將何英靈，官軍動天地。」收復黃河九曲時，高適也有〈同李員外賀哥舒大夫破九曲〉之作，詩云：「遙傳副丞相，昨日破西蕃，作氣群山動，揚軍大旆翻，奇兵邀轉戰，連弩絕歸奔，泉噴諸戎血，風驅死虜魂。頭飛攙萬戟，面縛聚轅門，鬼哭黃埃暮，天愁白日昏，石城與巖險，鐵騎皆雲屯，長策一言決，高蹤百代存，威稜憺沙漠，忠義感乾坤，老將黯無色，儒生安敢論，解圍憑廟筭，止殺報君恩。」據《舊唐書·哥舒翰傳》：「翰善使槍，追賊及之，以槍搭其肩而喝之，賊驚顧，翰從而刺其喉，皆剔高三五尺而墮，無不死者，率以爲常。」高適詩「頭飛攙萬戟」之句，顯然是寫實之作。

另外〈九曲詞〉三首也是哥舒翰收九曲以後的作品，第三首云：「鐵騎橫行鐵嶺頭，西看邏逤取封侯，青海只今將飲馬，黃河不用更防秋。」在相看總是太平人的語意之外，委婉寫出了對哥舒翰勳績的稱美。

哥舒翰守潼關時，高適爲之佐，後哥舒翰兵敗，高適上疏陳潼關形勢，也力言哥舒翰的忠義，想是報答哥舒翰知遇之恩，他在赴隴右初入幕府時所寫的〈登隴〉詩也說：「豈不思故鄉，從來感知己。」

可見高適對哥舒的提拔賞識，一直抱著一種感恩的心情，而高適本人確也因為在翰幕府，親踐戎庭，出入瀚海，眼界得以擴大，詩歌生命得以充實，人生經歷體驗，也更深一層，可說是生命中的轉捩點，而且不出十年，即持節淮南，不能不說是哥舒翰知遇之故。回顧高適初入翰幕，其至友杜甫曾寫了〈送高三十五書記〉一詩贈行，詩云：「十年出幕府，自可持旌麾。」證以高適後來果不出十年，即持節淮南，不由得要為杜少陵知人之深而擊節歡賞。

《舊唐書》說哥舒翰倜儻任俠，好然諾，所以能為朋輩所賞。同為任俠的李白，筆下的哥舒翰，簡直宛如天上的「謫將」，李白的〈述德兼陳陳上哥舒大夫〉詩說道：「天為國家孕英才，森森予戟擁靈臺，浩蕩深謀噴江海，縱橫逸氣走風雷，丈夫立身有如此，一吁三軍皆披靡，衛青謾作大將軍，白起真成一豎子！」可謂稱美至極。

不管哥舒翰後來降賊受到怎樣的非議，他為唐室立下許多邊功是不爭的事實，而對詩人高適來說，他更具有決定性的影響，知遇之恩，也是高適畢生難忘的。

53. 杜 甫〔註 120〕

杜甫，字子美，號少陵，玄宗先天元年生於河南鞏縣東二里之瑤灣，為晉鎮南將軍杜預十三代孫，祖名審言，善於五言詩，與李嶠、崔融、蘇味道為文章四友。杜甫弱冠之年曾遊江浙吳越，過金陵、下姑蘇，泛剡溪。開元二十三年舉進士落第，天寶三年和李白、高適同遊梁宋，登臨梁孝王平臺，又到單父憑弔宓子賤琴臺，杜甫的〈昔遊〉詩追述這件事云：「昔者與高李，晚登單父臺，寒蕪際碣石，萬里風雲來，桑拓葉如雨，飛霍去徘徊，清霜大澤凍，禽獸有餘哀。」又〈遣懷〉詩云：「我昔遊宋中，惟梁孝王都，名今陳留亞，劇則貝魏俱，邑中九萬家，高棟照通衢，舟車半天下，主客多歡娛，白刃讐不義，

〔註 120〕 杜甫傳見《舊唐書》卷一九〇下、《新唐書》卷二〇一，另本條資料
　　　　　亦參考朱偰著《杜少陵先生評傳》，東昇出版社，汪中著《杜甫》，
　　　　　河洛出版社。

黃金傾有無，殺人紅塵裡，報達在斯須。憶與高李輩，論交入酒壚，兩公壯藻思，得我色敷腴，氣酣登吹臺，懷古視平蕪，芒碭雲一去，雁鶩空相呼。」

　　三人遊過梁宋，高適隨後到楚地，杜甫與李白則到了齊魯，和李白從祖北海太守李邕同遊，李邕並在歷下亭設宴招待，高適這時未能參與，李邕有詩寄贈，高適也寫了一首〈奉酬北海李太守夏日平陰亭詩〉相答。天寶四年，高適也到了齊魯，和諸公同遊共獵。六年，杜甫又與元結、高適應詔，因爲李林甫刻忌文雅，試者皆落第。天寶十年，玄宗舉行郊廟之禮，杜甫獻三大禮賦，因得待制集賢院，至十四年才授河西尉，又改任右衛率府冑曹參軍。安史亂起，自長安赴奉先，十五年五月，携家帶眷的從奉先到白水依靠舅父，六月，潼關破，白水陷賊，又逃到鄜州，八月，肅宗在靈武即位，杜甫乃贏服奔往行在，中途陷於賊中，被送到長安，十月，房琯敗於陳陶斜。至德二載，杜甫由長安西城金光門逃到行在鳳翔，被任爲左拾遺，乾二元年因爲上疏救房琯觸怒了肅宗，貶爲華州司功，二年七月，棄官去秦州，這時杜甫飢困相逼，不得已轉往同谷，却是每下愈況，又轉往成都，卜居於浣花溪寺，高適此時正好在彭州刺史任內，對窮愁潦倒的杜甫多所資助，杜甫有〈酬高使君相贈〉詩記此事，詩云：「古寺僧牢落，空房客寓居，故人分祿米，鄰舍與園蔬。」代宗廣德二年六月，劍南節度使嚴武表爲節度參謀檢校工部員外郎，唯因幕府人事冗雜，殊乖性情，又於永泰元年正月辭幕府歸成都草堂。四月，嚴武謝世，杜甫頓失依據，乃循岷江到夔州，在夔州待了三年，於大曆三手三月，出川到江陵，移居公安，又往岳州。四年三月，由潭州往衡州投奔韋之晉，但韋已由衡州調潭州刺史，杜甫回抵潭州，韋又已病歿，可說是命中多舛，大曆五年四月，湖南兵馬使臧玠殺潭州刺史崔瓘，潭州大亂，杜甫又和家人奔衡州，乘舟至耒陽方田驛時，江水暴漲，杜甫困於水中，五天絕糧，好在耒陽令把他救出。是年冬天，因爲風痺疾死在湘江，年五十九。

　　高適有〈人日贈杜二拾遺〉詩、〈贈杜二拾遺〉詩。二人的訂交，當始於天寶三載杜甫與李白同遊梁宋。天寶十一載秋，甫又和高適、儲光羲、薛據、岑參同登慈恩寺塔。及高適入哥舒幕，甫有〈送高三十五書記〉一詩贈行，備極期許，又有〈寄高三十五書記〉詩對高適詩名大為推崇，詩云：「歎息高生老，新詩日又多，美名人不及，佳句法如何，主將收才子，崆峒足凱歌，聞君已朱紱，且得慰蹉跎。」高適任彭州刺史，杜甫也寫了〈寄彭州高三十五使君適虢州岑二十七長史參三十韻〉一詩，詩云：「物情尤可見，詞客未能忘，海內知名士，雲端各異方，高岑殊緩步，沈鮑得同行，意愜關飛動，篇終接混茫。」高岑沈鮑並舉，篇終合于混茫，不僅贊美高岑，也是自負自許之言。

　　又〈奉簡高三十五使君〉詩云：「當代論才子，如公復幾人，驊騮開道路，鷹隼出風塵。行色秋將晚，交情老更深，天涯喜相見，披豁對吾真。」對老友的深情宛然可見，對照前面提到的幾首，也可知高適當世的盛名和受到杜甫推崇的程度，另一首〈奉寄高常侍〉詩也寫出杜甫對老友的期許和自身忠愛的情操：「汶上相逢年頗多，飛騰無那故人何，總戎楚蜀猶未全，方駕曹劉不啻過，今日朝廷須汲黯，中原將帥憶廉頗，天涯春色催遲暮，別淚遙添錦水波。」

　　永泰元年，高適卒。時少陵泛江東下，至忠州聞訊，窮途潦倒之餘，復喪故人，感傷之情可想而知，〈聞高常侍亡〉詩云：「歸朝不相見，蜀使忽傳亡，虛歷金華省，何殊地下郎，致君丹檻折，哭友白雲長，獨步詩名在，袛令故舊傷。」

　　大曆五年，杜甫開篋讀高適〈人日寄杜二拾遺〉詩，想見其人不禁淚灑行間，感痛之餘寫了首〈追酬故高蜀州人日見寄〉詩，「嗚呼壯士多慷慨，合沓高名動寥廓。」兩句，已見其懷念故友的深情。

　　杜甫另有〈送蔡希魯都尉還隴右因寄高三十五書記〉詩、〈寄高三十五詹事〉詩、〈因崔五侍御寄高彭州〉詩、〈寄高適〉詩、〈李司馬橋了承高使君自成都回〉詩、〈王十七侍御掄許攜酒至草堂奉寄此

詩便邀高三十五使君同到〉詩諸作，可知所謂「交情老更深」者洵非虛語！北江詩話卷六更說：「高常侍之于杜浣花，賀祕監之于李謫仙，張水部之于韓昌黎，始可謂之詩文知己。」

54. 李　白〔註121〕

　　李白，字太白，生於武后長安元年，先世是隴西成紀人。十五歲就能詩善賦，雅好劍術，徧干諸侯〔註122〕，開元八年，入川遊蜀，正好蘇頲出爲益州刺史，李白於路中投刺相見，蘇頲大爲賞識，因謂群僚曰：「此子天才英麗，下筆不休，雖風力未成，且見專章之骨，若廣之以學，可與相如比肩也。」開元十三年，李白南遊江右，徧歷洞庭、蒼梧、金陵、維揚，止於會稽剡中。又抵雲夢，娶許故相圉師家孫女于安陸，於是留居安陸十年。開元二十三年，在往太原途中識郭子儀於行伍，時郭子儀因罪被拘，李白爲其脫罪。到了齊魯後，李白暫寓居任城，和孔巢父、韓準、裴政、張叔明、陶沔居徂徠山，號爲竹溪六逸。李白在任城五、六年，於天寶元年又到會稽，結識了道士吳筠，正好吳筠入朝應召，於是力薦李白，玄宗因召見於金鑾殿，命白於翰林供奉，賀知章賞之爲「天上謫仙」，李白也備受玄宗賞識，可惜好景不常，天寶三載因受張垍之讒而放還，離長安東行，到洛陽與杜甫相遇，携手共遊梁宋，又和高適相知（參見杜甫條下）。李白〈梁園吟〉詩云：「我浮黃河去京闕，掛席欲進波連天，天長水濶厭遠涉，訪古始及平臺間，平臺爲客憂思多，對酒遂共梁園歌。」即寫其遊梁的景況。又有〈秋獵孟諸夜歸置酒單父東樓觀妓〉詩、〈携妓登梁王棲霞山孟氏桃園中〉詩也都是同時之作。辭梁宋後，李、杜又連袂到齊魯，其時李白從祖邕爲北海太守，款宴歷下亭，陪遊名勝，

〔註121〕　李白傳見《舊唐書》卷一九〇下、《新唐書》卷二〇二，另本條資料亦參考劉維崇著《李白評傳》，張芝著《道教徒的詩人李白及其痛苦》，長安出版社。

〔註122〕　李白〈贈張相鎬〉詩云：「十五觀奇書，作賦凌相如。」〈上韓荊州書〉云：「十五好劍術，徧干諸王侯。」

四載秋，高適也到了齊魯，諸公同遊共獵。五載，李白南下吳越訪賀知章，到會稽而知章已卒，乃返棹回金陵。天寶九載，始離金陵，經潯陽、襄陽到山東，北抵鄴郡、邯鄲、幽州等地。又經洛陽、曹南到金陵、宣城，因爲宣城有李白所景仰旳謝朓遺跡，又有從弟昭爲長史，所以就暫居宣城，時遊江南，足跡至于金陵、廣陵。十三載識魏萬於廣陵，兩人遂成了忘年之交。安史亂起，白沿江西上，隱於廬山。至德元年十二月，永王璘反，於潯陽辟李白爲府僚，永王兵敗，白繫罪潯陽獄中，乾元元年，流放夜郎，二年，遇赦返回潯陽。寶應元年，因貧病前往投靠當塗宰族叔李陽冰，卜居青山麓，十一月卒，享年六十二。

《唐才子傳·高適傳》云：「嘗過汴州，與李白、杜甫會，酒酣登吹臺，慷慨悲歌，人莫測也。」高適與李白的來往或僅止於天寶三、四載間共遊梁宋齊魯，其他則未可考。

第三節　高適的時代

一、高適時代的政治社會環境

高適生於中宗神龍二年，卒於代宗永泰元年，行年六十。歷中宗、睿宗、玄宗、肅宗、代宗五朝，時當貞觀武后之治未遠，開元天寶盛世方興，安史之亂，又爲唐朝由盛而衰的轉捩點，盛唐往昔光輝，因安史之亂而沒落，自此以往，唐室的政治，常在黑暗與混亂的狀態下掙扎。生當此一時代的詩人，不能不受時代精神、潮流的影響。知人所以論世，因之，我們對高適所處的時代背景，宜先有一番了解；先看看此一時期政權遞變的情形。

自武后稱帝，女子干政之風日熾。中宗復位，寵愛韋后，每臨朝，韋氏必垂簾聽政，凡事干預；而諸武勢力也未因武后之死而稍戢；韋后所生的安樂公主，嫁給了武三思之子崇訓，三思因此復得出入宮掖，結納黨羽，以崔湜、鄭愔爲謀主，和韋后日夜譖毀張柬之等忠良，

中宗昏憒，終於神龍元年封張柬之、敬暉、崔玄暐、桓彥範、袁恕己五人爲王，罷其政事，外飾尊寵，內實奪權，不久，又貶五王爲外州刺史，長流於邊荒之地，或死或自殺。神龍二年，中宗立重俊爲太子，太子非韋后所生。時韋后圖謀篡奪，安樂公主亦希望韋后得立，己可爲皇太女，故與諸武陰讚其謀，與太子勢同水火。景龍元年，重俊與左羽林大將軍李多祚矯制發羽林兵和千騎，殺武三思父子並其親黨，勒兵入宮，中宗、韋后、安樂公主避於玄武門樓，使右羽林大將軍劉景仁帥兵拒之，李多祚、太子皆死難。此後，韋后氣燄日盛，安樂公主亦驕恣，宰相以下官員，半由安樂公主引用。景雲元年六月，安樂公主毒殺中宗，韋后臨朝攝政，立殤帝，且謀遵武后故事，然以太平公主及相王旦之故，心存顧忌；時相王三子臨淄王隆基在京師陰聚豪傑，萬騎之兵皆傾心，於是率兵入玄武門，誅韋后、安樂公主及諸韋，擁睿宗——即相王——復位，改元景雲，睿宗旋立隆基爲太子，而太平公主——睿宗姊——權勢日增，過於太子，《新唐書・王琚傳》稱：「琚是時方補諸暨主簿，過謝東宮，至廷中，徐行高視，侍衛止曰：太子在。琚怒曰：在外惟聞太平公主，不聞有太子。」太極元年，睿宗禪位，太子隆基即位，是爲玄宗。時太平公主之黨，勢力猶盛，宰相七人，五出其門，文武大臣，大半附之；開元元年七月，魏知古告公主欲於四日作亂，玄宗乃興歧王範、薛王業、郭元振、高力士定計誅之，太平公主逃入山寺，三日乃出，賜死於家，餘黨盡除；自武后以來歷五十年的宮庭之變，至此算是告一段落，玄宗以後的肅宗、代宗，帝位皆和平的轉移。

　　其次，玄宗即位後開始了唐朝第二個盛世，我們試略看開元、天寶至治的情形。玄宗知人善任，不避親疏，唯才是視，《唐語林》卷四云：「玄宗既誅韋氏，擢用賢良，革中宗之政，依貞觀故事，有志者莫不想太平，中書令姚元崇，侍中宋璟、御史大夫畢構、河南尹李傑，皆一時之選，時人稱姚宋畢李焉。」可見玄宗之勤於求賢。不僅如此，苟得其人，則任而無疑，《資治通鑑》卷二百一十云：「姚元之

嘗奏請序進郎吏，上仰視殿屋，元之再三言之，終不應，元之懼，趨出罷朝，高力士諫曰：陛下新總萬機，宰相奏事，當面加可否，奈何一不省察？上曰：朕任元之以庶政，大事當奏聞共議之、郎吏卑秩，乃一一煩朕耶？會力士宣事至省中，爲元之道上語，元之乃喜，聞者皆服上識人君之體。」《唐鑑》卷八：「開元四年，姚崇薦廣州都督宋璟自代，十二月，帝將幸東都，以璟爲刑部尚書東京留守，遣內侍將軍楊思勗迎之，璟在途竟不與思勗交言，思勗素貴幸，歸訴於帝，帝嗟歎良久，益重璟。祖禹曰：昔申棖以欲不得爲剛，宋璟所以能剛，其唯無欲乎？明皇以此重之，可謂知賢矣。」另玄宗對於科舉也很重視，唯恐天下有遺才，他曾屢次親自策試，並令官吏薦舉或才人自舉，據《通考》卷二十九〈選舉二〉記載：「開元二十四年，考功員外郎李昂爲舉人詆訶，帝以員外郎望輕，遂移貢舉於禮部，以侍郎主之，禮部選士自此始。」貢舉移禮部主之，亦可見玄宗重視選才之一斑。

　　至於當時社會富庶的情形，們由杜甫的〈憶昔〉詩可看出一個梗概，詩云：「憶昔開元全盛日，小邑猶藏萬家室，稻米流脂粟米白，公私倉廩俱豐實，九州道路無豺虎，遠行不勞吉日出，齊紈魯縞車班班，男耕女桑不相失。」又《唐語林》卷三「夙慧」條：「開元初，上留心理道，革去弊訛，不六七年間，天下大理，河清海晏、物殷俗阜……入河湟之賦稅滿右藏，納河北諸道租庸充滿左藏，財寶山積，不可勝計，四方豐稔，百姓樂業，戶計一千餘萬，米每斗三錢，丁壯之夫，不識兵器，路不拾遺，行不齎糧，奇瑞疊委，重譯屬出，人物欣然。」又《通典・食貨七》記開元盛世云：「東至汴宋，西至岐州，夾路列店待客，酒饌豐溢，每店皆有驢賃客乘，倏忽千里，謂之驛驢，南諧荊襄，北至太原范陽，西至蜀州涼府，皆有店肆以供商旅，遠適數千里，不持寸刃。」又《舊唐書・玄宗本紀》史臣曰：「我開元之有天下也，糾之以典刑，明之以禮樂，愛之以慈儉，律之以軌儀，黜前徼倖之臣，杜其姦也，焚後庭珠翠之玩，戒其奢也，禁女樂而出宮嬪，明其教也，賜酺賞而放哇淫，懼其荒也，敘友于而敦骨肉，厚其

俗也，蒐兵而責帥，明軍法也，朝集而計最，校吏能也。廟堂之上，無非經濟之才，表著之中，皆得論思之士，而又旁求宏碩，講道藝文，昌言嘉謨，日聞於獻納，長轡遠馭，志在於昇平，貞觀之風，一朝復振。于斯時也，烽燧不驚，華戎同軌，西蕃君長，越繩橋而競款玉關，北狄酋渠，捐毳幕而爭趨鴈塞。象郡、炎州之玩，雞林、鯷海之珍，莫不結轍於象胥，駢羅於典屬，膜拜丹墀之下夷歌立杖之前，可謂冠帶百蠻，車書萬里，天子乃覽雲臺之義，草泥金之禮，然後封日觀、雲亭，訪道於穆清，怡神於玄牝，與民休息，比屋可封，於時垂髫之倪，皆知禮讓，戴白之老，不識兵戈，虜不敢乘月犯邊，士不敢彎弓報怨，康哉之頌，溢於八紘，所謂世而後仁，見於開元者矣！」

　　因為物阜民豐，兵強馬壯，聲威遠播，所以四夷無不款服，《新唐書・西域傳贊》曰：「西方之戎，古未嘗通中國……唐興，以次修貢蓋百餘，皆萬里而至，亦已勤矣！」

　　在吏治方面，官多乃盛唐政治最大缺點，其原因在仕進之途過多，除各種科舉考試外，尚有蔭襲、納財、詮選等，正式官員外，有所謂員外官，自京師至諸州共二千餘人，又有所謂斜封官，市井小民，繳錢三十萬，即由皇帝別降墨敕，斜封交中書省，委一官職。《通典》卷十九〈職官一〉云：「神龍初，官復舊號，二年三月，又置員外官二千餘人，於是遂有員外、檢校、試攝、判知之官，逮乎景龍，官紀大紊，復有斜封，無坐處之誦興焉。」又《隋唐嘉話》云：「武后初稱周，恐天下心不安，乃令人自舉供奉，官正員外，多置裏行、拾遺、御補闕、御史等，至有車載斗量之詠。」又洪邁《容齋隨筆》云：「武后革命，濫授人官，故張鷟為謠以譏之曰：補闕連車載，拾遺平斗量，把推侍御史，腕脫校書郎；唐新舊史亦載其語，但泛言之。案天授二年二月以十道使所舉人石艾縣令王山輝等六十一人並授侍御史，并州錄事參軍徐昕等二十四人授著作郎，內黃縣尉崔宣道等二十三人授衛左校書，凡百三十二人，同日而命，試官自此始也，其濫如此。」冗員尸位素餐，只有增加國庫的負擔，《舊唐書》卷九十八〈盧懷慎傳〉

云：「神龍中，遷右御史臺中丞，上疏以陳時政得失：『臣竊見京諸司員外官所在委積，多者數餘十倍，近古以來未之有也。官不必備，此則有餘，人代天工，多不釐務，廣有除拜，無所裨益，俸祿之費，歲巨億萬，空竭府藏而已，豈致理之基哉……增官廣費，豈曰其時。』」據《新唐書‧百官志》言，太宗省內外官，定制七百三十員，而玄宗時京官竟多達一萬七千六百八十餘員。蓋盛唐仕進途多，而官員有數，入流無限，以有數供無限，人隨歲積，終至於為人擇官而非為官擇人。玄宗即位，也因積習已久，只能去掉斜封官，到了裴光庭做吏部尚書，才定循資格之制，自下升上，限年躡級，其有異才高行，聽擢不次。然而也是有其制無其事，有司但守文奉式，循資例而已，且其時士大夫多輕外官重京官，《通鑑》卷二百一十載開元四年：「二月辛未，以尚書右丞倪若水為汴州刺史兼河南探訪使，上雖欲重都督刺史，選京官才望者為之，然當時士大夫猶輕外任。」《唐會要》卷六十八刺史上：「開元八年六月二十八日勅：自今以後，諸司清官望闕，先於牧守內精擇，都督刺史等要人，兼向京官簡授，其臺郎下除改，亦於上佐縣令中通取，即宜銓擇以副朕懷。」又《冊府元龜》卷六百七十一牧守部選任條：「初帝謂宰臣曰：『刺史之任必在得人，卿即於諸司中選有實望長官奏來，朕自選擇。』」由此可見玄宗對刺史選擇的審慎，且由於士大夫重內輕外，玄宗欲矯其弊，乃勅京官外調；而臺司之闕，又於州縣銓擇，此舉的用意，一在鼓勵地方吏治，以遷京官為榮調，次在強化地方吏治，故於京官中慎擇刺史，三在內外互調，兼可提高政治效能。

經過玄宗早年的勵精圖治，天下宴安。可是玄宗晚年厭於國事，委權於李林甫，及得楊貴妃，更縱情遊樂，於是外戚承恩，楊國忠伺進，朝綱不振，遂有安史之亂。

玄宗一朝政治由盛而衰，宰相選任之不當，實為主因。因用人關乎國運，而宰相代天治物，燮和陰陽，故而任重職大，能得其人則治，不得其人則亂，其選用尤不可不慎，《舊唐書》卷一五九〈崔群傳〉即

明言之：「（憲宗）語及開元天寶中事，群曰：安危在出令，存亡繫所任，玄宗用姚崇、宋璟、張九齡、韓休、李元紘、杜暹則理，用李林甫、楊國忠則亂，人皆以為天寶十五年祿山自范陽起兵是理亂分時，臣以為開元二十年罷賢相張九齡，專任奸臣李林甫，理亂自此分矣。」又李昉《太平廣記》卷二四○詔佞類云：「李林甫居相位一十九年，誅除海內人望，自儲君以下，無不累息，初，開元後姚、宋等一二老臣，多獻可替否，以爭天下大體，天下既理，上心亦泰，張九齡上所拔，頗以後進少之，九齡尤謇諤，數犯上，上怒而逐之，上雄才豁達，任人不疑，晚年得林甫，養成君欲，未嘗有逆耳之言，上愛之，遂深居高枕以富貴自任，大臣以下，罕得對見，事無大小，責成林甫。」又《資治通鑑》卷二一四：「李林甫欲蔽塞人主視聽，自專大權，明召諸諫官謂曰：『今明主在上，群臣將順之不暇，烏用多官，諸君不見立仗馬乎？食三品料，一鳴輒斥去，悔之何及。』補闕杜璡，嘗上書言事，明日黜為下邽令，自是諫爭路絕矣！」李林甫卒於天寶十一載，卒後楊國忠代而為相，國事益不堪問，據《新唐書・楊國忠傳》云：「它年大雨敗稼，帝憂之，國忠擇善禾以進曰：『雨不為災』扶風太守房琯上郡災，國忠怒，遣御史按之，後乃無敢以水旱聞，皆前伺國忠意乃敢啓。」又《舊唐書・楊國忠傳》云：「國忠自侍御史以至宰相，凡領四十餘使，又專判度支吏部三銓，事務鞅掌，但署一字，猶不能盡，皆責成胥吏，賄賂公行。」不僅如此，更以所用非人，輕啓邊釁，募兵征討，弄得行者愁死，父母妻子送之者所在哭聲振野。《資治通鑑》卷二一六云：「制大募兩京及河南北兵，以擊南詔，人聞雲南多瘴癘，未戰士卒死者什八九，莫肯應募，國忠遣御史分道捕人，連枷送詣軍所⋯⋯」又《舊唐書・楊國忠傳》：「國忠又使司馬李宓率師七萬，再討南蠻，宓渡瀘水，為蠻所誘，至太和城不戰而敗，李宓死於陣，國忠又隱其敗，以捷書上聞。⋯⋯凡舉三十萬眾，垂之死地，隻輪不還，人銜冤毒，無敢言者。」像這樣弄得天怒人怨，則安史之亂，可說是其來有自。

安祿山本營州雜胡，為人忮忍多智，善揣測人情，開元末，以通六蕃語在幽州任互市郎，後為節度使張守珪收為養子，為幽州將，開元二十四年，與契丹戰，師敗執送京師，玄宗赦之；得李林甫高力士之助，開元末為平盧將，天寶元年為平盧節度使，三年為范陽節度使，十載又求兼河東節度使，總三道兵馬，日增驕慢。

又唐初行府兵制，開元十一年兵部尚書張說以當番衛士逃亡略盡，乃請一切募士宿衛，號長從宿衛，明年更號曰彍騎。彍騎駐京師，專供宿衛，而征戍之責，遂落於藩將之兵。府兵既壞，邊兵多出鎮將自行招募，而開邊太廣，邊兵不得不增，浸致鎮將皆擁重兵，而成外強中弱的形勢。其時又置十節度經略使以備邊，十鎮兵之總數共四十八萬六千九百人，而京師彍騎，又稍變廢，據《新唐書·兵志》：「自天寶以後，彍騎之法，又稍變廢，士皆失附循，八載，折衝諸府至無兵可交，李林甫遂請停上下魚書，其後徒有兵額官吏，而戎器馱馬鍋幕糗糧並廢矣，故時府人目番上宿衛者曰侍官，言侍衛天子，至是衛佐悉以假人為童奴，京師人恥之，至相怒罵必曰侍官，而六軍宿衛皆市人，富者販繒綵食粱肉，壯者為角觝拔河翹木扛鐵之戲，及祿山反皆不能受甲矣。」又《唐會要》卷七十二軍雜錄：「天寶末，天子以中原太平，修文教，廢武備，銷鋒鏑以弱天下豪傑，於是挾軍器者有辟，蓄圖讖者有誅，習弓矢者有罪，不肖弟子為武官者，父兄擯之不齒，惟邊州置重兵，中原乃包其戈甲，示不復用，人至老不聞戰聲，六軍諸衛之士，皆士人白徒，富者販繒綵食粱肉，壯者角抵拔河，翹木扛鐵，日以寢鬥，有事乃股慄不能授甲，其後盜乘而反，非不幸也。」據《資治通鑑》所載，天寶元年彍騎僅約八萬餘，而鎮兵四十九萬，內輕外重之勢，極其明顯，終於尾大不掉，釀成滔天巨禍。

安史之亂，自玄宗歷肅宗、代宗共經八載始教平，戕害之區遍及河南、河北、河東、關中諸道。唐帝國經過這次的動亂，元氣大傷，日趨衰亡。政治上，安史之亂前，鎮將雖擁重兵，猶聽命於中央。亂定，藩鎮跋扈，與唐帝國相始終，《新唐書·兵志》云：「大盜既滅，

而武夫戰卒以功起行陣，列為侯王者，皆除節度使，由是方鎮相望於內地，大者連州十餘，小者猶兼三四，故兵驕則逐帥，帥彊則叛上，或父死子握其兵而不肯代，或取捨於士卒，往往自擇將吏號為留後以邀命於朝，天子顧力不能制，則忍恥含垢因而撫之，謂之姑息之政，蓋姑息起於兵驕，兵驕由於方鎮，姑息愈甚而兵將愈俱驕，由是號命自出以相侵襲，虜其將帥，并其土地，天子熟視，不知所為，反為和解之，莫肯聽命，始時為朝廷患者號河朔三鎮……其他大鎮，南則吳、浙、荊、湖、閩、廣，西則岐、蜀，北則燕、晉，而梁盜據其中，自國門以外，皆分裂為方鎮矣！」國門之外方鎮如是，國門之內朝臣又如何呢？安史亂起，李輔國以從太子至靈武及勸進之功，肅宗擢為太子家令判元帥府行軍司馬事，委以心腹，凡四方奏事御前符印軍號一以委之。肅宗崩，輔國殺張皇后立代宗，代宗尊為尚父，政無鉅細皆委參決。至德中，九節度使討安慶緒於相州，以宦官魚朝恩為觀軍容宣慰處置使，位在九節度之上，於是開了宦官預都外軍事的先例，後來的程元振譖來瑱以至賜死，使光弼竟不敢入朝。安史亂前，玄宗雖寵宦官，然高力士還不敢專權，亂後，宦官不僅參預軍事，連國家宰執都得仰其鼻息，肅宗宰相李揆見李輔國須執子弟之禮，謂之五父，浸至唐末，朱全忠大殺宦官，然勢已如「灼木攻蠹，蠹盡木焚。」大時代也因之沒落了。

　　在經濟上，我們可從《舊唐書》卷四十八〈食貨志〉所言看出梗概：「玄宗幸巴蜀，鄭昉使劍南，請於江陵稅鹽麻以資國官，置吏以督之，肅宗建號於靈武後，用雲間鄭叔清為御史，於江淮間豪族富商率貸及賣官爵以裨國用，德宗朝討河朔及李希烈，物力耗竭，趙贊司國計，纖瑣刻剝，以為國用不足，宜賦取於下以資年蓄，與諫官陳京等更陳計策，請稅京師居人屋宅，據其間架差等計入，陳京又請籍列肆商賈資產以分數借之，宰相同為欺罔，遂行其計。中外沸騰，人懷怨望。」又《新唐書》卷一百四十五〈楊炎傳〉：「至德後，天下起兵……河南山東荊襄劍南重兵處，皆厚自奉養，王賦所作無幾，科斂凡數百

名,廢者不削,重者不去,新舊仍積,不知其涯,百姓竭膏血鬻親愛,日輸月送,無有休息。」又《文苑英華》卷九○一,呂溫〈韋府君神道碑〉云:「天寶之後,中原釋耒,輦越而衣,漕吳而食。」可見其時中原歷經兵燹,民生凋弊,軍費國用,皆取資於江淮吳越,竭民膏民脂以給王賦,開元盛況此時已不復見,無怪乎要中外沸騰,人懷怨望了。

在對四夷關係上,自唐太宗被四夷君長尊為天可汗,唐帝國已儼然東亞領袖,突厥、吐蕃雖時有犯邊,未成大患,玄宗開元之世,國富兵強,四裔思服,西蕃君長,越繩橋而競款玉關,北狄首渠,捐毳幕而爭趨鴈塞。安史亂生,嘗借回紇之兵救亂,回紇因此貪索無饜,據《資治通鑑》卷二百二十至德二載九月云:「癸卯,大軍入西京,初,上欲速得京師,與回紇約曰:克城之日,土地士庶歸唐,金帛子女皆歸回紇,至是葉護欲如約,廣平王俶拜於葉護馬前曰:今始得西京,若遽俘掠,則東京之人皆為賊固守,不可復取矣,願至東京乃如約。」又云:「壬戌,廣平王俶入東京,回紇意猶未饜,俶患之,父老請率羅錦萬匹以賂回紇,回紇乃止。」此後,唐歲遺回紇絹二萬匹,寶應元年,又徵回紇兵討史朝義,回紇再入東京,肆行殺掠,士女皆遁保聖善、白馬二寺塔避之,回紇燒塔,傷死者萬計,火燄累月不止,自此回紇橫行長安,唐室也禁止不了。西邊的吐蕃,也乘安祿山反,唐徵河隴、朔方鎮兵入國靖難而邊州無備之隙侵蹙,數年之內,鳳翔以西,邠州以北,盡為蕃戎之地,湮沒者數十州。代宗廣德元年,隴右盡失,吐蕃又進圍涇州,破邠州,入奉天,代宗幸陝避之,吐蕃入長安,立廣武王承宏為帝,改元,擅作赦令,署官吏,大掠而去,長安為之蕭然一空,此後更屢次犯邊,隴右劍南民物蕩然。

另南詔曾於開元二十六年受封為雲南王,國主賜名歸義,歸義死後,其子閣羅鳳襲封,天寶九年因為受了雲南太守張虔陀羞辱,殺張虔陀叛降吐蕃。天寶十載,劍南節度使鮮于仲通討南詔,兵敗于西洱

河。十三載，劍南留後李宓再出師，又敗於太和城，安史亂起，南詔乘機蠶食唐疆，代宗時，閣羅鳳之孫異牟立，因苦吐蕃賦重，乃脫離吐蕃，但還是時常和吐蕃合兵寇邊。

　　綜觀唐室所以外患數起，實因爲內亂橫生，內亂的根源在於朝政朽蠹，一連串的變亂之後，唐帝國已失去昔日雄風，走向日暮途窮之境，而理亂的分際，大概不出於崔群所語於憲宗的一段話吧！

　　詩人高適，生在這樣的大時代中，加上他爲人「尚節義，語王霸，衰衰不厭，遭時多難，以功名自許。」對大時代的一切自然不能無感於心，發而爲詩，大率都受到時代精神的影響。

二、高適時代的文學環境

　　李唐帝國，雖然武功彪炳，氣象雄偉，但在文學上一度却承襲了六朝萎靡之風，無法與新帝國蒸蒸日上的國勢相配合，這是初唐文壇的情況，太宗雖「銳意經籍，開文學館以待四方之士，行臺司勳郎中杜如晦等十八人爲學士，每更置閤下，降以溫顏，與之討論經義，或夜分而罷。」〔註123〕然而所謂十八學士，率皆出身南北朝世家大族，其作風亦多承六朝遺緒，輕艷靡麗，追蹤徐庾宮體，一代英主唐太宗在這種環境下，自然深受影響，《困學紀聞》卷十四云：「鄭毅夫謂太宗功業雄卓，然所爲文章纖靡浮麗，嫣然婦人小兒嬉笑之聲，不與其功業稱，甚矣淫辭之溺人也。」劉肅《大唐新語》也說：「太宗謂侍臣曰：朕戲作艷詩。虞世南便諫曰：聖作雖工，體製非雅，上之所好，下必隨之，此文一行，恐致風靡，而今而後，請不奉詔。」

　　武后稱制，沈佺期、宋之問等御用文人，應制唱和，無異於倡優弄臣。《舊唐書》卷五十一載安樂公主「恃寵驕恣，賣官鬻獄，勢傾朝廷。」「又廣營第宅，侈靡過甚，長寧及諸公主，迭相倣效，天下咸嗟怨之。」而武崇訓娶安樂公主時，武三思竟令「宰臣李嶠、蘇味

─────────────────────

〔註123〕見《舊唐書》卷二〈太宗本紀〉。

道，詞人沈佺期、宋之問、徐彥伯、張說、閻朝隱、崔融、崔湜、鄭愔等賦花燭行以美之。」〔註124〕這種非出性情的應制詩，除了辭藻浮誇外，更無其餘，無怪乎清葉燮在其《原詩》一書中要說：「唐初沿卑靡浮艷之習，句櫛字比，非古非律，詩之極衰也。」

唐初詩風極衰，士風亦未見其振，文人大多奔走於權臣門下，望塵而拜者所在多有，從張易之、張宗昌兄弟被誅，而「朝官房融、崔神慶、崔融、李嶠、宋之問、杜審言、沈佺期、閻朝隱皆坐二張竄逐，凡數十人。」〔註125〕即可見一斑。又顏師古「貞觀七年拜祕書少監，專典刊正所有奇書難字……是時多引後進之士爲讎校，師古抑素流，先貴勢，雖富商大賈亦引進之，物論稱其納賄，由是出爲郴州刺史。」〔註126〕崔義玄「少愛章句之學，五經大義，先儒所疑及音韻不明者，兼採眾家，皆爲解釋，旁引證據，各有條疏……高宗立皇后武氏，義玄協贊其謀，及長孫無忌得罪，皆義玄承旨繩之。」〔註127〕顏、崔二人同爲儒學大師，而貪污納賄，毫無漢代士人風骨，儒家義利之辨，絲毫不存於心，所以會如此，乃「一則由於六朝詩人現實的享樂主義，久成風氣，故每多無行，而有風骨者甚少。二則李唐建國之初，並不重視骨鯁之士，即如秦王府的十八學士，皆是六朝末年豪強，利用這種人的社會地位號召則有餘，而希望他們樹立新政權的新風氣是不可能的。」〔註128〕

武后之朝，雖以文士醞釀〔註129〕，但爲了政治上的野心，不得不

〔註124〕見《舊唐書》卷一八三〈武承嗣傳〉。
〔註125〕見《舊唐書》卷七八〈張行成傳〉。
〔註126〕見《舊唐書》卷七三〈顏師古傳〉。
〔註127〕見《舊唐書》卷七七〈崔義玄傳〉。
〔註128〕臺靜農著〈論唐代士風與文學〉一文，刊《文史哲學報》十四期。
〔註129〕按《舊唐書》卷八九〈狄仁傑傳〉云：「武后欲求一好漢待之以將相，以狄仁傑曰：臣料陛下，若求文章資歷，今之宰相李嶠、蘇味道亦足爲文吏矣，豈非文士醞釀，思得奇才用之，以成天下之務乎？則天悅曰：此朕心也！」

特重進士科，提拔文人以打擊李唐皇室關中本位的明經人才〔註130〕，大崇文章之選，破格用人，進士成了全國干進者競趨的鵠的。「永淳之後，太后君臨天下二十餘年，當時公卿百辟無不以文章自達，因循日久，浸以成風，至於開元天寶之中，上承高祖太宗之遺烈，下繼四聖治平之化……百餘年間，生育長養，不知金鼓之聲，烽燧之光，以至於老，故太平君子，唯門遷戶調，徵文射策，以取祿位，以行以立身之美者也，父教其子，兄教其弟，無所易業，大者登臺閣，小者任郡縣，資身奉家，各得其足，五尺童子恥不言文墨焉，其以進士為士林華選，四方觀聽，希其風采，每歲得第之人不浹辰而周聞天下，故忠賢雋彥韞才毓行者咸出於是，而桀姦無良者或有焉，故是非相陵，歊稱相騰，或扇結鉤黨，私為盟毀，以取科第，而聲名動天下，或鈞摭隱匿，嘲為篇詠，以列於道路，迭為談訾，無所不至焉。」〔註131〕不僅社會風氣如此，上階級的權力階層亦然，王定保《唐摭言》卷一：「縉紳雖位極人臣，不由進士者，終不為美。」進士登科，則如躍登龍門，青紫在望，封演《封氏聞見記》載：「當代以進士登科為登龍門，釋褐，多拜青紫，十數年間，擬跡廟堂。」又《唐摭言》卷三：「（進士）逼曲江大會，則先牒教坊，請奏上御紫雲樓垂簾觀焉……公卿家率以其日揀選東床，車馬填塞。」

　　進士既以詞科出身，不由經術，於是舉止浮華，放蕩不羈，出入妓院，許多大詩人如李白、杜牧、李商隱等也不例外，王仁裕《開元天寶遺事》載：「長安有平安坊，妓女所居之地，京師狹少，萃集於此，兼每年新進士，以紅箋名紙，遊謁其中，時人謂此坊為風流藪澤。」北里之地，文士萃集，倡妓與文士形成了密切的關係，唐代文學中的浪漫情調，有許多即在描寫青樓生活。又進士多半出身貧寒，為求政治前途，必須交結權貴，而娼妓大都「能歌善舞，交際談吐，無不擅長，朝廷貴顯，莫不與之結交……因之進士交結顯

〔註130〕見陳寅恪著《唐代政治史述論稿》上篇、中篇。
〔註131〕見《通典》十五選舉三歷代制下注引沈既濟文。

貴，有賴倡妓提挈，而倡伎愛慕進士之風流才調，自亦樂與親近。」〔註132〕然而進士與倡妓之戀愛，却每以悲劇結局，因爲進士狎妓的目的只在結交權貴，以求騰躍青雲，目的已達，則又婚姻高門，當時風氣，率皆如此，唐傳奇〈霍小玉傳〉中小玉謂李益曰：「妾本倡家，自知非匹。」又說：「妾年始十八，君才二十有二，迨君壯室之秋猶有八歲，一生歡愛，願畢此期，然後妙選高門，以諧秦晉，亦未爲晚，妾便捨棄人事，剪髮披緇，夙昔之願，於此足矣。」在當時風氣下，霍小玉自知結褵無望，遂退求妥協，可是李益畢竟沒有勇氣和當時的風氣對抗，終婚高門盧怎，從此官場得意，位至禮部尚書，始亂終棄，文人無行也如此，但因爲積習使然，人亦不以爲怪！元積之與崔鶯鶯，亦復如是！陳寅恪先生《元白詩箋證稿》附論云：「唐代社會承南北朝舊俗，通以二事評量人品之高下，此二事一曰婚，二曰仕，凡婚而不娶名家女，與仕而不由清望官，俱爲社會所不齒，此類例證甚多，且爲治史者所習知，故茲不具論，但明乎此，則微之所以作鶯鶯傳，直敘其始亂終棄之事跡，絕不爲之少慙或曲諱者，即職是故也。其友人楊巨源、李紳、白居易亦知之而不以爲非者，舍棄寒女而別婚高門，當日社會所公認之正當行爲也！否則，微之爲極熱中巧宦之人，值其初具羽毛，欲以直聲升朝之際，豈肯作此貽人口實之文，廣爲流播以自阻其進取之路哉？」

　　唐代文士急功近利，干謁求進的心態，除了從利用娼妓攀結權貴外尚可從利用「溫卷」以夤緣奔競可見一斑。宋趙彥衛《雲麓漫鈔》卷八云：「唐之舉人，先藉當世顯人以姓名達之主司，然後以所業投獻，踰數日又投，謂之溫卷，如幽怪錄、傳奇等皆是也，蓋此等文備眾體，可以見史才、詩筆、議論，至進士則多以詩爲贄，今唐詩數百種行於世者是也。」唐以科舉取士，武后時考試採糊名制，猶稱公允，武后之後，糊名制廢，弊端漸起，溫卷之風因此得以大行，主試者每

〔註132〕葉慶炳著《中國文學史》第十九講，頁 275，弘道文化事業有限公司。

不勝其苦，《唐摭言》卷三載：

> 劉允章主文章，榜南院曰：「進士納卷不得過三軸」劉子振
> 聞之，故納四十軸。
>
> 薛保遜好行巨編，自號金剛杵，太和中，貢士不下千餘人，
> 公卿之門，卷軸塡委，率爲闍嫗脂燭之費，因之平易者曰
> 若薛保遜卷，即所得倍於常也。

干進之風如此，則士人於出處操守，自然不甚愛重，即以晚年焚
香誦禪、蕭疏高遠的王維來說，年少時也曾藉岐王以詩獻公主，遂作
解頭，薛用弱《集異記》載此事說：「王維右丞年未弱冠，文章得名，
性閑音律，妙能琵琶，遊歷諸貴之間，尤爲岐王所眷重，時進士張九
皋聲稱籍甚，客有出入於公主之門者，爲其致公主邑司牒京兆試官，
令以九皋爲解頭，維方應舉，具言其事於岐王，乃求庇借……岐王則
出錦繡衣服，鮮華奇異，遣維衣之，乃令齎琵琶同至公主之第……公
主顧之，謂岐王曰：斯何人哉？答曰：知音者也。即令獨奏新曲，聲
調哀切，滿座動容，公主自詢曰：此曲何名？維起曰：號鬱輪袍。公
主大奇之……則曰：子有所爲文乎？維即出獻懷中詩卷，公主覽之，
驚駭曰：此皆我素所誦習者，常謂古人佳作，乃子爲乎？……公主則
召試官至第，遣宮婢傳教，維遂作解頭，而一舉登第。」

另白居易初舉，也是以詩進於顧況，而遭到顧況「長安百物貴，
居大不易」之謔。文起八代之衰的韓愈也曾以文兩卷獻於聚歛求寵的
李實，「以爲謁見之資」〔註133〕，且稱李實「赤心事上，憂國如家。」
遂使後人有「不可曉」之惑〔註134〕。其實唐代士風只求仕進，不問
出處之道，韓愈此舉原不足怪。唐人詩文集中，每有投獻篇什，大抵
辭意卑微，不免齷齪，影響所及，即使已成名的文士，也往往以自己
的詩文投於顯貴，以邀名譽，或希結託。如此老師門生，相爲援引，

〔註133〕見韓愈上李尚書書，《韓昌黎集》卷二。
〔註134〕羅大經著《鶴林玉露》卷八：「退之古君子，單辭片語，必欲傳信，
　　　　寧肯妄發而譽之，過情乃至於此，是不可曉也。」

終於演變成朋黨的局面。

文人結爲朋黨，唐初已然，高祖武德年間，太子建成與齊王、秦王相傾，各人都爭致朝臣作爲輔佐。太宗貞觀時，太子承乾與濮王泰爭儲，也是「爭結朝士，競引凶人，遂使文武之官，各有託附，親戚之內，分爲朋黨。」〔註135〕開元天寶之際，風氣更盛。肅宗時楊綰曾條奏其弊云：「進士加雜文，明經塡帖，從此積弊，浸轉成俗，幼能就學者，皆誦當代之詩，長而博文，不越諸家之集，遞相黨與，用致虛聲……祖習既深，奔競爲務，矜能者曾無愧色，勇進者但欲凌人，以毀譽爲常談，以向背爲己任，投刺干謁，驅馳於要津，露才揚己，喧騰於當代。」〔註136〕這種風氣，浸假以變，終於演成憲宗朝激烈的牛李黨爭。黨爭可說是文人熱衷仕進、干謁求祿的必然結果。文人的躁進，非由於「唐以功立國，自天子以至於學士大夫，道德之旨，置不講焉」乎？〔註137〕在這種上下交相利的大環境下，文人無行，士風不振之習，連盛唐也不免。

北宋范祖禹曾比較漢唐士風說：「漢之黨尙風節，故政亂於上，而俗清於下，及其亡也，人猶畏義而有所不爲；唐之黨趨勢利，勢窮利盡而止，故其衰季，士無操行。」〔註138〕王應麟也說：「漢黨錮以節義，群而不黨之君子也；唐朋黨以權利，比而不周之小人也。漢之君子，受黨之名，故其俗清，唐之小人，行黨之實，故其俗弊。」

〔註135〕見《舊唐書》卷七六濮王泰傳。
〔註136〕見《舊唐書》卷一一九楊綰傳。
〔註137〕王夫之著《讀通鑑論》卷二十二。
〔註138〕見《唐鑑》卷十九。

第三章　高適詩的內在研究

第一節　高適詩的語言

　　詩被稱爲語言的藝術〔註1〕，詩的創作就是語言的創造，「詩的語言，經常企圖引起最廣泛的聯想，最多樣的投射，因此是一種多向的語言。」〔註2〕它和散文或日常用語大不相同，「散文跟代數一樣，把本來最具體的東西變成另一種符號或籌碼來運作，運作的過程，東西本身看不到，經過運作之後的結果，才把符號或籌碼轉變成具體的東西，詩歌的目的在於避免散文這種特性，詩絕不是符號或籌碼，而是深具視覺效果的語言，是訴諸直覺，可以激起活生生體驗的語言。」〔註3〕簡單的說，詩的語言「能在人們心靈中產生一種意象」〔註4〕，意象的呈露，使詩的涵更加豐富，詩歌語言也就更具藝術效果。

　　另一方面，詩的語言和日常用語也絕不相同，日常用語是人類社會經常使用的基本語言，用以達意而已，是實用性的，所以含意越單

〔註1〕村野四郎著，陳千武譯《現代詩的探求》，頁41，田園出版社。
〔註2〕顏元叔著《文學經驗》，頁37，志文出版社。
〔註3〕梅祖麟、高友工合著，黃宣範譯〈論唐詩的語法、用字與意象〉一文，刊《中外文學》一卷十、十一、十三期。此處所引見第十期，頁31。
〔註4〕姚一葦著《欣賞與批評》，頁3，遠景出版社。

純越便於使用，和多義性的詩的語言自不相同，法國詩人梵樂希（Paul Valery）把日常用語和詩的語言用步行和舞蹈來比喻分別﹝註5﹞，步行只爲了到達目的，是實用的行爲；舞蹈則充分表現了肢體語言的美感，是藝術性的；具體的說明了二者的區別。

但詩的語言也和日常用語一樣，用久了會成爲陳腔濫調，失去其新鮮度與藝術性，故需不斷地推陳出析，詩人的職責，便在發掘詩的新語言，賦詩以新生命，艾略特（T. S. Eliot）曾說：「文學家的工作乃是和語文及意義之艱苦纏鬥。」﹝註6﹞又說：「一個民族的詩應從日用語中取得生命而同時能因此賦與日用語新的生機。」﹝註7﹞語言是詩的唯一表現工具，一首詩的成敗，端視語言能否翻造新意，韓愈爲文，惟陳言之務去，不能不說是有見於此！所以，任何偉大的詩人都應該是語言的創新者，任何偉大的詩篇也都是詩人和語言嚴肅的對決﹝註8﹞。

語言的機能有二，即表義與表聲。語言的意義訴諸人冷靜的知性，來指示意義的方向。語言的聲音則訴諸人的情緒，顯示意義的態度﹝註9﹞。表達語言的聲音態度足以影響意義的方向，所以必須通過聲音的音響效果，語言的意義才能明確的表達。詩的語言更是這兩種機能的高度濃縮，「在詩裏面，一發展爲詩的繪畫性，一發展爲詩的音樂性，詩的繪畫性也就是詩的意象表現，是由語言的意義機能最高的發揮所構成的；詩的音樂性則是節奏的表現，意味著語言的聲響機能的最高發揮。」﹝註10﹞詩的語言便端賴視覺上的空間意象和聽覺上

﹝註5﹞ 同註1，頁57。另艾芝拉・龐德（Ezra Pound）也說過：「詩就是語言和語言之間的知性舞蹈。」
﹝註6﹞ 劉文潭著《現代美學》，頁104，臺灣商務印書館。
﹝註7﹞ 葉維廉著《秩序的生長》，頁85，志文出版社。
﹝註8﹞ 同註1，頁60，原文云：「跟語言嚴肅的對決是產生眞詩的條件。」
﹝註9﹞ 李察茲（I. A. Richards）說聲音是語言態度上的機能或情緒上的機能，見《現代詩的探求》，頁58。
﹝註10﹞ 張淑香著《李義山詩析論》，頁10，藝文印書館。

的時間節奏來表現，吾人研究詩的語言，即是研究其意象、節奏的表現。今試從這兩方面分析高適詩中的語言。

一、意　象

詩的語言在表現上，乃是應用壓縮和減省的手法寫成的〔註11〕，以造成內在的張力，「所謂詩的張力（tension in poetry）就是如何把意象精確地、鮮明地、或者說出地呈現出來，使它活生生的表現在我們眼前。」〔註12〕意象的浮現，也即是詩的具體化身。那麼，什麼是意象呢？帕萊恩（Laurence Perrine）以爲意象「或許最常指一種心靈圖畫，自心靈的眼所見的東西。」〔註13〕龐德（Ezra Pound）則以爲「意象呈現了瞬間所得的整個感性與知性的複雜經驗。」〔註14〕也就是說，詩人把握了個人感覺與外在事物的具體關係，讀者透過事物表現的特性，能引起與詩人相似或相同的感覺，進而引起共鳴。其間的關係即是透過語言文字「詩人內在之意訴之於外在之象，讀者再根據這外在之象試圖還原爲詩人當初的內在之意。」〔註15〕

葆爾丁（Kenneth Boulding）在其《意象》（*The Imagery*）一書中，分意象爲十類，這十類是：空間意象、時間意象、關係意象、人事意象、價值意象、感情意象、確定或不確定意象、眞實或不眞實意象、意識潛意識及下意識三種不同領域之意象、公眾意象及個人意象〔註16〕。對意象的分析可謂詳盡，然而若從語法來看，我們又可把意象概分爲「簡單意象」和「複雜意象」〔註17〕。所謂簡單意象就是獨立的意象，由一個名詞或名詞片語所構成，如高適〈送

〔註11〕見《秩序的生長》一書，頁95～96，《現代詩的探求》，頁60。
〔註12〕見《欣賞與批評》一書，頁21，引語。
〔註13〕Laurence Perrine 著 *Sound and Sense* 一書，頁40。
〔註14〕見王秋桂「Objective Correlative in the Love Poems of Li Shang-Yin」，頁102引。
〔註15〕余光中著《掌上雨》，頁9，文星書店。
〔註16〕同註4，頁57～61。
〔註17〕同註3，見第十期，頁62。

渾將軍出塞〉詩：「銀鞍玉勒繡蝥弧」其中「銀鞍」、「玉勒」、「繡蝥
弧」都是簡單意象，而「銀鞍玉勒」則構成一艷麗華貴的複雜意象，
「銀鞍玉勒繡蝥弧」是更大單位的複雜意象。詩中的意象需要經過
作者精心的雕塑，方能凸顯呈現而引起讀者特定的感受。至於意象
如何浮現，可借黃永武先生的話作一說明，黃氏云：「意象是作者的
意識與外界的物象相交會，經過觀察、審思與美的釀造，成為有意
境的景象，然後透過文字，利用視覺意象或其他感官意象的傳達，
將完美的意境與物象清晰的重現出來，讓讀者如同親見親受一般，
這種寫作的技巧，稱之為意象的浮現。」〔註18〕在詩中，意象本身
是客觀的存在，本來不含任何示意作用的，但因意象乃經由作者的
匠意經營，遂使其浮現足以引發特定的感情，這也就是艾略特所謂
「客觀的投影」，艾氏云：「一組事物，一種情況，或一連串的故事，
作為某種情形之表達公式，於是，當這類終止於感官經驗的外在事
物被呈現於文字時，這種特定的情感便獲得引發。」〔註19〕

　　意象的產生，須藉語法及用字，以下即從這一方向討論高適詩中
塑造意象的技巧，分語法、色彩、典故、語義類型、複合名詞等加以
論列。

（一）語　法

　　中國文字作為古典詩的媒介，自有其語法構成上的獨特性，這
種特性就是「拒絕一般邏輯的思維及文法分析，詩中『連接媒介』
之省略，使語法結構鬆散或破壞，因此反而使所有的意象在同一平
面上相互並不發生關係的獨立存在。」〔註20〕這種特色，我們可名
之為「孤立的語法」〔註21〕，孤立的語法中，沒有人稱、冠詞等的

〔註18〕黃永武著《中國詩學──設計篇》，頁3，巨流圖書公司。
〔註19〕同註2，頁258。
〔註20〕同註7，頁95。
〔註21〕借用梅祖麟、高友工著〈論唐詩的語法、用字與意象〉一文中的用
　　　　辭。

指限，動詞也沒有時態，使詩的語言趨於多義性，更有助於意象的凸顯與浮現〔註22〕，這是中國古典詩中多意象語的緣故。

　　高適詩中，便有許多由名詞或名詞片語構成的靜態意象，這些詩句，正可回應上述的理論，完全呈現了中國古典詩的特色，試列舉如下：

　　　雪淨胡天牧馬還，月明羌笛戍樓間。(塞上聽吹笛)

　　　十里黃雲白日曛，北風吹雁雪紛紛。(別董大二首之一)

　　　巫峽啼猿數行淚，衡陽歸雁幾封書。(送李少府貶峽中王少府貶長沙)

　　　青楓江上秋天遠，白帝城邊古木疏。(同上)

　　　黃河曲裏沙爲岸，白馬津邊柳向城。(夜別韋司士)

　　　浮雲暗長路，落日有歸禽。(別王徹)

　　　秋庭一片葉，朝鏡數莖絲。(奉酬路太守見贈之作)

　　　古鎮青山口，寒風落日時。(使青夷軍入居庸三首之二)

　　　吳會獨行客，山陰秋夜船。(秦中送李九赴越)

　　　天地莊生馬，江湖范蠡舟。(古飛龍曲留上陳左相)

以上詩句，率皆由名詞或名詞片語孤立或並列而產生靜態的意象，

〔註22〕關於中國古典詩中人稱與動詞時態的省略，葉維廉先生在其《秩序的生長》一書，頁167中論之頗當，葉氏云：「人稱代名詞的使用往往將發言人或主角點明，並把詩中的經驗和情境限指爲一個人的經驗和情境，在中國舊詩裏，語言本身就超脫了這種限指性（同理，我們沒有冠詞，英文裏的冠詞也是限指的。）因此，儘管詩裏所描繪的是個人的經驗，它却能具有一個無我的發言人，使個人的經驗成爲具有普遍性的情境，這種不限指的特性，加上中文動詞的沒有變化，正是要回到『純粹經驗』與『純粹情境』裏去。」又云：「中文動詞是沒有時態的，印歐語系中的過去、現在及未來的時態是一種人爲的類分，用來限指時間和空間的，中文的所謂動詞則傾向於回到現象本身——而現象本身正是沒有時間性的。」

呈露一種存在的現象，沒有任何解說性的連接詞，恰似一幅靜止的圖畫，這種技巧猶如電影中「蒙太奇」的手法，詩中每個名詞或名詞片語都自成一簡單意象，如「巫峽啼猿數行淚，衡陽歸雁幾封書」，巫峽、啼猿、數行淚、衡陽、歸雁、幾封書都是名詞片語，其間沒有任何語法的關聯，結構極其鬆散，而結構鬆散適足以造成詩句的多義性，如這兩句詩可解釋成：「巫峽啼猿不禁要為遷客流下數行淚來，衡陽的雁字回時也一定會為你捎來音訊。」又可說成：「聽到巫峽猿猴的啼聲，想你必要為自己的遭遇傷心落淚，看到衡陽的雁字，你不會忘了寄上你的音訊吧！」前面說過，由於中國詩的語言缺乏人稱、主詞，動詞也沒有時態，再加上鬆散的結構，往往形成詩句的多義性，不僅如此，它也有利於想像力的飛馳，使詩句的內涵更加豐富、更具張力。又如「秋庭一片葉，朝鏡數莖詩」兩句，亦是靜態的意象畫面，幾個簡單的意象並列，形成所謂的「意像併發」〔註23〕，這些意象自然的呈現，作者毫不介入，既未用主觀的情緒去渲染，亦無知性的邏輯去擾亂其內在的生命，在這種觀物的感悟形態裏，景象與讀者之間的距離縮短了，因無作者的情緒感染，讀者直接參與了美感經驗的創造，所以是一種不隔。詩中的「意象本身不含有外指的作用，但由於文字的轉折和自然轉折重疊，讀者就越過文字而進入未沾知性的自然本身。」〔註24〕意象雖不含示意，但讀者在參與過程中，必能引發上述艾略特所謂「特定的情感」，如秋庭、一片葉、朝鏡、數莖絲這幾個意象，令讀者聯想到的不可能是歡欣喜悅的情感，定是悲秋傷老的感觸，這種悲秋傷老的情感便是上述幾個意象所引發的「特定情感」。艾略特的理論證諸千年前中國詩歌，若合符節，宇宙萬殊，理揆於一，不能不令人驚嘆。同時，在併發意象之間也常常暗藏著「類似性」與「對照性」，時序上的秋天，也正是萬物傷凋的時節，而晨起攬鏡，數莖白髮上黑絲，年華

〔註23〕同註7，頁150。
〔註24〕同註7，頁217。

逐漸老去，所以悲秋傷落葉，也是自傷，這裏的類似性和對照性是極其明顯的。更深一層看去，短短兩句中，竟也隱含著戲劇性，這種戲劇性無疑來自突兀、悲傷的感受，蓋一葉知秋，人在時序變化上的感覺是靈敏的。而攬鏡自照，忽驚覺二毛，引發了情緒上的緊張與懸宕，感覺也變得靈敏起來，這種緊張與突兀，強調了詩中的戲劇性。中國向來缺乏史詩與詩劇，古典詩率皆短小精悍，無法允許大幅度人類或現實活動的模擬，中國詩人因此「選擇最具暗示性的幾個動作，而寥寥幾個動作的呈露反而使中國古典詩充溢著飽和的象徵和戲劇意味。」〔註25〕

　　從上面分析看來，高適在塑造意象的技巧上是很純熟的，但在數量上卻極其有限。這種由名詞或名詞片語構成靜態意象的詩句，在高適二百五十首詩中，上舉各例是僅有的，這和高適寫作的詩體有密切的關係，杜國清先生在「論『漢字作爲詩的表現媒介』」一文中云：「詩的語言有兩種，一種是意象式的，一種是陳述的……在表現上，前者多用名詞，傾向於空間的構圖，呈現爲靜態的、客觀的具現；後者多用動詞，傾向於時間的連續，呈現爲動態的、主觀的斷言。在言語表現上，前者依賴字與字之間肌理關係（texture），後者注意句子在構成上的句法（syntax）。在藝術型態上，前者屬於繪畫性，後者屬於音樂性……在古典詩中，前者多爲律詩的句型，後者多爲古詩句型，這兩種句型，在中國古典詩中，各有其作用，不能偏廢。」〔註26〕高適律絕詩計七十三首，約佔全集三分之一弱，無怪乎靜態意象不易尋得。相對的，古詩和樂府歌行多陳述式的表現，多用動詞，語法結構較緊湊，高適既擅長於古詩歌行，其動態意象也自然較豐富。

　　動態意象是一種含有動作的意象，而動作有時間上先後的承續，語言的要素之一是聲音，而聲音無疑也具有時間性，如同音樂的節奏

〔註25〕賴瑞和著〈中國古典詩裏的戲劇性表現〉，《中外文學》一卷六期，頁35。
〔註26〕《中外文學》八卷九期，頁20。

一樣，詩歌利用語言結構的長短繁簡的安排創造出它特有的「時間性」。職是之故，十八世紀德國學者萊森（G. E. Lessing）遂有詩畫異質之說，「以爲畫只宜於描寫靜物，詩只宜於敍述動作。」〔註27〕萊森的理論，證以上述靜態意象的分析，並不正確，但若就動態意象所含動作的時間性以及其具有敍述性質來說，萊森的說法仍具有部份的眞實。

　　另動態意象既含有動作，而任何動作必牽涉到一個主動者與一個受動者，「引發行爲的主動者是主語，表示行爲的是動詞，承受行爲的是賓語，行爲是力，移轉於主、賓兩點之間，因此主——動——賓的語句直接反映出自然界的現象，使語言接近物體。」〔註28〕故可說塑造動態意象要靠動詞，尤其是及物動詞，而「中國具有豐富的及物動詞」〔註29〕，適足以造成詩歌中豐富的動態意象。動態意象隱含動作，故一方面受時間的限制而產生敍述性的動作傾向，但另一方面，意象本身又是一種空間性的情境畫面，如此一來，動態意象的創造與安排，最重要的就是必須含有高度的想像彈力，把直線式的動作敍述還原爲整個平面性的情境畫面，即克服時間性的限制而回歸到空間性的呈露，把敍述變爲繪畫，這樣才會產生意象的具體感。試看下列的詩句：

　　　　萬騎爭歌楊柳春，千場對舞繡麒麟。(九曲詞三首之二)

　　　　節物驚心兩鬢華，東籬空繞未開花。(重陽)

　　　　隔岸春雲邀翰墨，傍簷垂柳報芳菲。(同陳留崔司户早春宴蓬池)

　　　　柳色驚心事，春風厭索居。(閒居)

　　　　出門何所見，春色滿平蕪。(田家春望)

　　　　落日鴻雁度，寒城砧杵愁。(宋中十首之五)

〔註27〕朱光潛著《詩論》，頁130，正中書局。
〔註28〕同註3，第十期，頁33。
〔註29〕同註26，頁19。

寥寥寒煙靜，莽莽夕雲吐。(送蕭十八)

驚飇蕩萬木，秋氣屯高原。(酬司空璥)

去帆帶落日，征路隨長山。(自淇涉黃河途中作十二首之一)

行樹夾流水，孤城對遠山。(自淇涉黃河途中作十二首之四)

古堰對河壖，長林出淇口。(自淇涉黃河途中作十二首之八)

新秋歸遠樹，殘雨擁輕雷。(陪竇侍御靈雲南亭宴詩)

讀了這些詩句，我們可以感覺出來，詩中使用的動詞強而有力，且極具爆發性的效果；如「柳色驚心事」的「驚」字，「莽莽夕雲吐」的「吐」字，「驚飇蕩萬木」的「蕩」字，「殘雨擁輕雷」的「擁」字，這些動詞在這裡都造成一種讓人意想不到的氣氛，且動詞本身力的強度極大，由其構成的意象也就更具具體感，在「驚飇蕩萬木，秋氣屯高原」一聯中，「蕩」、「屯」是動詞，其主語分別爲「驚飇」和「秋氣」，賓語各爲「萬木」和「高原」，語法結構正合上述主──動──賓的形式，我們看詩句的語言如何接近物體，而使整個意象更具具體感？首先，動詞本身已隱含了不可敵對的自然力量之強勁與渾雄，「蕩」字給人一種空蕩蕩的感覺，一種激盪而出的併發力量，據《廣韻》，蕩有「徒朗」「他浪」二切，「他」屬透母，「徒」屬定母，同爲舌頭音，朱桂耀氏以爲舌頭音的字，均含有「特定」的意思。事物既屬特定，必含有特別的力量，因此由「蕩」字所造成的動態意象，便具有十足的張力，整句詩呈現在我們眼前的，是疾風掃落葉，萬木衰颯搖蕩的景象。「屯」字在聲韻上和「蕩」字有相同的作用，由其所引發的意象，讓人感覺滿原秋氣，景物蕭條，有無盡悲秋之感，在此氛圍中，我們領受了大自然偉大而不可抗拒的力量。又「寥寥寒煙靜，莽莽夕雲吐」兩句，和李義山〈賦得挑李無言〉詩「靜中霞暗吐」句有異曲同工之妙。兩句之中，前寫靜態美，後寫動態美，動與靜是我或理學上的兩個基本概念，「動極思靜，靜極思動」是人之常情，《孫子兵法》也說：「動苦

脱兔，靜若處子。」在這裏，動、靜兩個景象相反相成，互襯出大自然的美。「寥寥寒煙靜」的「靜」字在詩中一般的用法是形容詞，但中國字並無固定的詞類，往往因爲字的關係位置而改變其詞類，如「春風又綠江南岸」的綠字即是著名的例子。「凡中文形容詞用在述語位置而不用繫詞者，可稱之爲靜態動詞。」﹝註30﹞「靜」字在此即爲一個靜態動詞，它並不表示動作，只作靜態的描寫，和下句「莽莽夕雲吐」的「吐」的動作構成鮮明旳動靜對比。又「春色滿平蕪」一句，「滿」字這一動詞著重的並非動作本身，而是由動作引起的結果，即「滿」的狀態，在此狀態中，我們看到的是平面對等關係，即春色滿平蕪，平蕪上滿是春色。而舉凡「表示位置、處所或物體跟平面的接觸關係等動詞皆能產生靜態的意象，加強視覺效果。」﹝註31﹞「滿」字在這兒無疑便是這樣一個動詞，而其所造成的動態意象，正符合了「把直線式的動作敘述還原爲整個平面性的情境畫面」這一條件，充分表現了繪畫性與具體感。

其次，高適詩常以擬人化的動態意象來寫靜物。在他的筆下，青雲可以邀約翰墨，垂柳可以報答春天的芳菲，殘雨可以擁抱輕雷，把靜態的美以擬人的動態暗示出來，這是想像力的極度發揮，也正符合萊森的理論，「詩描寫靜物時，必化靜爲動，以時間上的承繼暗示空間中的綿延。」﹝註32﹞「化美爲媚（charm），媚的定義是流動的美（beauty in motion）。」﹝註33﹞黃永武先生也有同樣的主張，黃氏云：「詩中用靜態敘述的部份應降到最低度，儘少通過分析或說明的文字，去表現人物事態，與其敘述一件人物的事態，不如讓它自己表演給讀者看，動態的演示能構成活生生的場景，生氣盎然，則意象自然浮現得格外清晰。」﹝註34﹞

﹝註30﹞ 同註3，第十一期，頁103。
﹝註31﹞ 同註3，第十一期，頁104。
﹝註32﹞ 同註27，頁132。
﹝註33﹞ 同註27，頁134。
﹝註34﹞ 同註18，頁8。

　　最後，我們再來看看上舉詩中的簡單意象和多義性，如「落日鴻雁度，寒城砧杵愁」，其中「落日」、「鴻雁」、「寒城」、「砧杵」都是簡單意象。如果詩中「時間或處所副詞置句首，而語法、語形上並沒有明顯的記號，也多少會孤立而產生簡單的意象。」〔註35〕在這裡，落日可視為時間副詞──即「在落日時分，鴻雁飛度」，寒城可視為處所副詞──即「在寒城裏，砧杵的聲音令人愁苦」，但由於語法結構鬆散，沒有清楚的交待，意象功能相對的加強了，遂孤立出來而變成簡單的意象。同時也使詩句產多多義性，上兩句毋寧也暗示著：落日（表時間）和鴻雁一起飛度，或落日如同鴻雁一般的飛逝。寒城、砧杵兩皆令人愁苦不堪。

（二）色　彩

　　色彩是加強意象視覺效果重要的一環，因為顏色的視覺效果最強烈，足以使意象凸顯，影響讀者情緒的產生與轉化。人類五官所領受的意象中，視覺意象是最明顯的，而強調視覺意象的色彩又易於使人聯想到新鮮、生動的物性，故色彩每有強調物性，使意象更加具體的作用。以下試分析高適詩中的運色。

> 鬢白未曾記日月，山青每到識春時。（寄宿田家）
>
> 羈旅雖同白杜遊，詩書已作青雲料。（留別鄭三韋九兼洛下諸公）
>
> 青楓江上秋天遠，白帝城邊古木疏。（送李少府貶峽中王少府貶長沙）
>
> 自堪成白首，何事一青袍。（使青夷軍入居庸三首之三）
>
> 閑門生白髮，回首憶青春。（秋日作）
>
> 地迥雲偏白，天秋山更青。（送蔡少府赴登州推事）
>
> 高才擅白雪，逸翰懷青宵。（睢陽酬別暢大判官）

〔註35〕同註3，第十期，頁42。

　　青雲將可致，白日忽先盡。(哭單父梁九少府)

　　白鳥向田盡，青蟬歸路長。(單父逢鄧司倉覆倉庫因而有贈)

　　翩翩白馬來，二月青草深。(別耿都尉)

　　我心寄青霞，世事慚白鷗。(同薛司直諸公秋霽曲江俯見南山作)

　　白雪正如此，青雲無自疑。(宋中別周梁李三子)

　　漢壘青冥間，胡天白如掃。(登百文峯二首之一)

　　而今白庭路，猶對青陽門。(登百文峯二首之二)

　　白日屢分手，青春不再來。(酬裴員外詩以代書)

以上所舉皆是青、白兩種顏色分列上下句的對比。「色彩的對比作用，
是兩種視覺上的混色作用。」〔註36〕可使色彩變得更明快或更鮮麗。
在其中，我們看到了在大片青青草原上白馬的飛快奔馳；也看到了在
白雲的襯托下，青山顯得更加嫵媚。感覺出白髮與青山的強烈對比，
也意味到人命的短暫與自然的永恆，青春的不再與時序萬物的週始不
窮。由芊麗的色彩引致相反情調的逆轉與對比，給人一種拗折的感
覺；「另外色彩的對比，也能產生戲劇感，形成詩的張力。」〔註37〕
這就是高適詩中色彩對比作用所呈現出來的效果。除了青白二色外，
尚有其他顏色的對比，如黃與白的對比：

　　黃河曲裏沙爲岸，白馬津邊柳向城。(夜別韋司士)

　　簷前白日應可惜，籬下黃花爲誰有。(九月九日酬顏少府)

　　黃雲白草無前後，朝建旌旗夕刁斗。(送渾將軍出塞)

　　去此從黃綬，歸歟任白頭。(古樂府飛龍曲留上陳左相)

　　賦得黃金賜，皆言白璧酬。(奉酬睢陽李太守)

　　鬼哭黃埃莫，天愁白日昏。(同李員外賀哥舒大夫破九曲之作)

〔註36〕倪懋慰著《色彩學》，頁19，天同出版社。
〔註37〕楊文雄著《李賀詩研究》，頁140，文史哲出版社。

邊城何蕭條，白日黃雲昏。(薊中作)

遠岸白波來，氣暄黃鳥吟。(同房侍御山園新亭與刑判官同遊)

又有以其他顏色對舉者，其例如下：

豈有白衣來剝喙，亦從烏帽自欹斜。(重陽)

跡留黃綬人多歎，心在青雲世莫知。(同顏少府旅宦途中)

渺憶青巖棲，寧忘褐衣拜。(贈別王山人管記)

褐衣不得見，黃綬翻在身。(答侯少府)

萬象歸白帝，平川橫赤霄。(同群公秋登琴台)

行人無血色，戰骨多青苔。(酬裴員外以詩代書)

軍容隨赤羽，樹色引青袍。(送白少府送兵之隴右)

皆言黃綬屈，早向青雲飛。(別崔少府)

絳葉擁虛砌，黃花隨濁醪。(同崔員外綦毋拾遺九日宴京兆府李
士曹)

離人去復留，白馬黑貂裘。(別孫訢)

興中皆白雪，身外即丹青。(留上李右相)

倚弓玄兔月，倚馬白狼川。(信安王幕府詩)

先移白額橫，更移赭衣偷。(奉酬睢陽李太守)

青雲本身負，赤縣獨推尤。(東平旅遊奉贈薛太守二十四韻)

紅顏愴爲別，白髮始相逢。(逢謝偃)

其他單獨設色的詩句極夥，此舉數例：

白露時先降，清川思不窮。(陪竇侍御泛靈雲池)

神仙去華省，鴛鷺憶丹墀。(奉酬路太守見贈之作)

黃鵠何處來，昂藏寡儔侶。(自淇涉黃河途中作十二首之二)

白髮知苦心，陽春見佳境。(同呂員外田著作幕門軍西宿盤山秋夜作)

相看白刃雪紛紛，死節從來豈顧勳。(燕歌行)

白璧皆言賜近臣，布衣不得干明主。(別韋參軍)

昨夜離心正鬱陶，三更白露西風高。(送別)

根據西方的美學理論，色彩是藝術活動的一主要表現媒介，藝術家以其敏感的色感，訓練有素的應用色彩的技巧，來表達他們的思想與情感，「而每一種色彩都有它們個別獨特的影響力存在著。」〔註38〕中國的陰陽五行說對色彩也有如下的區分：「色曰青：人曰仁、情曰喜、方曰東、時曰春。」「色曰赤：人曰禮、情曰樂、方曰南、時曰夏。」「色曰黃：人曰信、情曰慾、方曰中央，時曰四季。」「色曰白：人曰義、情曰恕、方曰西，時曰秋。」「色曰黑：人曰智、情曰哀、方曰北、時曰冬。」每種顏色也都各有其代表與象徵。高適詩中的色彩不論對比或單獨設色，出現最多的是黃、青、白三色，其中尤以白色爲最，高達六十一次，這和個人生活的經驗有密切的關係。鄭騫先生在「小山詞中的紅與綠」一文裏談到：「晏小山是個門祚式微身世飄零的貴公子，又天生是個多情善感的風流才士，所以他旳作品在高華朗潤的風度之外，顯示著無限悲涼情調，在濃艷的色澤之上，籠罩著一層黯淡的氣氛，他對於紅綠兩色的運用正好把上述的情形表現出來。」〔註39〕高適久在幕府，遍歷邊塞，黃沙千里，青天遼曠，舉頭白雲，俯見白草，這些景象，可說都是造成高適詩中色彩趨向單調的外在因素，也正是高適本身的特殊經驗，正如晏小山的特殊身世一般。個別經驗的不同，造成了詩人對不同顏色的偏好。

另外，我們尚可從內在的因素來探討。據美國色彩學家切斯金（L.Cheskin）所言，支配色彩嗜好的三個因素分別是：自我的介入，

〔註38〕林書堯著《色彩學概論》，頁2，Theoder Lipps 語。
〔註39〕鄭騫著《從詩到曲》，頁116，順天出版社。

體面的維持和快樂的追求。〔註40〕我們每可從一個人對色彩的喜愛分析其性格，蓋基於此。林書堯先生在其〈色彩的嗜好和人的性格分析〉一文中談到：「黃色具有希望、明朗、功名、健康的含意…青色表示沉靜、冷淡、理智、瞑想、未熟，象徵高深，博愛，以及法律的尊嚴……白色有它固定的感情特徵，象徵潔白、光明、神聖、純眞。」〔註41〕高適一生熱衷功名仕進，被推爲有唐詩人之達者，根據林書堯先生的分析，可知在高適偏好的顏色中，正意含希望、功名、尊嚴，充分的反應了高適的心理。又上舉各詩中，青色多連用成「青雲」、「青霄」、「青袍」，紅色多連用成「丹墀」、「赤羽」，黃色則有「黃綬」等詞，凡此皆關乎功名利祿。再看以下這些金玉輝映的色彩，當可更加清楚高適對仕宦的熱衷了。

> 銀鞍玉勒繡蝥弧，每逐嫖姚破骨都。(送渾將軍出塞)
>
> 白髮黃金萬戶侯，寶刀駿馬塡山丘。(古大梁行)
>
> 駿馬常借人，黃金每留客。(鉅鹿贈李少府)
>
> 金玉本高價，塤篪終易諧。(酬裴員外以詩代書)
>
> 三命謁金殿，一言拜銀青。(遇沖和先生)
>
> 金爐陳獸炭，談笑正得意。(效古贈崔二)
>
> 振玉登遼甸，摐金歷薊壖。(信安王幕府詩)
>
> 行子對飛蓬，金鞭指鐵驄。(送李侍御赴安西)

金爐、白璧、銀青、銀鞍這些閃爍生輝的名詞，令人聯想到的會是什麼呢？且金銀兩種顏來就有高貴的涵意，據齊如山先生〈國劇藝術彙考〉所載，國劇中金銀包的臉譜也正象徵著德高望重以及高貴的意義。何況高適詩中，由金銀兩種顏色所構成的這些名詞，原來就是高官厚祿的象徵。

〔註40〕同註38，頁102。

〔註41〕同註38，頁91～94。

有唐詩人中，李義山詩中的色彩是多樣性的，如紫、碧、紅、翠、金、綠等都大量出現，這些色彩本身的明度與濃度都很大，引致一種迷茫的感覺。李賀則善用幽冷的字眼加諸顏色之上，「如冷紅、老紅、墜紅、幽紅、愁紅、空綠、靜綠、頹綠……不但削弱了紅、綠原有的熱鬧喧嘩，反而製造出衰颯的效果。」〔註42〕在高適詩中，我們可以看出，除了象徵官位的一些名詞色彩明度極大外，青、黃、白大量的對舉，使詩中的色彩趨向於單調，加上這些色彩所結合而成的名詞如黃埃，黃雲、黃河、白草、白日、白波、白雲、青山、青雲、青草等皆屬自然景物，這些語言用久已成俗濫〔註43〕，成了一種套板反應（Stock Response），「它引不起新鮮而真切的情趣」〔註44〕，更加強了這種單調的傾向。

（三）典　故

《文心雕龍·事類篇》云：「夫經典沉深，載籍浩瀚，實群言之奧區，而才思之神皋也，揚班以下，莫不取資，任力耕耨，縱意漁獵，操刀能割，必到膏腴，是以將瞻才力，務在博見……凡用舊合機，不啻自其口出。」在中國第一部系統的文學批評著作中，劉勰對於典故的使用所持的態度是正面的，但在此後中國的文學批評中，並非所有文評家皆高舉劉勰大纛的，鍾嶸在其《詩品·序》中即云：「至乎吟詠性情，亦何貴於用事？『思君如流水』既是即目，『高臺多悲風』亦惟所見，『清晨登隴首』羌無故實，『明月照積雪』詎出經史？觀古今勝語，多非補假，皆由直尋。」嚴羽《滄浪詩話》云：「詩有別裁，非關書也，詩有別趣，非關理也。」又云：「不必多使事」。近人王國維在其《人間詞話》一書中亦反對詩詞用典，王氏云：「人能於詩詞中不為美刺投贈之篇，不使隸事之句，不用粉飾之句，則於此道已有

〔註42〕方瑜著〈李賀歌詩的意象與造境〉，頁25。
〔註43〕劉文潭著《現代美學》，頁104引法國評論家 B. Dobrie 語云：「語言用久會成俗濫，就像銅弊用久會漸磨光。」
〔註44〕朱光潛著《談文學》，頁95，大漢出版社。

牛矣！」而胡適先生有名的「八不主義」，不用典即其一。儘管反對的聲浪甚囂塵上，代有人出，却有更多人簇擁在劉勰的旗幟下，吶喊助威，趙甌北即其一，《甌北詩話》卷十云：「詩寫性情，原不專恃典故，然古事已成典故，則一典已有有一意，作詩者借彼之意，寫我之情，自然倍覺深厚，此後代詩人不得不用書卷也。」近人胡先驌在其〈評嘗試集〉一文中論之更詳，胡文云：「太古之詩，自無用典之事，其後則古人事跡，往往有與後人相同者，而古人往事復往往為人所共睹，引以為喻，可為現時事情生色，此用典之起源，亦無害於詩之本質者也。又或詩人意有匠刱，不欲人明悉其意，乃假記於昔人，又或意有所寓，不欲明言，乃以昔人之情事以寄託其意興，此亦詩所許者也……又有古人之名言或名作引用入詩，苟點染入神，反倍生色，……且用典之習，不特中國有之，西國詩人亦莫不然，荷馬詩中之神話，已為文藝復興以後詩人用濫，至莎士比亞、彌兒敦之著作出，則又群起引用二氏著作之情事，即以主張改革之大詩人威至威斯（按：即華滋華斯）亦莫不然……蓋歷史與昔人之著作，後人之遺產也，棄遺產而不顧，徒手起來，而欲致鉅萬之富，不亦難哉！」〔註45〕此於典故之功用、用典之起源皆有獨創之見，實足塞反對者之口。胡氏更引西方以證中國，說明了用典實為「中外皆然」的文學通則。在此，我們亦可看看西方近代文學批評家艾略特氏對典故的看法，艾氏以為典故的功用有三：第一，從過去文學作品取典，可使現代作品和過去作品融合在一起，如此有助於同存結構（stimuitaneous order）；所謂同存結構即以為過去影響現代，現代也可影響過去，因為每個時代對古代作品可有不同的解釋之故。第二，可使過去與現代兩種時空形成對比或對立，加強時空流變的感受，使詩不僅有橫斷之寬廣，更有歷史的縱深。第三，典故的使用，可使一簇情思濃縮於其內，詩篇含義因而更豐富。艾氏坐言起行，其詩用典之繁富，己成了他的一個重要標誌。

〔註45〕見《中國新文學大系第二集——文學論爭集》，香港文學研究社出版。

　　但是，典故的使用並非漫無限制，李義山詩中好積故實，使人誤詩為文，致有「獺祭魚」之譏。周濟〈介存齋詞選序〉亦不以夢窗詞之餖飣為然，序云：「皋文不取夢窗，是為碧山門徑所限耳，夢窗立意高，取徑遠，皆非餘子所及，惟過事餖飣，以是被議。」劉潛夫極稱陸放翁，辛稼軒，但亦以二人時掉書袋為病。至於遇桃則說「紅雨」、「劉郎」，逢柳則云「章臺」、「灞岸」，就不僅是掉書袋，簡直如一部活辭書了。

　　由此可見，應用典故需講究技巧，以求穩妥貼切。劉融齋《詞概》一書中論之極精，所論雖是詞中用事之法，亦可移於詩；劉氏云：「詞中用事，貴無事障。晦也、膚也、多也、板也，此類皆障也。姜白石詞用事入妙，其要訣所在，可於其詩說中見之，曰『辟事實用，執事虛用，學有餘而約以用之，善用事者也，乍敘事而間以理言，得活法者也。』」用典至於化境，必可如袁枚《隨園詩話》所說：「如水中著鹽，但知鹽味，不知鹽質。」一個詩人作品的優劣，每可於其使事用典處見之，所以艾略特在其〈菲利普・馬遜傑論〉中談到：「一個最穩當的考驗就是詩人援借素材的方法，不成熟的詩人只會模仿，成熟的詩人會偷，壞的詩人把偷來的改到體無完膚，而好的詩人把它化作更好的東西。」

　　有了以上的理論基礎，我們再來分析高適詩中用典的情形。

　　　吾黨謝王粲，群賢推郄詵。(答侯少府)

　　　長卿無產業，季子慚妻嫂。(酬裴秀才)

　　　盛時慚阮步，末宦知周防。(同諸公登慈恩寺塔)

　　　谷永獨言事，匡衡多引經。(奉酬北海李太守丈人夏日平陰亭)

　　　兄弟方荀陳，才華冠應徐。(苦雨寄房四昆季)

　　　知人想林宗，直道慚史魚。(同上)

　　　惠連發清興，袁安念高臥。(苦雪四首之二)

廉藺若未死，孫吳知暗同。（雲南征蠻詩）

晉武輕後事，惠皇終已昏。（登百丈峯二首之二）

兄弟真二陸，聲華連八裴。（酬裴員外以詩代書）

光陰薊子訓，才術褚先生。（贈別褚山人）

每揖龔黃事，還陪李郭舟。（同李太守北池泛舟宴高平鄭太守）

魯連真義士，陸遜豈書生。（酬河南節度使賀蘭大夫見贈之作）

傅説明殷道，蕭何律漢刑。（留上李右相）

逸氣劉公幹，玄言向子期。（奉酬陸太守見贈之作）

上舉各例，皆一聯中上下句各鑲以古人名，屬對整齊者，另有一聯中上下句分言不同史事者，如：

畫龍俱在葉，寵鶴先歸衛。（贈別王七十管記）

盤龍色絲外，鵲顧偃波中。（觀李九少府樹宓子賤神祠碑）

灌壇有遺風，單父多鳴琴。（同房侍御山園新亭與刑判官同遊）

願開初地因，永奉彌天對。（司馬太守聽九思法師講金剛經）

天官蒼生望，出入承明盧。（送虞城劉明府謁魏郡苗太守）

宅相予偏重，家丘人莫輕。（別從甥萬盈）

謝家微故事，禹穴訪遺編。（秦中送李九赴越）

月卿臨幕府，星使出詞曹。（送柴司戶充劉卿判官之嶺外）

揣摩懃點史，棲隱謝愚公。（封丘作）

百年將半仕三已，五畝就荒天一涯。（重陽）

另有一聯中二句只言一件史事或一人事蹟，而不若上舉各例上下分言二事者，如：

莫見今如此，曾為一客星。（遇沖和先生）

尚有獻芹心，無因見明主。(自淇涉黃河途中作十二首之九)

應知阮步兵，惆悵此途窮。(酬祕書弟兼寄幕下諸公)

倚劍對風塵，慨然思衛霍。(淇上酬薛三據兼寄郭少府)

南登有詞賦，知爾弔長沙。(送張瑤貶五溪尉)

留連愁作歡，或爲梁甫吟。(別王徹)

閼伯去已久，高丘臨道旁。(宋中十首之十)

惆悵孫吳事，歸來獨閉門。(薊中作)

款曲雞黍期，酸辛別離袂。(贈別王七十管記)

大抵言之，高適詩中用典雖極繁富，幾以達無詩不用典的地步，然大抵都能縮合時事，達到「藉事徵意」的效果。如〈同李太守北池泛舟宴高平鄭太守〉詩中「還陪李郭舟」句用郭太與李膺同舟濟河事，見於後漢書郭太傳。委婉稱美，頗饒詩趣。〈別從甥萬盈〉詩中「宅相予偏重」句用魏舒事，見於晉書；按晉書魏舒傳云：「魏舒字陽元，任城樊人也，少孤，爲外家寧氏所養，寧氏起宅，相宅者云：『當出貴甥』，外祖母以魏氏甥小而慧，意謂應之。舒曰：『當爲魏氏成此宅相』」此借魏舒典故以美外甥，也極其穩健。惟高適詩中有些屬於歌功頌德之作，一味堆積故實，不免令人生厭，故《韻語陽秋》卷八譏其比喻不倫云：「唐明皇時，陳希烈爲左相，李林甫爲右相，高適各有詩上之，以陳爲吉甫、子房，以李爲傳說、蕭何，其比擬不倫如是。」在這類的歌頌之作中，至有一首用一、二十件故實者，可謂浮濫已極，試看以下的例子。

蒼生謝安石，天子富平侯。
能用吉甫頌，善用子房籌。
公才山吏部，書癖杜荊州。
天地莊生馬，江湖范蠡舟。
跡與松喬合，心緣啓沃留。(以上古飛龍曲留上陳左相)

剪桐光寵賜，題劍美貞堅。
帝思麟閣像，臣獻柏梁篇。
作賦同元叔，能詩非仲宣。（以上信安王幕府詩）

系高周柱史，名重晉陽秋。
握蘭多具美，前席有嘉謀。
著鞭驅駙馬，操刃解全牛。
朝瞻孔北海，時用杜荊州。
三臺冀入夢，四嶽尚分憂。
先移白額橫，更息赭衣偷。
梁國歌來晚，徐方怨不留。
坐堂風偃草，行縣雨隨輆。
地是蒙莊宅，城遺闕伯兵。
孝王餘井陘，微子故田疇。
好賢常解榻，乘興每登樓。
未能方管樂，翻欲慕巢由。（以上奉酬路太守見贈之作）

出入交三事，飛鳴揖五侯。
不改任棠水，仍傳晏子裘。
叨承解榻禮，更得問縑遊。
然諾常懷季，栖遑輒累丘。（以上東平旅遊奉贈薛太守二十四韻）

郡稱兼叔度，朝議管夷吾。
詔寵金門策，官榮葉縣鳧。
尤多蜀郡理，更得潁川謨。
田園同季子，儲蓄異陶朱。
解榻情何限，忘言道未殊。（以上真定奉贈韋使君二十八韻）

　　明瞭了高適在詩中用典的情形，我們便可進一步探討、分析典故在其詩中引起怎樣的語意現象，但在探究這一問題，先要明瞭構成典故的基本原理。

　　構成典故的基本原理是對等關係，對等關係不僅包含了類似性，也包含了對立性。典故含有兩個基項，「一基項指涉作者切身的經驗，

另一基項指涉過去發生的事件。」〔註46〕如果切身的經驗與過去的史事雷同，那麼這種對等關係就是類似的，如〈送張瑤貶五溪尉〉詩中「南登有詞賦，知爾弔長沙」二句，用賈誼弔屈原故事。按西漢賈誼因事被貶爲長沙王太傅，意不自得，爲賦以弔屈原。長沙在今湖南，五溪地亦在今湖南。張瑤貶五溪尉，高適以賈誼擬之，事、地兩皆相合，故其關係是類似性的對等。又如〈淇上酬別薛三據兼寄郭少府〉詩中「倚劍對風塵，慨然思衛霍」一聯，用漢武帝時衛青與霍病兩位大將驅逐匈奴掃靖胡塵的故事。唯衛霍皆能得皇帝重用，立下邊功，而自己雖有此心，却是「布衣不得干明主」，只得倚劍徒對風塵興歎！現在的經驗與過去史實却成對比，故其關係是對立性的對等。

最後，我們來分析典故所牽涉到的語意問題。典故的應用，把過去與現在作明顯的對立，往往會引起新一層的意義〔註47〕，如〈同房侍御山園新亭與刑判官同遊〉詩中「灌壇有遺風，單父多鳴琴。」二句，已非單純的描述太公望和宓子賤的事蹟，其中隱含的是詩人自己用世的意向。宓子賤一再出現於高適的詩中，可見其彈琴而治的風義已成詩人心中的一個「情結」（complex）和模仿的對象。

（四）語義類型

所謂語義類型是指「詩的用語所構成相關的意義型態，可以之界定詩行中各個對應的位置應該用什麼樣的語詞。」〔註48〕此種研究方法即把詩中不同的用字用詞，加以排比並列，分析歸納，以求其共通性，如日、月、星、雲等與天體有關的字詞，構成一個「天體的語義類型」。其他如人、花草、器具等亦可構成各自的語義類型。然後「由語義類型的反映，而把握到一個詩人所常使用的意象型態及意象的風

〔註46〕梅祖麟、高友工合著，黃宣範譯〈唐詩的語意研究：隱喻與典故〉一文，刊《中外文學》四卷七、八、九期，此處所引見第七期，頁121。
〔註47〕同註46，頁120。
〔註48〕同註3，第十期，頁39。

格，進一步亦可窺其心態。」﹝註49﹞所以，語義類型的研究是探求意象的有效且簡明的方法。且語義類型既在探求詩中某種用字用詞的通性，歸納性質相同的意象，則自可經由語義類型的研究直尋詩人的意象風格。下面試分析高適詩中的幾種語義類型。

1. 表示天體的語義類型

在高適詩中，表示天體的字詞中以日、月、雲三者出現最多，且「日」字上最常見的修飾語是「白」「落」，「月」字的修飾語以「明」字頻率最高，「雲」則有「浮」「黃」「白」等字修飾而構成「浮雲」「白雲」「黃雲」等意象，不過，這些修飾語在這裡的功用「不在縮小指涉範圍而在強調物性，」﹝註50﹞也藉物性表現它所代表感官上的感受，如「明月」即強調月是明亮的物性，也代表視覺上的明亮，加強了意象的具體性。

以下先舉出有關「日」這一意象的詩句：

白日渺難睹，黃雲爭卷舒。(苦雨寄房四昆季)

出門盡原野，白日黯己低。(宋中遇林慮楊十七山人因而有別)

青雲將可致，白日忽先盡。(哭單父梁九少府)

邊城何蕭條，白日黃雲昏。(薊中作)

精誠動白日，憤薄連蒼穹。(李雲南征蠻詩)

梁苑白日暮，梁山秋草時。(宋中十首之四)

白日屢分手，青春不再來。(酬裴員外以詩代書)

鬼哭黃埃暮，天愁白日昏。(同李員外賀歌舒大夫破九曲之作)

惆悵落日前，飄颻遠帆處。(自淇涉黃河途中作十二首之六)

去帆帶落日，征路隨長山。(自淇涉黃河途中作十二首之一)

﹝註49﹞林以亮編〈美國詩選〉，頁44，今日世界社版。

﹝註50﹞同註3，第十期，頁46。

浮雲暗長路，落日有歸禽。（別王徹）

明時取秀才，落日過蒲津。（答侯少府）

落日鴻雁度，寒城砧杵愁。（宋中十首之五）

涼風吹北原，落日滿西陂。（宋中別周梁李三子）

出門看落日，驅馬向秋天。（河西送李十七）

季冬憶淇上，落日歸山樊。（酬衛八雪中見寄）

古鎮青山口，風寒落日時。（使青夷軍入居庸三首之二）

落日知分手，春風莫斷腸。（廣陵別鄭處士）

落日風雨至，秋天鴻雁初。（途中寄徐錄事）

落日登臨處，悠然意不窮。（同群公登濮陽聖佛寺閣）

日暮天山下，鳴笳漢使愁。（部落曲）

天長滄州路，日暮鄞鄲郭。（淇上酬薛三據兼寄郭少府詩）

日出見闕里，川平如汶陽。（魯郡途中遇徐十八錄事）

日出見魚目，月圓知蚌胎。（和賀蘭大判官望北海作）

日暮銅雀迴，秋深玉座清。（銅雀妓）

日輪駐霜戈，月魄縈琱弓。（塞下曲）

大漠窮秋塞草腓，孤城落日鬥兵稀。（燕歌行）

彈碁擊筑白日晚，縱酒高歌楊柳春。（別韋參軍）

日暮蠶飢相命歸，攜籠端飾來庭闈。（秋胡行）

簷前白日應可惜，籬下黃花爲誰有。（九月九日酬頻少府）

十里黃雲白日曛，北風吹雁雪紛紛。（別董大二首之一）

其次，我們看看有關「月」這一意象的詩句，如：

同舟南浦下，望月西江裏。（哭單文梁九少府）

星高漢將驕，月盛胡兵銳。(贈別王七十管記)

清曠涼夜月，徘徊孤客舟。(東平路作三首之三)

樹影蕩瑤瑟，月氣延清樽。(同韓四薛三東亭翫月)

稍隨歸月帆，若與沙鷗期。(同敬八盧五汎河間清河)

舊國多轉蓬，平臺下明月。(宋中別李八)

池空蒹葭死，月出梧桐高。(酬岑二十主簿秋夜見贈之作)

則是無心地，相看唯月華。(同群公宿開善寺贈陳十六所居)

夏雲滿郊甸，明月照河州。(別韋五)

歧路風將遠，關山月共愁。(送劉評事充翔方判官賦得征馬嘶)

豁達雲開霽，清明月映秋。(古飛龍曲留上陳左相)

楚雲隨去馬，淮月尚連營。(酬河南節度使賀蘭大夫見贈之作)

月換思鄉陌，星迴記斗樞。(真定即事奉贈韋使君二十八韻)

湍上急流聲若箭，城頭殘月勢如弓。(金城北樓)

高館張燈酒復清，夜鍾殘月雁歸聲。(夜別韋司士)

自把玉簪敲砌竹，清歌一曲夜如霜。(聽張本立女吟)

雪淨胡天收馬還，月明羌笛戍樓間。(塞上聽吹笛)

酒筵莫散明月上，檛馬常鳴春風起。(別李別駕壁)

台雲勸盡杯中物，明月相隨何處眠。(賦得還山吟送沈四山人)

再者，高適詩中有關「雲」這一意象的詩句，多達七十餘處，此不能盡舉，僅列其要，以見一班。

世事浮雲外，閒居大道旁。(宋中十首之七)

亂雲自茲遠，倚檻時一望。(自淇涉黃河途中作十二首之七)

結束浮雲駿，翩翩出從戎。(塞下曲)

唯見白雲合，東臨郰魯鄉。(登子賤琴堂賦詩三首之二)

片雲對漁父，獨鳥隨虛舟。(同薛司直諸公秋霽曲江俯見南山作)

歸客留不住，朝雲縱復橫。(別張少府)

復值涼風時，蒼茫夏雲變。(酬別薛三蔡大留簡韓十四主簿)

長路出雷澤，浮雲歸孟諸。(送虞城劉明府謁魏郡苗太守)

暮靄照新晴，歸雲猶相逐。(酬鴻臚裴主簿雨後睢陽北樓見贈之作)

雲散芒碭山，水還睢陽郡。(和崔二少府登楚丘城作)

多雨殊未已，秋雲更沉沉。(崔司錄宅燕大理李卿)

雲從四岳去，水向百城流。(同李太守北池泛舟宴高平鄭太守)

雲端臨碣石，波際隱朝鮮。(信安王幕府詩)

雲開汶水孤帆遠，路繞梁山匹馬遲。(送前衛李寀少府)

攬衣出戶一相送，唯見歸雲縱復橫。(送別)

從以上的歸納可知高適詩中表示天體的意象特別繁富，在全集二首五十首中約有半數應用到天體意象，唯一能解釋這種現象的，大概就是詩人久歷邊戎，在「月明羌笛戍樓間」的異地風光下，在「孤城落日鬥兵稀」的淒涼景況中，最敏感的無非是大自然永恆不變的日、月、星、雲，所謂「月是故鄉明」，大約只有這些和故鄉一樣的景物，才能稍解懷鄉之苦吧！另外值得注意的是「落日」這一意象在高適詩中出現的頻率極高，令人不禁想到杜甫的江漢詩中「落日心猶壯，秋風病欲蘇」之句，杜甫在詩中所暗示的，無非是一種時不我予，年華老去，思亟立功業以及和死神（秋風）對抗的心志。巧合的是，高適詩中對「秋」這一意象的捕捉也和「落日」一般頻繁，顯示了詩人心理上對時間的敏感。時序的更迭，生命的蕭颯都給詩人很大的震撼。「落日」讓人想到「夕陽無限好，只是近黃昏」的生命悲歌，「秋」所帶來的，感覺上是種「已涼天氣未寒時」的冷清，而滿眼所見也無非是

「秋氣上青楓」的幽愁景象。可見，晚年仕達的高適，對生命的定數，也不禁隱約透露哀愁的消息。

2. 表示時間的語義類型

　　原則上，高適詩中「落日」這一意象所強調的時間性大於空間性，應可歸入表示時間的語義類型中，但爲了分類方便，不得不歸入表示天體的語義類型。「落日」一詞的意象效果已如前所論，此處不贅。另外其他表時間的意象如「春」「夏」等在高適詩中並不常見，就語義類型的形成來說實無意義，和這裡所要強調的「語義類型造成意象風格」這一概念也無緊要關係，故略而不論。僅就「秋」這一意象提出討論。「秋」字在高適詩中出現了五十四處，以下列舉較具代表性者。

> 寂寞向秋草，悲風十里來。（宋中十首之一）
>
> 登高臨舊國，懷古對窮秋。（宋中十首之五）
>
> 蕭條秋風暮，迴首江淮深。（別王徹）
>
> 秋風落窮巷，離憂兼暮蟬。（寄孟五）
>
> 飄颻經遠道，客思滿窮秋。（連上別王秀才）
>
> 坐令高岸盡，獨對秋山空。（觀李九少府翥樹宓子賤神祠碑）
>
> 秋日登滑臺，臺高秋已暮。（自淇涉黃河途中作十二首之六）
>
> 索索涼風動，行行秋水深。（東平路作三首之一）
>
> 秋至復搖落，空令行者愁。（東平路作三首之三）
>
> 秋風昨夜至，秦塞多清曠。（同諸公登慈恩寺塔）
>
> 朗詠臨清秋，涼風下庭槐。（酬裴員外以詩代書）
>
> 磧路天甲秋，邊城夜應永。（同呂員外酬田著作幕門軍西宿盤山秋夜作）
>
> 離心忽悵然，策馬對秋天。（別李景參）
>
> 出門看落日，驅馬向秋天。（河西送李十七）

　　孰知非遠別，終念對窮秋。(淇上送韋司倉往滑臺)

　　思深應帶別，聲斷爲兼秋。(送劉評事充朔方判官賦得征馬嘶)

　　端居值秋節，此日更愁辛。(秋日作)

　　夕陽連積水，邊色滿秋空。(陪竇侍御泛靈雲池)

　　吳會獨行客，山陰秋夜船。(秦中送李九赴越)

　　遠路鳴蟬秋興發，華堂美酒離憂銷。(留別鄭三韋九兼洛下諸公)

　　暮天搖落傷懷抱，撫劍悲歌對秋草。(古大梁行)

　　秋天萬里一片，色只疑飛盡猶氛氳。(同李九士曹觀壁畫雲作)

很明顯，伴隨著「秋」這一意象在高適詩中出現的，常是「寂寞」「蕭條」「離憂」「客思」「遠別」「悲歌」「搖落」等讓人感傷的字詞，「秋」在中國古典詩的傳統裏，原本就是蕭颯悲愁的象徵，而秋風秋雨裏的孤獨寂寞，送別爲客，更讓人難耐，眞正可以愁煞人也。如在前面所提到的，「秋」字的頻頻出現，隱含了詩人對生命悲愁的消息。

3. 表示寂寞哀愁的語義類型

　　在前面探討的兩種語義類型中，恍忽可以看出高適生命型態中微露悲涼消息，夕陽秋空、遊子飛蓬、雞黍難期，只是，這一切都那麼隱隱約約，充滿象徵意味。然而一葉知秋，我們下面所看到的，則是詩人對生命直接的悲歡與呼告！

　　夜臺今寂寞，猶是子雲居。(哭單父梁九少府)

　　寂寞臥龍處，英靈千載魂。(三君詠——魏鄭公)

　　寂寞無一事，蒿萊通四鄰。(秋日作)

　　獨坐見多雨，況茲兼索居。(苦雨寄房四昆季)

　　自從別京華，我心乃蕭索。(淇上酬薛三據兼寄郭少府)

　　舍下蟲亂鳴，居然自蕭索。(酬岑二十主簿秋夜見贈之作)

一身既零丁，頭鬢白紛紛。（薊門五首之一）

且復傷遠別，不然愁此身。（別劉大校書）

干戈悲昔事，墟落對窮年。（宋中別司功叔各賦一物）

苦戰知機息，窮愁奈別何？（宴郭校書因之有別）

離憂不堪比，旅館復何如？（途中寄徐錄事）

為惜故人去，復憐嘶馬愁。（送魏八）

時候何蕭索，鄉心正鬱陶。（別王八）

風景知愁在，關山憶夢迴。（陪竇侍御雲南亭宴詩）

愁臨不可向，長路或難前。（秦中送李九赴越）

拙疾徒為爾，窮愁欲問誰。（奉酬路太守見贈之作）

出門望終古，獨立悲且歌。（宋中十首之六）

旅雁悲啾啾，朝昏孰云已？（宋中送族姪式顏）

征路見來雁，歸人悲遠天。（寄孟五）

末路終別離，不能強悲哀。（宋中遇劉書記有別）

東路方蕭條，楚歌復悲愁。（連上別王秀才）

徘徊傷寓目，蕭索對寒風。（同群公登濮陽聖佛寺閣）

徘徊野澤間，左右多悲傷。（魯郡途中遇徐十八錄事）

苦愁正如此，門柳復青青。（苦雪四首之一）

耿耿尊酒前，聯雁飛愁音。（贈別沈四逸士）

途窮更遠別，相對益悲吟。（淇上別劉少府子英）

安知顑頷讀書者，暮宿靈臺私自憐。（行路難二首之一）

縱使登高只斷腸，不如獨坐空搔首。（九月九日酬顏少府）

獨宿自然堪下淚，況復時聞烏夜啼。（塞下曲）

> 歲物蕭條滿路歧，此行浩蕩令人悲。(別李景參)
>
> 傳君昨夜悵然悲，獨坐新齋木落時。(同顏少府旅宦秋中作)
>
> 眞成獨坐空搔首，門柳蕭蕭噪暮鴉。(重陽)

寂寞、蕭索、零丁、斷腸、索居、獨坐、鬱陶、愁辛、窮愁、悲愁……
這些字眼讓人讀去，眞要愁腸百結了。此類詩句尚有許多，無法一一
列舉，這一類的字詞，因爲都是情緒的直接說明，所以造成的語義類
型也就特別強烈，給人一種奔迸而出的感覺，近於一種呼告的形式。
人惟有在情緒極端壓抑後的「滌清」(catharsis)才會有此種奔迸的情
緒呼告，可見高適在「有唐詩人之達者」盛名背後，隱藏的却仍是無
盡的寂寞哀愁。

4. 表示邊塞的語義類型

歷來稱美高適詩歌者，每標舉其邊塞之作，的確，在高適詩中有
許多關於邊塞與戰爭的描寫，自成特殊的意象風格，也造就了特殊的
語義類型；憑藉著語義類型的歸納，我們當可更清楚高適這種邊塞風
格。

> 策馬自沙漠，長驅登塞垣。(薊中作)
>
> 兜鍪衝矢石，鐵甲生風飈。(睢陽酬別暢大判官)
>
> 拔城陣雲合，轉旆胡星墜。(同呂判官從哥舒大夫破洪濟城迴登
> 多福七級浮圖)
>
> 飄颻戎幕下，出入關山際。(贈別王七十管記)
>
> 地出北庭盡，城臨西海寒。(東平留贈狄司馬)
>
> 青海陣雲匝，黑山兵氣衝。(塞下曲)
>
> 邊塵滿北溟，虜騎正南驅。(塞上)
>
> 北上登薊門，茫茫見沙漠。(淇上酬薛三據兼寄郭少府)
>
> 羌胡無盡日，征戰幾時歸。(薊門五首之三)

黯黯長城外，日沒更煙塵。(薊門五首之五)

鼓行天海外，轉戰蠻夷中。(李雲南征蠻詩)

匈奴終不滅，寒山徒草草。(登百丈峯二首之一)

背河列長圍，師老將亦乖。(酬裴員外以詩代書)

遙傳戎旅作，已報關山冷。(同呂員外酬田著作幕門軍西宿盤山
秋夜作)

誰斷單于臂，今年太白高。(送白少府送兵之隴右)

出關逢漢壁，登隴望胡天。(獨孤判官部送兵)

關山唯一道，雨雪盡三邊。(別馮判官)

莫言關塞極，雲雪尚漫漫。(使青夷軍入居庸三首之二)

驅馬薊門北，北風邊馬哀。(自薊北歸)

征馬向邊州，蕭蕭嘶不休。(送劉評事充翔方判官賦得征馬嘶)

近關多雨雪，出塞有風塵。(送董判官)

老將垂金甲，閼支暮錦裘。(部落曲)

虜障燕支北，秦城太白東。(送李侍御赴安西)

大漢風沙裏，長城雨雪邊。(信安王幕府詩)

奇兵邀轉戰，連弩絕歸奔。(同李員外賀哥舒大夫破九曲之作)

爲問邊庭更何事，至今羌笛怨無窮。(金城北樓)

鐵騎橫行鐵嶺頭，西看邐迤取封侯。(九曲詞三首之三)

摐金伐鼓下榆關，旌旆逶迤碣石間。(燕歌行)

傳有沙場千萬騎，昨日邊庭羽書至。(送渾將軍出塞)

在這些詩句中，有許多獨特的用語，它們或只見於邊塞詩，或雖也見
於他類詩中，但在邊塞詩中却大量出現。以詞類而言，名詞有胡天、

胡星、邊月、邊風、北風、風飇、雨雪、雲雪、沙漠、雲沙、風沙、黃雲等表自然景物；代馬、征馬、邊馬、塞鴻、白草等表生物；單于、老將、將軍、衛霍、鐵騎、虜騎、奇兵、匈奴、羌胡等表人物；矢石、兜鍪、鐵甲、旌旆、戎幕、錦裘、連弩、羌笛、金鼓等表器物；塞垣、關山、北庭、西海、黑山、邊城、薊門、寒山、長城、大漠、榆關等表地名。動詞有驅、伐、策、射、衝、征、戰、殺、戍、哭、怨、驚等字眼。形容詞則諸如茫茫、漫漫、黯黯、飄飇、寒、冷、哀等均表示一種悽涼悲度的氣氛。

由以上邊塞語義類型所顯示的意象風格，大都具有豐富的象徵，遒勁的詩意。前面提過，高適詩在色彩上喜用白色，時序上喜言秋天、落日，這些都意味著死亡，而戰爭便是死亡最慘烈旳手段；高適這種死亡意識，可謂由其踏遍邊庭、親歷戰爭而來。高適邊塞詩中的意象群（Image Clusters），也每每象徵著死亡和對大自然的畏懼，如冰雪、流沙二者，在佛教文學中都含有空虛、不合時、短暫的意味，在邊塞詩中，配合戰爭的描寫，更令人有種寒冷、年命短暫而不可知的感覺。另沙漠與邊庭的廣垠和飛沙走石，暗示著生機的渺茫，也使人想起故園豐美生動、綠肥紅瘦的景象，這種對照，形成了詩的內在張力和矛盾，加強了詩在感情上的衝擊力。這便是高適邊塞詩最直接的意涵，經由語義類型的探討，我們當更為清晰。

（五）複合名詞

並列複合名詞所造成的意象表面上常是具體的，而實際上它又代表較為抽象或普遍性的概念〔註51〕，具有強烈的象徵作用，這是中國古典詩的特色之一，也是中文語法散漫導致的結果，因為結構的不嚴密，無法把許多形容詞加諸名詞之上，來指限名詞的特徵，因而名詞在詩中每具有普遍性和一般性概念。高適的詩中，具有這種特性的複合詞隨處可見，試舉例說明如下：

〔註51〕同註3，第十期，頁48。

戎狄本無厭。（薊中作）

轉戰蠻夷中。（李雲南征蠻詩）

胡羯爭乾坤。（登百文峯二首之二）

羌胡無盡日。（薊門五首之三）

在這些詩句中，「戎狄」並非眞正指西戎北狄，「蠻夷」並不指南蠻東夷，「胡羯」「羌胡」也不限定於羯族和羌族，它們可能代表外患、文化低落的民族，象徵著野蠻和不文明等。

關山饒苦辛。（答侯少府）

關河空鬱紆。（塞上）

雲沙自迴合。（贈別王七十管記）

己報關山冷。（同呂員外酬田著作幕門軍西宿盤山秋夜作）

日沒更煙塵。（薊門五首之五）

漢家煙塵在東北。（燕歌行）

此處「關山」「關河」都不實指關口、山脈、河川，而表示邊疆、辛苦、地理形勢等較廣延的涵義。「煙塵」「雲沙」分別象徵著兵燹、外族的侵略和廣漠、迷茫等概念。

飄颻天地間。（答侯少府）

天海空迢遞。（贈別王七十管記）

雨雪暗天地。（效古贈崔二）

江山滿詞賦。（酬司空璲）

俯映江山明。（奉和儲光羲）

倚棹江山來。（送崔錄事赴宣城）

傑出山河最。（司馬太守聽九思法師講金剛經）

　　隱軫江山麗。（奉酬北海李太守丈人夏日平陰亭）

　　崎嶇山海側。（連上別王秀才）

　　孰知天地遙。（同群公秋登琴臺）

　　若見江山來。（宋中遇劉書記有別）

　　山河盡簷向。（同諸公登慈恩寺塔）

　　山河孰云固。（自淇涉黃河途中作十二首之六）

「天地」「江山」「山河」「山海」「天海」指自然的地理形勢、龐大的宇宙、美麗的風景等等。它們也可能代表抽象的概念如空間、遙遠、廣袤、雄偉等；杜甫的「國破山河在，城春草木深」、王維的「日落江湖白，潮來天地青」等詩句，其中的複合名詞和高適詩中這些複合名詞含義毫無二致，正可互相印證。

　　江海有扁舟。（答侯少府）

　　沛然江海深。（贈別沈四逸士）

　　獨有江海心。（酬岑二十主簿秋夜見贈之作）

　　我心在漁樵。（同群公秋登琴臺）

　　禾黍徧空山。（宋中十首之二）

　　草木無精光。（單父逢鄧司倉覆倉庫因而有贈）

　　此時亦得辭漁樵。（留別鄭三韋九兼洛下諸公）

　　魏王宮觀盡禾黍。（古大梁行）

「江海」暗示在野或歸隱，也指歸隱的地方。「漁樵」並不真指藉漁樵為生，而隱喻辭官或過平民生活。「禾黍」也有同樣的隱喻效果，藉著詩經上的典故，傳統上禾黍象徵著家國的殘破，對過去的懷念和今昔榮枯的強烈對比。「草木」在此無疑是生命現象或一切生物的代表。

　　日夕對平川。(連上題樊氏水亭)

　　與言傷古今。(同房侍御山園新亭與刑判官同遊)

　　東山布衣明古今。(送蔡山人)

「日夕」「古今」泛指時間的長流、或歷史的興衰、或朝代的更迭、或人事的變遷、或世俗的道理等不一而足,富於多方面的象徵而不限於時間概念。

　　輿臺亦朱紫。(宋中送族姪式顏)

　　一言拜銀青。(遇沖和先生)

　　今來抱青紫。(酬祕書弟兼寄幕下諸公)

　　慨然思衛霍。(淇上酬別薛三據兼寄郭少府)

「朱紫」「銀青」「青紫」皆已超越色彩的意義而代表高位厚祿或者為官仕宦。「衛霍」也非單純的歷史人物或典故,而進一步象徵英雄人物、或捍衛疆土驅逐外患的武將。這些複合名詞容或有隱喻和典故的作用在,但它們最主要的功手卻在表達抽象或普遍性的概念,像這種以複合名詞造成的意象來代表較抽象的概念,也是高適創作的技巧之一。

二、節　奏

　　詩是一種語言的藝術,「語言這種記號是由聲音和概念所形成的,」〔註 52〕故除了意義性之外,還要加入聲音,才能準確地傳達人的思想或感情。換言之,「意義性和音響是語言機能的兩個要素,而音響從內面支持意義,成為意義的一部份向外傳達我們的思考或感情,」〔註 53〕故音響每足以左右詩的內容或方向〔註 54〕。但是,詩的音響如果沒有一定的規律或變化,在傳達內在的詩情或思考

〔註 52〕西脇順三郎著,杜國清譯《詩學》,頁 81,田園出版社。
〔註 53〕村野四郎著,陳千武譯《現代詩的探求》,頁 94,田園出版社。
〔註 54〕同註 53,龐德(Ezra Pound)語。

上，仍是不起作用的，這種規律或變化，就是聲音的節奏。聲音在本質上具有時間的延續性，「要它生節奏，有一個基本條件，就是時間上的段落（time-intervals），有段落才可以有起伏，有起伏才可以見節奏……節奏是聲音大致相等的時間段落裏所生的起伏……可以在長短、高低、輕重三方面見出。」〔註55〕節奏的產生，使詩具有音樂的特質，雖然艾略特氏曾說：「一首音樂性的詩必具有聲音之音樂模式及意義之音樂模式。」〔註56〕但無疑的，聲音的節奏是意義節奏的光決條件；就詩語言的音響來說，它的節奏和音樂的節奏並無二致。探討藝術的起源，我們常可發現，樂、舞、詩三者有密切不可分的關係〔註57〕，「聲音、姿態、意義三者互相應和，互相闡明，三者都離不開節奏，這就成了它們的共同命脈，文化漸進，三種藝術分五，音樂專取聲音爲媒介，趨重和諧，舞蹈專取肢體形式爲媒介，趨重姿態，詩歌專取語言爲媒介，趨重意義，三者雖分立，節奏仍然是共同的要素。」〔註58〕

　　節奏即是一種聲音大致相等的時間段落裡所生的起伏，因此是一種韻律（rhythm），「以詩來說，節奏是一種定期強勢法（periodical

---

〔註55〕朱光潛著《詩論》，頁 144，正中書局。另西脇順三郎在其《詩學》，頁 82 也說：「聲音裏有音的強弱，音的高低，音的長短，藉以造成節奏或音調的抑揚。」其中「強弱」一詞等於朱氏的「輕重」，餘二者皆同。

〔註56〕艾略特著·杜國清譯《艾略特文學評論選集》，頁 87，田園出版社。另見葉維廉著「秩序的生長」，頁 84 的徵引和闡釋。

〔註57〕劉燕當〈詩與音樂〉一文云：「格羅塞（Grosse）在其『藝術的起源』一書中說，許多原始民族的舞、詩、歌三者是連接不分的，馬堪齊（Macknzie）、茅頓（Moulton）等研究社會的進化，也認爲早期的藝術是詩樂舞的混和物，……有西方文學開山祖之稱的詩聖荷馬（Homer）乃一行吟詩人（Minstrel），他的伊利亞德（Iliad）和奧德賽（Odyssey）就是歌唱的長篇史詩。」文見「幼獅文藝」一八六期。

〔註58〕同註55，頁 109，另劉燕當〈詩與音樂〉一文也說，「音樂、詩歌、舞蹈之結合在一起，主要原由一是三者都因情感所生，二是皆以節奏爲基本要素。」愚意以爲一切藝術皆可以是感情的，因之劉文所言第一個原由並沒有並然性，只有節奏才是結合三者的根本要素。

Emphasis），也是字音在聲音關係上的排列，詩中表現節奏最明顯的是格律和韻腳，有了這些，詩才能抑揚宛轉，均衡流暢，所以名詩人愛倫坡（Edgar Allan Poe）說：『詩是美的韻律的創造。』」〔註59〕但如前艾略特氏所說：詩除了有音響的節奏之外，尚有意義的節奏。這也是詩和音樂只靠聲音來表現節奏最大的不同。詩的意義節奏基於對詩的理解和情感而產生，在中文裏，同樣一句話每可因重音強調處的不同而改變其意義，詩中的意義有輕重起伏時，聲音亦隨之抑揚緩急不同，情感有往復迴旋時，聲音也隨之變化。情感的節奏和理解的節奏常相輔而行，不易分開，它們都基於對詩內在意義的了解，然而二者絕不相同，理解的節奏是呆板的，偏重意義，情感的節奏是靈活的，偏重腔調。

　　一首成功的詩必然是詩中的音響節奏和意義節奏配合無間的，這點黃永武先生在其「談詩的音響」中有極貼切的闡明，黃氏云：「音響的積極意義，應不啻是局限於悅耳動聽的單調效果，還須顧及字義、顧及物狀、顧及人情，大凡詩歌中最成功的音節，能促使文字的音與義密切連結起來，令音響與興會歸於一致，聲由情出，情在聲中，聲情哀樂，一齊湧現，達到詩歌音響的妙境。」〔註60〕一般人總以為，一首詩的內在意義節奏遠比外在音響節奏自由而多變化，但在中國古典詩中──尤其是近體詩中──外在的格律限制極其嚴謹，卻也使內在的意義節奏之表現受到限制。事實上，詩的內外兩種節奏形式都須服役於其整體的音樂和意義效果，何況「越是在規格嚴謹之中，運用有限自由發揮妙用，越是作詩的藝術。」〔註61〕把這種藝術發揮到極致，自然海闊天空，「束縛之中有自由，整齊之中有變化，沿襲之中有新創，從心所欲而卻能不踰距，詩的難處在此，妙處也在此。」〔註62〕

　　詩的外在節奏是最明顯的是格律，所謂格律，即是詩的平仄聲調

〔註59〕同註57，頁114。
〔註60〕黃永武著《中國詩學──設計篇》，頁153，巨流圖書公司。
〔註61〕陳世驤著《陳世驤文存》，頁100，志文出版社。
〔註62〕同註55，頁121。

和押韻。《文心雕龍》聲律篇云：「異音相從謂之和，同聲相應謂之韻。」郭紹虞氏曾加以解釋說：「這兩句話很能包括一切音節的成分，由於音節必須有節奏，而節奏的表現即在於相當距離上能有規則的重複，重複的表現又有賴於這所謂相當的距離中間每一音節單位之變化，所以同聲相應之韻必得異音相從之和而始顯……一方面同聲相應，一方面異音相從，利用同聲相應以求其重複，利用異音相從以見其變化，一經一緯而後音節以成。」〔註63〕郭氏因此認為「同聲相應」是詩中所押的韻，「異音相從」是詩中的平仄。即此可知平仄聲調與押韻是詩的主要音響節奏，除此之外，詩中的句式句法的應用，也可使節奏富於變化，以呈露情緒，加強詩的節奏效果。以下即從平仄、押韻、句式、句法諸方面來探討高適詩的節奏表現。

（一）平 仄

就中國文字而言，有了字音就不可能沒有平仄，「平仄是一種聲調關係」，而「聲調自然是以音高（Pitch）為主要的特徵，但是長短和升降也有關係」，所以「平仄遞用也就是長短遞用，平調與升降調或促調遞用。」〔註64〕關於平仄四聲輕重長短的問題，遠在唐朝的《元和韻譜》即有所解釋，其語云：「平聲者哀而安，上聲者厲而舉，去聲者清而遠，入聲者直而促。」明朝謝榛論之更詳，所著《四溟詩話》卷三云：「談詩法，妙在平仄四聲而有清濁抑揚之分，試以東董棟篤四聲調之，東字平平直起，氣舒而長，其聲揚起；董字上轉，氣咽促然易盡，其聲抑也；棟字去而悠達，氣振愈高，其聲揚也；篤字下入而疾，氣收斬然，其聲抑也。夫四聲抑揚，不失疾徐之節，唯歌詩者能之，而未知所以妙也。」顧炎武在〈音論〉裏也說：「其重其急則為入為上為去，其輕其遲則為平。」又清張成孫〈說文韻補〉云：「平聲長音，上聲短言，去聲重音，入聲急言。」各家所論皆極近似。

〔註63〕郭紹虞著《語文通論》，頁76，華聯出版社，作者誤改為朱自清。
〔註64〕王力著《詩詞曲作法研究》，頁6～7，新文出版社，另名《中國詩律研究》。

　　至於平仄如何遞用及其和情緒的關係，謝榛〈四溟詩話〉以為：
「揚多抑少則調匀，抑多揚少則調促。」主張抑揚相稱中和為美；黃
永武先生則認為：「情緒平穩時可用抑揚相稱的節奏，情緒激動時，
自宜破壞平衡的抑揚旋律，不妨用抑揚太過的節奏，……隨著詩意中
情緒的轉換，各有它動人的音節，又何必拘泥『抑揚相稱』的定法呢？」
〔註65〕

　　在高適全集二百五十首詩中，古詩有一百五十首之多，佔了大
半，以下先論其古詩之平仄。

　　一般言之，古詩除雜言體聲調不拘外，五七言古詩平仄也有一定
的限制，即以不入律為原則。在唐代律詩完成以前，尚無所謂入律不
入律的問題，詩中平仄任意調配，如此則平仄相配的形式很多，偶合
於律句的可能性相對減少；且入律以出句和落句完全合於律句平仄為
準，那可能性更少了。所以唐以前古詩，入律的機會並不多；律詩產
生後，詩人作古詩，則需刻意避免入律。避免入律的方法，就五古言，
落句押仄韻則腹節旳字——即第三字——也用仄聲，押平韻則腹節的
字也用平聲，恰和律詩押平韻腹節必仄聲，押仄韻腹節必平聲相反，
自可避免入律。以下試分析高適一首五古：

　　　〈送韓九〉
　　　惆悵別離日，徘徊歧路前。歸人望獨樹，匹馬隨秋蟬。
　　　常與天下士，許君兄弟賢。良時正可用，行矣莫徒然。

這首詩的平仄如下：
　　　平仄仄平仄，平平平仄平。平仄仄仄仄，平仄平平平。
　　　平仄平仄仄，仄平平仄平。平仄平仄仄，平仄平平平。

此詩用下平聲一先韻。押平韻的古詩，出句以用仄腳為原則；至於黏
對則第四字可以不管，出句第二字和落句第二字平仄相反為「對」，
後一聯的出句第二字和前一聯的落句第二字平仄相同為「黏」。通觀
此詩，全合於古詩的聲調，沒有入律失黏的情形，詩中抑揚相稱，和

〔註65〕同註60，頁184。

整首詩引起的情緒頗稱妙合。蓋別離本屬傷感之事，只因時正可用，猶冀望他日能飛黃騰達，這一希望沖淡了傷怠的氣氛，使激越的情緒轉爲和緩，允稱中和之美。第二句「徘徊歧路前」用了四個平聲字，使徘徊不去的離愁更加引延漫長，縈繞心中；平聲哀安引長的聲響效果，在此充分的發揮了。另「惆悵」「徘徊」二者同爲相屬連語的聯綿字。〔註66〕「惆悵」雙聲，「徘徊」叠韻，雙聲叠韻的運用，可以「配合事物的情態，用聲音來強化效果，使聲與情、聲與物、聲與事，都有著奇妙的摹擬作用。」〔註67〕在這裡，不僅「惆悵」「徘徊」對於離別的傷感和不忍分手的彳亍有貼切的模擬，而且雙聲字和叠韻字對仗，尤能使聲調更動聽。

但並非高適所有古詩皆不入律或聲調穩妥，如「苦雨寄房四昆季」詩中「茫茫十月交，窮陰千里餘」一聯，「茫」和「陰」皆平聲字，即有拗對之嫌，唯出句落句都用平腳，以拗對爲常，故不以爲病。

七言古詩平仄大體同於五言古詩，以不入律爲原則。如平韻到底的七古，出句應爲二平五仄——即第二字平聲第五字仄聲——若第五字間或用平，則第六字多用仄；落句應爲四仄五平，若爲三平調——即三平落腳——則第二字多用仄，如此即可避免入律。我們來看一首七古的情形。

〈人日寄杜二拾遺〉

人日題詩寄草堂，遙憐故人思故鄉。柳條弄色不忍見，
梅花滿枝空斷腸。身在南蕃無所預，心懷百憂復千慮。
今年人日空相憶，明年人日知何處。一臥東山三十春，
豈知書劍老風塵。龍鍾還忝二千石，愧爾東西南北人。

在這一首詩中，高適雜用了許多律句，如「人日題詩寄草堂」、「身在南蕃無所預」、「今年人日空相憶」、「豈知書劍老風塵」等都是律詩的平

〔註66〕同註60，頁185。黃永武先生謂：「中國語文中的聯綿字，大都是雙聲或叠韻的，……相屬連語是爲了調和音節，可以自由創造的，如高歌、天邊之類。」

〔註67〕黃永武著《中國詩學》——鑑賞篇」，頁69，巨流圖書公司。

仄。前人每以此爲病，如《唐音癸籤》卷九云：「古詩自有音節……唐人李杜外，惟嘉州最合，襄陽、常侍雖意調高遠，至音節時入近體矣。」古詩雖說以不入律爲原則，然據王力的研究：「轉韻的七古以入律爲常，一韻到底的七古以不入律爲常，前者即使不完全入律，也不過第五字的平仄和律句相反而已……前者以王維、李頎、高適、岑參、崔顥、劉長卿、錢起、韓翃、白居易、元稹諸人爲代表。」〔註68〕可見唐人七古只要轉韻者，便多入律，高適這首詩由平聲陽韻轉去聲御韻再轉平聲眞韻，入律便是很自然的事了。

　　其次，我們再看看高適律絕詩平仄的情形。先舉一首七言律詩：

　　〈送李少府貶峽中王少府貶長沙〉

　　　嗟君此別意何如，駐馬銜杯問謫居。巫峽啼猿數行淚，

　　　衡陽歸雁幾封書。青楓江上秋天遠，白帝城邊古木疏。

　　　聖代即今多雨露，暫時分手莫躊躇。

這首詩的平仄如下：

　　　平平仄仄仄平平，仄仄平平仄仄平。平仄平平仄平仄，

　　　平平平仄仄平平。平平平仄平平仄，仄仄平平仄仄平。

　　　仄仄仄平平仄仄，仄平平仄仄平平。

其中「巫峽啼猿數行淚」句第六字該仄却拗用了一個平聲的「行」字，故第五字以仄聲的「數」字救之。又趙秋谷《聲調續譜》引杜詩「雲白山青萬餘里」句，於萬字下注云：「第五字仄，上二字必平，若第三字仄，則落調矣。」高適此句第三字正是平聲，不算落調，只能說是拗救的律句。律絕中用一拗字，每可使詩收到意想之外的效果，「或因拗而轉諧，或反諧以取勢，蓋一經拗折，詩格愈顯嶙峋，氣宇愈覺傲兀，神清骨峻，韻高格古，所謂金石未作，鐘磬聲和，渾然有律呂外意也。」〔註69〕這是拗救的積極作用，退而言之，一首律絕詩若平仄過於穩妥，不僅聲調上沒有突兀拗峭的音響效果，文氣也易流於衰

〔註68〕同註64，頁416。
〔註69〕張夢機著《近體詩發凡》第六章「論拗句與救法」，頁 103，中華書局。

竭。高適此詩在第六字用拗，二四六字正當節奏點，本不應用拗，但詩人有時候不甘受律句平仄的拘束，或故意求取高古的格調，也喜歡在節奏點用拗，自顯其能，也就不足爲怪了。

再看下面這首五言律詩。

〈淇上送韋司倉往滑臺〉

飲酒莫辭醉，醉多適不愁。孰知非遠別，終念對窮秋。

滑臺門外見，淇水眼前流。君去應回首，風波滿渡頭。

其中「醉多適不愁」一句，聲調爲「仄平仄仄平」，第一字該平用仄，第三字又不用平以救之，遂使「多」字成爲孤平，犯了詩家大忌。唐人作詩，均極立避免孤平，如白居易詩：「請錢不早朝」注云：請讀平聲；陸龜蒙詩：「但和大小色」，徐鉉詩：「但知盡意看」並注云：「但讀平聲」，特注讀音者，意在避免孤平。這種情形乃是平仄借讀，如《叢殘小語》所云：「詩中有字音平仄借讀者，既經前人用過，亦可據以諧律……白居易詩『請錢不早朝』……請讀平聲。」所謂前人用過，並非前人任意爲之，實由於「有些字的聲調，唐代和六朝以前稍有不同。」〔註70〕高適這首詩中犯了孤平，恐怕是一時疏忽，而盛唐初期，「詩律未細，也是一因。」〔註71〕

另外我們再看看以下這些律句：

雪中望來信，醉裏開衡門。（酬衛八雪中見寄）

崎嶇出長坂，合沓猶前山。（入昌松東界山行）

深房臘酒熟，高院梅花深。（同魏八題陸少府書齋）

皆言黃綬屈，早向青雲飛。（別崔少府）

野人種秋菜，野老開原田。（淇上別業）

蒼茫遠山口，豁達胡天開。（自薊北歸）

〔註70〕同註64，頁825。

〔註71〕同註64，頁100。

這些律句中，對句皆以三平落腳，完全是古詩的聲調，高適集中，律詩而落入古詩平仄的還有許多。據王了一氏的研究，律詩有三個要素，第一是字數合律，第二是對仗合律，第三是平仄合律，如果只具備前面兩個要素，就是古風式律詩，或稱拗律〔註72〕。如此，若說高適律詩有什麼特色，那就是所作率多「古風式律詩」了。但這種三平落腳的近體詩，初、盛唐猶不避，到了中、晚唐才無人再用。

再看看絕句平仄的情形。

〈封丘作〉
　　州縣才難適，雲山道欲窮。攜摩慚黠吏，棲隱謝愚公。

這首詩平仄如下：
　　平仄平平仄，平平仄仄平。仄平平仄仄，平仄仄平平。

詩中平仄完全中規中矩，聲調很妥貼，屬對極工整，是截取律詩中間兩聯形式的絕句，首句不入韻，也是五言絕句的正例。

絕句易學難工，五言尤其如此，短短二十字要曲盡情景，誠非易事。絕句總要作到「調古情眞」，調古則韻高，情眞則意遠，如此自可句絕而意不絕，餘音繞樑，令人回味。七言亦同，沈德潛《說詩晬語》云：「七言絕句，以語近情遙，含吐不露爲主，只眼前景，口頭語，而有弦外音，味外味，使人神遠。」這一段話，說明絕句貴在含蓄自然，實可爲寫作絕句者之金科玉律。絕句非高適所長，所作也不多，僅二十首，以下再看高適一首七絕：

〈初至封丘作〉
　　可憐薄暮宦遊子，獨臥書齋思無已。去家百里不得歸，
　　到官數日秋風起。

這首詩平仄如下：
　　仄平仄仄仄平仄，仄仄平平平平仄。仄平仄仄仄仄平，
　　仄平仄仄平平仄。

律絕和古詩界綫相當分明；律絕通常以押平韻爲主，「仄韻律絕往往

〔註72〕同註64，頁449。

也可認爲是『入律的古風』」〔註73〕；高適這首七絕，首句用韻，原是七絕正例，而「去家百里不得歸」一句，連用四個仄聲字，「獨臥書齋思無已」一句，連用四個平聲字（按「思」字兩讀，此作動詞，宜讀平聲），這種聲調，完全踰越了律絕的平仄而變爲一派古風。前面說過，高適律詩中有許多是古詩的聲調，而其絕句，用古詩聲調的也佔了不少。再舉一首七絕：

〈營州歌〉

營州少年厭原野，皮裘蒙茸獵城下。虜酒千鍾不醉人，
胡兒十歲能騎馬。

〈營州歌〉押的也還是屬於仄聲的馬韻，可認爲「入律的古風」，分析此詩的聲調，首兩句爲「平平仄平仄平仄，平平平仄仄平仄」，也全不合律絕的平仄格式，只有古詩才可能出現這種平仄；至於後兩句，不管平仄對仗，又完全是律絕的形式，唐人這種半古半律的絕句，據王了一氏研究，通常是「以前半古句後半律句爲常規的。」〔註74〕另高適絕句中押仄韻的尚有〈同群公題張處士菜園〉、〈感五溪薺菜〉兩首，此不細論。

統而言之，高適古詩的平仄，如《唐音癸籤》所言，時入近體；而其近體之作，又時爲古風式律絕，每每不合格律，此或是高適生當盛唐，律詩格律未細使然。唯詩人若能託身塵宇之內而心遊其外，不爲格律所窒塞拘限，未始不是才大思深的表示。

（二）用　韻

韻腳是詩歌節奏的靈魂，由於韻腳的作用，使平仄的音節形成更明顯的節奏單位，也產生如音樂的反覆一般的效果，而有一唱三歎之致。用韻之重要性，古人已有許多成說，如李東陽《麓堂詩話》云：「詩韻貴穩，韻不穩則不成句。」沈德潛《說詩晬語》云：「詩中韻

腳，如大廈之有柱石，此處不牢，傾折立見。」

　　用韻既如此重要，選韻也就成了作詩的必修課題，因爲不同的韻腳各有所宜，如《拜經樓詩話》卷二引何無忌語云：「欲作佳詩，必先尋佳韻，未有佳詩而無佳韻者也，韻有宜於甲而不宜於乙，宜於乙而不且於甲者，題韻適宜，若合函蓋，惟在構思之初，善巧揀擇而已。若七言歌行，抑揚轉換，用韻頓挫處，尤宜喫緊。」李重華《貞一齋詩說》也提到：「纖細題用不著黃鐘大呂，閎偉題用不著密管繁絃。」可見選韻須講究聲情合一。

　　韻有平上去入四聲之異，又分爲二百零六韻，每聲每部都各有不同的示意作用，各有適宜表達的感情和景物。關於四聲和達情的關係，在討論平仄時已言及，下面謹討論韻腳和情感的關係。

　　周濟〈宋四家詞選目錄序〉云：「東眞韻寬平，支先韻細膩，魚歌韻纏綿，蕭尤韻感慨，各有聲響，莫草草亂用。」說明了部居有別、達情各異的關係，今人王易論之更詳，所著《詞曲史》云：「韻語文情關係至切，平韻和暢，上去韻纏綿，入韻迫切，此四聲之別也。東董寬洪，江講爽朗，支紙縝密，魚語幽咽，佳蟹開展，眞軫凝重，元阮清新，蕭篠飄灑，歌哿端莊，麻馬放縱，庚梗振厲，尤有盤旋，侵寢沈靜，覃感蕭瑟，屋沃突兀，覺藥活潑，質術急驟，勿月跳脫，合盍頓落，此韻部之別也，此雖未必確定，然韻切者情亦相近，其大較可審辨得之。」﹝註75﹞王易在此已細密的分辨了韻與情的關係，吾人作詩選韻，務使聲與情諧，音與境會，方可稱得其法門。

　　高適詩集中古詩約佔了五分之三，其所長亦在樂府古詩，因此討論高適的詩，古詩用韻的情形不可不明。古詩或一韻到底，或數句轉韻，各求其宜，但仍以達到聲情相稱爲原則。轉韻須照顧到詩中的情節氣氛及詩作性質，葉燮曾說：「樂府被管弦，自有音節，於轉韻見宛轉相生層次之妙，若寫懷投贈之作，自宜一韻，方見首尾聯屬……

────────────

﹝註75﹞王易著《詞曲史》，頁282。

大約七古轉韻，多寡長短，須行所不得不行，轉所不得不轉，方是匠心經營處。」〔註76〕黃永武先生也說：「轉韻與否，最主要的還是與詩內的情節氣氛有關係，氣氛有時寬平，有時幽通，有時激越，有時驚諤，用轉韻的古詩來逐段配合，自有神妙的效果。」〔註77〕

下面先分析高適律絕用韻的情形。

〈送李少府時在客舍〉

相逢旅館意多違，暮雪初晴候雁飛。主人酒盡君未醉，薄暮途遙歸不歸。

〈九曲詞〉

鐵騎橫行鐵嶺頭，西看邏迤取封侯。青海只今將飲馬，黃河不用更防秋。

這兩首絕句，都是四句三韻，因為韻腳密，呼應相對增強，節奏也就更加和諧，所以讀將起來，但覺聲韻流暢，音調鏗鏘。然而因為這兩首詩押韻的不同，表現的却是兩種相反的情緒；第一首押的是平聲微韻，屬合口細音，它的中古擬音是/juəi/〔註78〕微韻在段玉裁古韻十七部中屬第十五部脂部；據訓詁學家的研究，大都認為中國文字聲義同源，所以同音多同義，近人劉師培據此歸納出各古韻部中共同的含義，據劉氏的條例，支類脂類的字，多有「由此施彼」「平陳」的含義〔註79〕。〈送李少府時在客舍〉這首詩寫的是離情別緒，而離恨恰如春草，漸行漸遠還生，何況日暮途遙，尚不知離人歸與不歸，全詩引起的是種遙遠廣漠的感覺，恰和脂類韻腳所表現的平陳情境一致；微韻的中古擬音/juəi/，由四個元音構成，ju 兩個元音都是高元音，ə 為正中元音，i 也是個高元音，整個讀音是高元音略降隨即回升，音響略侈而又弇，升降不大，又因由四個元音構成，音響持續較久，也能加強平陳遙遠的感覺。離別總是由

〔註76〕葉燮著《原詩》，見《清詩話》，頁 608，明倫出版社。
〔註77〕同註 16，頁 188。
〔註78〕本文之中古音係採用董同龢先生所擬之音值，參見所著《中國語音史》一書，華岡出版社。
〔註79〕轉引自黃永武先生《中國詩學──設計篇》，頁 158。

此至彼，兩地分隔，所以詩中的情景也能和「由此施彼」的含義綰合；且合口細音的字，也適於表現離別那種細膩悲傷的情感，再加上韻腳密，首尾押韻，更使人有愁緒縈繞迂迴，揮之不去的感受。

　　第二首〈九曲詞〉押的戾平聲尤韻，屬開口細音，它的中古擬音是/ju/，尤韻在段玉裁古韻分部屬第三部尤部，尤韻在劉師培條例中有「曲折有稜」「隱密欲縮」兩種意義。其中古擬音/ju/由兩個高元音構成，沒有什麼起伏，給人一種高兀直出的聽覺效果。〈九曲詞〉為賀頌哥舒翰收黃河九曲而作，故詩中表現的是種歡欣的情緒，尤韻在聽覺上高兀突出的效果，最能配合詩中高昂激越的歡樂情緒；而太平無事，收兵掩甲，不用防秋，更在劉氏所說的「隱密斂收」的含義之內。可見高適頗能把握韻腳所造成的聲音之流和詩中情景的交融。像這種以口舌發音的動作來象徵情境，是中國訓詁學中「聲義同源」理論的基本依據，口腔器官的肌肉，往往用一種摹擬動作姿態的活動，來表達各種情意。

　　再看另一首律詩：

　　〈別馮判官〉
　　　碣石遼西地，漁陽薊北天。關山唯一道，雨雪盡三邊。
　　　才子方為客，將軍正慕賢。遙知幕府下，書記日翩翩。

此詩押平聲先韻，屬開口細音，中古擬音為/iɛn/，在段玉裁古音第十二部眞部，據劉氏條例，眞類的字，多有「抽引上穿」和「聯引」的意思，詩中寫邊塞送別，首聯出句「遼陽地」對落句「薊北天」，由地而天，非抽引上穿而何？我們遠眺地平線處，天地合為一線，非「聯引」而何？再者聯引的事物，總是綿延不斷、廣袤引長的，詩中「三邊」指幽、并、涼三州，三州接連，皆屬邊疆，人在邊地，仰視塞雲無盡，俯見黃沙千里，自有廣袤遼濶之感，也符合東眞韻寬平的說法；再借音值來說明，/iɛn/是由一個高元音和一個半低元音再加一個上舌鼻音所構成，由高元音到半低元音，舌頭高下前後間移動的距離較長，而以上舌鼻音為尾音，可產生空曠迴旋的音效，把邊塞空曠的景

象表露無遺。

其次，再分析高適古詩用韻的情形。

唐代近體詩用韻甚嚴，無論絕句、律詩、排律皆須一韻到底，而且不許通轉，出韻是近體詩大忌，科舉詩賦取士，科場中若作詩出了韻，無論詩意如何高妙，均在不選之列。古詩也以押本韻為常，通押鄰韻的情形不多，惟可以轉韻。

分析高適一百十七首五言古詩，其中大部份是一韻到底之作，且首句皆不入韻，可知五古之作，率皆首句不入韻，有入韻者乃變例也；其有通轉情形者則僅四首。又在一韻到底的詩中，若押仄聲韻，則其出句末字大抵皆平仄相間，無有例外，下面試舉一首以概其餘：

〈送蕭十八〉
常苦古人遠（仄），今見斯人古。淡泊遺聲華（平），周旋必鄒魯。故交在梁宋（仄），遊方出庭户。匹馬鳴朔風（平），一身濟河滸。辛勤採蘭詠（仄），款曲翰林主。歲月催別離（平），庭闈遠風土。寥寥寒煙靜（仄），苯苯夕雲吐。明發不在茲（平），青天渺難睹。

下面我們再看看高適五言古詩轉韻通韻的情形：

〈贈別王七十管記〉
故交吾未測，薄宦空年歲（霽韻起），晚節蹤曩昔，雄詞冠當世（霽）。堂中皆食客，門外多酒債（卦韻，通霽韻），產業曾未言，衣裳與人敝（霽）。飄颻戎幕下，出入關山際（霽），轉戰輕壯心，立談有邊計（霽），雲沙自迴合，天海空迢遞（霽），星高漢將驕，月盛胡兵銳（霽），沙深冷陘斷，雪暗邊陽閉（霽）。亦謂掃欃槍，旋驚陷蜂蠆（卦），歸旌告東捷，鬥騎傳西敗（卦）。遙飛絕漢書，已築長安第（霽），畫龍俱在葉，寵鶴先歸衛（霽），勿辭部曲勳，不藉將軍勢（霽），相逢季冬月，悵望窮海裔（霽），折劍留贈人，嚴裝遂云邁（卦），我行即悠紈，及此還羈滯（霽）。曾非濟代謀，且有臨深戒（卦），隨波混清濁，與物同醜麗（霽）。渺憶青巖樓，寧志褐衣拜（卦）。

自言偕冰石，本欲親蘭蕙（霽），何意薄松筠，翻然重菅蒯
（霽），恆深取與分，孰慢平生契（霽），款曲難黍期，酸辛別
離袂（霽），逢時愧名節，遇坎悲渝替（霽），適趙非解紛，遊
燕獨無說（霽），浩歌方振蕩，逸翮思凌勵（霽），倏若異鵬搏，
吾當學蟬蛻（霽）。

此詩以去聲霽韻起，通去聲卦韻〔註80〕，全首霽、卦兩韻通押，通韻
的距離並不一，實以霽韻為主卦韻為從；大抵唐人詩作中有通韻者，
並沒有明顯的規則，高適此詩，通韻處也不見情節有顯著的轉折，所
以通韻者，大概是取其韻寬。

〈酬岑二十主簿秋夜見贈之作〉

舍下蛩亂鳴，居然自蕭索（藥韻起），緬懷高秋興，忽枉清夜
作（藥）。感物我心勞（逗韻），涼風驚二毛（轉豪韻），池空菡
萏死，月出梧桐高（豪）。如何異鄉縣（逗韻），復得交才彥（轉
霰韻），汨沒嗟後事，蹉跎恥相見（霰），箕山別來久，魏闕誰
不戀（霰），獨有江海心，悠然未嘗倦（霰）。

這是高適五古中，用韻頗特殊的一首，詩以入聲藥韻起，轉平聲豪韻，
再轉去聲霰韻，是平仄韻互換的形式，首句不入韻，原是五古正例，
而換韻處的出句却又都逗韻，這在高適的五言古詩中是絕無僅有的。

〈哭單父梁九少府〉

開篋淚沾臆，見君前日書（魚韻起），夜臺今寂寞，猶是子雲
居（魚）。疇昔貪靈奇，登臨赴山水（轉紙韻），同舟南浦下，
望月西江裏（總），契濶多別離，綢繆到生死（紙），九原即何
處，萬事皆如此（紙）。晉山徒嵯峨，斯人已冥冥（青韻），常
時祿且薄，歿後家復貧（轉真韻），妻子在遠道，弟兄無一人
（真）。十上多苦辛，一官常自哂（轉軫韻），青雲將可致，白
日忽先盡（軫），唯有身後名，空留無遠近（吻韻，通軫韻）。

在這首詩中，高適押了個青韻字，隨又轉真韻，而押青韻一聯的出句

〔註80〕通韻與否據王了一氏唐人通韻的歸納，見《詩詞曲作法研究》，頁
　　　331，下皆同。

「晉山徒嵯峨」並不入韻，不能算是轉韻，因爲古詩中的轉韻絕無僅用一個韻字的。若說和下面的眞韻通押，則又不然，因在廣韻中青韻注明獨用，眞韻注明與諄臻同用，青、眞不能通韻；且青韻屬舌根鼻音（獨發鼻音），其收音爲〔ŋ〕，眞韻屬舌尖鼻音（上舌鼻音），其收音爲〔n〕，二者並非鄰韻，也不應通押；考之與高適同時且交好的杜甫詩作，青韻雖與庚清同用，却無與眞韻同押之例〔註81〕，時代稍後的元白，青韻與庚耕清韻同用，也不與眞韻通〔註82〕，又據王了一氏歸納唐人通韻的情形，庚青可通，眞文元先可通，青、眞韻却不可通。因此唯一可以解釋這一現象的，大概就是詩人偶然出韻了；宋人陳與義的一首五言律詩，也有同樣的情形，陳與義這首「雨」詩如下：「霏霏三日雨，靄靄一園春。霧澤含元氣，風花過洞庭，地徧寒浩蕩，春半客玲嶙。多少人間事，天涯醉又醒。」其中「庭」「嶙」「醒」皆屬青韻，而「春」却屬眞韻。這都可說是詩人一時大意出韻。

此詩由平聲魚韻起，轉上聲紙韻，再轉平聲眞韻，復轉上聲軫韻，最後用了一個吻韻的字，吻韻在唐人詩韻中可與軫韻字同用，所以是通韻。很明顯的是，此詩平仄韻互換，距離不一，大抵意有轉折，韻亦隨之，頗合「韻意雙轉」的手法。詩以平聲韻字首標明主題，先寫眼前事情眼前景物，隨即把時間倒轉，詩人陷入昔日同遊的回憶中，詩韻也跟著轉爲上聲紙韻。接著詩人目光接觸到嵯峨的晉山，感情又被拉回現實的世界，忽悟往者已矣，因轉憐故人身後蕭條，無一親人的苦況，故再換一韻；最後總結故人一生坎坷不遇，空留身後之名，遂再另起一韻以收結。

在另一五古長篇〈酬裴員外以詩代書〉詩中，高適以灰韻爲主，間或用了幾個佳韻字，灰佳在唐人詩中是可同用的，故也是首通韻的

〔註81〕參見王三慶著《杜甫詩韻考》中「杜詩韻部分合之論定」一節，民國62年師大國文研究所碩士論文。
〔註82〕參見蕭永雄著《元白詩韻考》，民國六十二年文化學院中文研究所碩士論文。

詩，茲以詩長不錄。以下分析七言古詩用韻的情形。

　　在高適三十二首七言古詩中，只要是長篇之作，都是換韻而沒有一韻到底的。首句不入韻者有十首，然這十首中，却有九首是以五言或六言起韻的，真正整齊的七言古詩中，首句不入韻的只有〈九月九日酬顏少府〉一首，可見七言古詩，乃以首句入韻者為正例，不入韻者為變例，和五言古詩正好相反。在高適的七古之作中，凡換韻處的出句都是逗韻的，而換韻的距離，有些是不規則的，有些却是很整齊的兩韻或四韻一轉，如下面這首〈古大梁行〉就是整齊的兩韻一轉：

　　〈古大梁行〉
　　古城莽蒼饒荊榛(真韻起)，驅馬荒城愁殺人(真)，魏王宮觀盡禾黍，信陵賓客隨灰塵(真)。憶昨雄都舊朝市(逗韻)，軒車照耀歌鍾起(轉紙韻)，軍容帶甲三十萬，國步連營五千里(紙)。全盛須臾那可論(逗韻)，高臺曲池無後存(轉元韻)，遺墟但見狐狸迹，古地空餘草木根(元)。暮天搖落傷懷抱(逗韻)，撫劍悲歌對秋草(轉皓韻)，俠客猶傳朱亥名，行人尚識夷門道(皓)。白璧黃金萬戶侯(逗韻)，寶刀駿馬塡山丘(轉尤韻)，年代淒涼不可問，往來唯見水東流(尤)。

全詩不僅整齊的四句一換韻，且平仄韻互換，又詩中聲調時入近體，幾乎無異於把幾首近體絕句集合成一首，這和魏晉七言古詩已大不相同，詩中對仗也頗工整，若非有轉韻的情形，便和七言排律很相近了換韻不規則的如以下這首：

　　〈燕歌行〉
　　漢家煙塵在東北(職韻起)，漢將辭家破殘賊(職)，男兒本自重橫行，天子非常賜顏色(職)。摐金伐鼓下榆關(逗韻)，旌旆逶迤碣石間(轉刪韻)，校尉羽書飛瀚海，單于獵火照狼山(刪)。山川蕭條極邊土(逗韻)，胡騎憑陵雜風雨(轉麌韻)，戰士軍前半死生，美人帳下猶歌舞(麌)。大漠窮秋塞草腓(逗韻)，孤城落日鬥兵稀(轉微韻)，身當恩遇恆輕敵，力盡關山

未解圍（微）。鐵衣遠戍辛勤久（逗韻），玉筯應啼別離後（轉有韻），少婦城南欲斷腸，征人薊北空回首（有），邊庭飄颻那可度，絕域蒼茫更何有（有），殺氣三時作陣雲，寒聲一夜傳刁斗（有）。相看白刃血紛紛（逗韻），死節從來豈顧勳（轉文韻），君不見沙場征戰苦，至今猶憶李將軍（文）。

此詩共用了職、刪、霽、微、有、文等六個韻，由仄換平，由平換仄，前四個韻皆是很規律的四句一轉，起首寫男兒立志出鄉關，當思立非常之功，冀天子一朝有非常之賜，字裡行間充滿希望，次轉刪韻寫行軍出征的景況，再以霽韻敘邊庭之蕭條及兵士之苦與邊將之縱情享樂，微韻的四句，先前那種意氣昂揚衣錦榮歸的壯志消失了，破賊立功的積極態度不再有了，代之而起的，是久戰之後心疲力盡的無奈。接著有韻連下八句，節奏轉為急促，情緒也顯得激動起來，思鄉的哀怨已表露無遺。誠如沈德潛《說詩晬語》所云：「轉韻初無定式，或二語二轉，或四語一轉，或連轉幾韻，或一韻叠下幾語，大約前則舒徐，後則一滾而出，欲急其節拍以為亂也。」〈燕歌行〉前半敘事，四句一轉，文氣顯得舒徐，至此則為情感的奔瀉，故連下數句，一氣呵成，有若離騷中的「亂」；最後以文韻收結奔瀉的情感，回顧起首，以漢代大將李將軍點出詩人胸中掃靖邊塵的無限希望，韻短氣舒，使詩不致流於怨誹，而有種哀而不怨的溫柔敦厚在。通首平仄韻互換，一抑一揚，參差歷落，烘托出邊塞軍旅那種晝行夜息，櫛風沐雨，生死瞬間的艱辛歷程和變化莫測的生活。葉燮《原詩》云：「大約七古轉韻，多寡長短，須行所不得不行，轉所不得不轉，方是匠心經營處。」高適此詩，真可謂匠心獨運了。

　　綜觀以上用韻情形，可見高適頗能把握詩韻的音樂效果，配合詩中不同的情境而運用神妙。

（三）句　式

　　句式的安排，亦即詩句中字數和音節的安排，和節奏有密不可分的關係。劉大白氏在〈中詩外形律說〉中以為五言詩誦讀時分為

三節，七言詩誦讀時分為四節，五比三與七比四，都比較接近黃金分割〔註83〕。通常五言詩的句式是「23」，七言詩的句式是「43」，明人胡震亨在《唐音癸籤》卷四談到：「五字句以上二下三為脉，七字句以上四下三為脉，其恆也。」但據王了一氏的《詩律》云：「近體詩句的節奏，是以每兩個音為一節，最後一個音獨自成為一節。」〔註84〕如此，則五言可細分為「221」的句式，七言可分為「2221」的句式，因為中國詩是以兩字為一音組與義組，故詩的節奏也以兩個音節為一單位。如果我們把每單位視為一個頓，則五言節奏就是二全頓一半頓，七言則為三全頓一半頓，最後一個半頓在聲音相連的形勢上易於與前面一全頓結合，且語言的頓可隨意義縮引，和音樂固定的拍子不同，所以把「22」併為「4」在音組與義組上都沒有什麼變化，故一般的說法都是「23」和「43的句式，但這也只是個常格，常中有變，如韋居安在《梅磵詩話》中云：「七言律詩，有上三下四格，謂之折腰句。」仇兆鰲《杜詩詳註》卷二十一云：「按杜詩有兩字作截者，如『雪嶺獨看西日落，劍門猶阻北人來。』有三字作截者，如『漁人網集澄潭下，孤客舟隨返照來。』有五字作截者，如『五更角鼓聲悲壯，三峽星河影動搖。』有全句一滾不能截者，如『松浮欲盡不盡雲，江動將崩未崩石。』又陸務觀有六字作截者：『客從謝事歸時散，詩到無人愛處工。』」可見句式雖有常格，但要求常中有變，詩句方能流動活潑，不致單調板滯。如：

〈同陳留崔司戶早春宴逢池〉
同官載酒出郊圻，晴日東馳雁北飛。隔岸春雲邀翰墨，
傍簷垂柳報芳菲。池邊轉覺盧無靜，臺上偏宜酩酊歸。
州縣徒勞那可度，後時連騎莫相違。

在「43」的整齊和諧中，仍有「2221」與「2212」的變化。律詩頷聯頸聯由於對仗的關係，極易落入套式而顯得呆板，若能於句式上求

〔註83〕參見《中國文學研究》，頁301，明倫出版社。
〔註84〕同註64，頁75。

變，則可救此弊病。此詩首聯頷聯尾聯都是「2212」的句式，頸聯則作「2221」，使節奏更具流動的美感。五言詩亦復如是，如：

〈送裴別將之安西〉

絕域沙難躋，悠然信馬蹄。風塵驚跋涉，搖落怨睽携。

地出流沙外，天長甲子秋。少年無不可，行矣莫悽悽。

首聯頷聯尾聯都作「212」句式，頸聯插入「221」句式，節奏不同，正可避免調複。除了五七言詩，高適另有些雜言詩，如：

〈詠馬鞭〉

龍竹養根凡幾年，工人截之為長鞭。一節一目皆天然，

珠重重，星連連。繞指柔，純金堅，繩不直，規不圓。

把向空中捎一聲，良馬有心日馳千。

詩中夾入三字句，使節奏變得快起來，象徵著馬鞭一節一目緊密接連及良馬得得的快速啼聲。在三言之中，仍有「21」和「12」的不同，使句式更富於變化。

綜而言之，《高適的詩》無論古風近體，大都合於「23」和「43」的基本句式，而於其中稍作變化，以求文氣流動活潑。

（四）句　法

句法不同於句式，句法是指詩句在形態上的安排，一句之中，字彙詞藻的結構程式，上下句之間在形態上所呈現的關係與效果，都足以影響詩的音樂性表現。句法在詩中的節奏作用，和「韻」有同樣的效果，主要在於情感氣勢之流轉與呼應。以下試分析高適詩中常用的句法：

1. 疊字句

疊字又名重言，可分為三種：第一，為了強調而重疊的字，如〈自淇涉黃河途中作十二首〉之十云：「茫茫濁河注」是。第二，單音節字重疊以造成具有獨立意義的新複合詞，如〈別孫訢〉詩云：「年年睢水流」，「年年」在此意同每年或永遠。第三，在口語用法中重疊的字，沒有強調或改變意義，例如「媽媽」「妹妹」是也。在高適詩中的疊字，大部份屬第一種。其有出句落句皆疊字者如：

蕭蕭領舊藩，皇皇降璽書。（送虞城劉明府謁魏郡苗太守）

寥寥寒煙靜，莽莽夕雲吐。（送蕭十八）

陰陰豫章館，宛宛百花亭。（奉和儲光羲）

索索涼風動，行行秋水深。（東平路作三首之一）

湛湛朝百谷，茫茫連九垓。（和賀蘭判官望北海作）

沉沉積冤氣，寂寂無人知。（題尉遲將軍新廟）

隱隱推鋒勢，光光弄印榮。（酬河南節度使賀蘭大夫見贈之作）

蕭蕭趨朝列，離離引帝求。（東平旅遊奉贈薛太守二十四韻）

另有一聯中只有一句疊字者如：

粲粲府中妙。（單父逢鄧司倉覆倉庫因而有贈）

隱隱春城外。（同房侍御山園新亭與邢判官同遊）

蒼蒼亙天倪。（宋中遇林慮楊十七山人因而有別）

寥寥談笑疏。（苦雨寄房四昆季）

耽耽天府間。（酬祕書弟兼寄幕下諸公）

濛濛灑平陸。（苦雪四首之三）

紛紛獵秋草。（薊門五首之四）

稍稍雲巖深。（同群公題中出寺）

耿耿尊前酒。（贈別沈四逸士）

桑野鬱芊芊。（遇盧明府有贈）

千里何蒼蒼。（同諸公登慈恩寺塔）

壯年莫悠悠。（漣上別王秀才）

千載常矻矻。（同觀陳十六史興碑）

高館何沉沉。（宴韋司戶山亭院）

天陰雪冥冥。（苦雪四首之一）

寒山徒草草。（登百丈峯二首之一）

書記日翩翩。（別馮判官）

雲雪尚漫漫。（使青夷軍入居庸三首之一）

石泉淙淙若風雨。（賦得還山吟送沈四山人）

楊柳青青那足悲。（送田少府貶蒼梧）

門柳蕭蕭噪暮鴉。（重陽）

諸如此類的叠字還有許多，共計八十二處，足見高適善用叠字。叠字既雙聲又叠韻，讀起來持續綿延的聲音有如音樂的「反覆」（repetition），故「在音響上有極微妙的功用，既可以使語氣完足，意義完整，又可使聲調動聽。」〔註85〕達到以聲摹境的妙用。然叠字亦要講求，周濟《介存齋詞選》序論云：「雙聲叠字要著意佈置，有宜雙不宜叠，宜叠不宜雙處，重字則既雙又叠，尤宜斟酌。」葉少蘊《石林詩話》也說：「詩雙字最難下，須使七言五言之間，除去五字三字外，精神興致全見於兩言，方為工妙。」可見叠字需求穩切，忌爭奇逞能，劉勰《文心雕龍》物色篇在論及叠字時說：「是以詩人感物，聯類不窮，流連萬象之際，沉吟視聽之區，寫氣圖貌，既隨物以宛轉，屬采附聲，亦與心而徘徊，故灼灼狀桃花之鮮，依依盡楊柳之貌，杲杲為日出之容，瀌瀌擬雨雪之狀，喈喈逐黃鳥之聲，喓喓學草虫之韻，皎日嘒星，一言窮理，參差沃若，兩字窮形，並以少總多，情貌無遺矣，雖復經千載，將何易奪？」分析劉勰所言，叠字的作用不外有三：一是摹聲，如高適詩中的「索索涼風動」、「石泉淙淙若風雨」。二是寫景，在高適詩中如「天陰雪冥冥」「陰陰豫章館」「楊柳青青那足悲」。三是達情，高適詩有「壯年莫悠悠」「千載常矻矻」等句。藉著劉氏的理論，亦可看出高適之善用叠字，如「索索涼風動，

行行秋水深」一聯十字中，叠字已佔了四字，造成反覆強調的效果，使讀者整個聲情都凝結在叠字上，上句摹聲，令人宛然聽聞索索風動聲；下句寫景，又有行行重行行，如見秋水深遠之狀；而在摹聲寫景之外，叠字所造成的節奏功用是不變的。

2. 重複句

　　朝景入平川，川長復垂柳。(自淇涉黃河途中作十二首之十一)

　　秋日登滑臺，臺高秋已暮。(自淇步黃河途中作十二首之六)

　　大夫擊東胡，胡塵不敢起。(宋中送族姪式顏)

　　飲酒莫辭醉，醉多適不愁。(淇上送韋司倉往滑臺)

上舉各例為頂眞的詩句，另有或上下句重複者，或一句之中重複者，如：

　　壠頭遠行客，壠上分流水。(登壠)

　　惜君才未遇，愛君才如此。(又送族姪式顏)

　　常苦古人遠，今見斯人古。(送蕭十八)

　　胡人山下哭，胡馬海邊死。(宋中送族姪式顏)

　　戰酣太白高，戰罷旄頭空。(塞下曲)

　　君為東蒙客，往來東蒙畔。(送郭處士往萊蕪兼寄苟山人)

　　何必升君堂，然後知君美。(登宓子賤琴堂賦詩三首之三)

　　故人美酒勝濁醪，故人清詞合風騷。(春酒歌)

　　愛君且欲君先達，今上求賢早上書。(贈別晉三處士)

　　今年人日空相憶，明年人日知何處？(人日寄杜二拾遺)

　　前年持節將楚兵，去年留司在東京。(春酒歌)

　　彭門劍門蜀山裏，昨逢軍人劫奪我。(同上)

　　眠時憶問醒時意，夢魂可以相周旋。(賦得還山吟送沈四山人)

重複句在節奏上有兩種效果，一是由於類似音樂上的反覆結構，好像一波緊接一波，有連縣不斷、縈繞不絕的效果，故能前呼後應，使旋

律流暢。二是因為不是疊字，在詩句中有了距離，頓挫的效果也因之加強，情感的流動，文氣的迴運，都因為重複而呈露出來。如〈人日寄杜二拾遺〉的兩句，在「今年人日」、「明年人日」的反覆中，彷彿流年暗中偷換，而歲歲年年皆相似，年年歲歲人却已不同，在時序遞換中，景物依然，而抽足入水，已非前流，今年猶能相憶，明年更不知何處，人生若此，情何以堪？濃烈的情感，用重複句最適於表達，詩中深意，因之而漸次翻新，層層湧出；黃永武先生言「重複的節奏，能表現繁瑣忙碌、心煩慮亂、舖張誇大、歷久不懈、詠歎無窮等情態。」〔註86〕誠為知言。

3. 散文句

邊城唯有醉，此外更何能。(武威同諸公過楊七山人)

爲問關中事，如何州縣勞。(送白少府送兵之隴右)

且復傷遠別，不然愁此身。(別劉大校書)

且悅巖巒勝，寧嗟意緒違。(赴彭州山行之作)

光華揚盛矣，栖遑有是夫。(真定即事奉贈韋使君二十八韻)

爲問葵藿資，如何廟堂肉。(同群公題張處士菜園)

行矣各勉旃，吾當挹餘烈。(宋中別李八)

路旁觀者徒唧唧，我公不以爲是非。(崔司錄宅燕大理李卿)

縱使登高只斷腸，不如獨坐空搔首。(九月九日酬顏少府)

豈有白衣來剝啄，亦從烏帽自欹斜。(重陽)

上舉詩句，甚接近散文語法，上下句間或用了很多連接詞轉折詞，如「爲——如何」「且——不然」「且——寧」「縱使——不如」「豈——亦從」等；或用了語助詞，如「矣」「夫」「旃」等；即使沒有上述二項，也是語法緊湊，結構嚴密，一聯才說得一個意思，因此讀起來節

〔註86〕同註60，頁195。

奏連貫，旋律特別明快。本來近體詩中多對偶，形式非常整齊，且著重意象的堆砌，致語法散漫，故散文句型不多，倒是古體詩較接近散文句法；高適詩多古體，其中散文句自不必說，而其近體之作，如前所說，率多接近古風，因此我們也常可在其近體中找到許多散文句，前例中的〈重陽〉、〈同群公題張處士菜園〉等即是。

4. 雙聲疊韻

劉勰《文心雕龍·聲律篇》論雙聲疊韻云：「凡聲有飛沈，響有雙疊，雙聲隔字而每舛，疊韻雜句而必睽。沈則響發而斷，飛則聲颺不遠。並轆轤交往，逆鱗相比，迂其際會，則往蹇來連，其為疾病，亦文家之吃也，夫吃文為患，生於好詭，逐新趨異，故喉唇亂紛。將欲解結，務在剛斷，左礙而尋右，末滯而討前，則聲轉於吻，玲玲如振玉，辭靡於耳，纍纍如貫珠矣，是以聲畫妍媸，寄在吟咏，吟咏滋味，流於字句，字句氣力，窮於和韻。」彥和在此以井轆轤喻雙聲疊韻之圓轉，究竟什麼是雙聲疊韻呢？《南史·謝莊傳》載：「王元謨問何者為雙聲？何者為疊韻？答曰：懸瓠為雙聲，磝碻為疊韻。」又《誠齋詩話》也曾舉例說明：「或問何謂雙聲疊韻？曰：行穿詰曲崎嶇路，又聽鉤輈格磔聲。上句雙聲，下句疊韻也。」可知雙聲者兩字同聲紐也，疊字者兩字同韻母也。黃永武先生更細析為：「反切上字同一紐，為同紐雙聲，不同一紐而同一唇齒等發音部位，則為同位雙聲，反切下字同一韻類為疊韻，不同韻而古韻同一部則為古疊韻。」〔註 87〕據此，則雙聲疊韻的範圍更擴大了許多，事實上，由於「中國字盡單音，所以雙聲字極多」，而除含鼻音者外，凡字都以純粹的母音收，「所以疊字特別多，押韻和疊韻是最容易的事。」〔註 88〕故在中國詩詞中，我們常可發現雙聲疊韻的情形，張德瀛《詞徵》云：「唐人詩喜用雙聲，宋詞亦有之。」高適為盛唐詩人，其詩中正有許多雙聲疊韻辭，詩人

〔註87〕同註 60，頁 185。
〔註88〕同註 55，頁 158。

使用雙聲疊韻，不僅在求聲音上如轆轤滾轉一般圓滑和諧，更進一步黃求聲音的和諧能配合意義的宛轉；試看以下這些例子：

　　惆悵落日前，飄颻遠帆處。(自淇涉黃河途中作十二首之六)

　　園蔬空寥落，產業不足數。(自淇涉黃河途中作十二首之九)

　　逍遙漆園吏，冥汲不知年。(宋中十首之七)

　　雲沙自迴合，天海空迢遞。(贈別王七十管記)

　　崢嶸縉雲外，蒼莽幾千里。(宋中送族姪式顏)

　　飄颻方寓目，想像見深意。(同呂判官從哥舒大夫破洪濟城迴登積石軍浮圖)

　　飄颻波上興，燕婉舟中詞。(同敬八盧五泛河間清河)

　　惆悵別離日，徘徊岐路前。(送韓九)

　　曠蕩阻雲海，蕭條帶風雪。(薊門不遇王之渙郭密之因以留贈)

　　飄颻州縣勞，迢遞限言謔。(淇上酬薛三據兼寄郭少府)

　　惆悵春光裏，蹉跎柳色前。(別韋參軍)

　　山川蕭條極邊土，胡騎憑陵雜風雨。(燕歌行)

在這些詩聯中，出句和落句或者雙聲或者疊韻，很整齊的對仗著，造成節奏上迴轉周繞的效果，聽起來具有強烈的音樂效果。其中更不乏聯綿字，如「惆悵」「飄颻」「逍遙」「迢遞」「崢嶸」「徘徊」「蹉跎」等等，這些聯綿字在詩中皆具修飾語的功用，強化了詩中所要表現的情境，其中使用得最多要數「蕭條」「惆悵」「飄颻」等詞，翻檢高適詩集，幾乎是每詩必惆悵，滿紙皆蕭條，行即飄颻，坐即寂寞，這當然和高適的生活背景有密切關，一方面由於邊塞的荒涼，一方面由於兵戎官場的生離死別，居無定所，詩人感慨特深，這些在下面一章另有詳論，此不贅述，僅分析這些雙聲疊韻字的節奏音效。

　　在「惆悵落日前，飄颻遠帆處」兩句中，「惆悵」兩字聲母同屬徹紐，是雙聲，「飄颻」同屬宵韻，是疊韻。落日這一意象已使人有日暮途遙、時不我予的無力感，又以雙聲字「惆悵」來強調，使人益發不

堪，雙聲叠韻字在聲音上具有重複的作用，言之再言，情感當然特別深刻了；下句遠帆的意象，也使人聯想到「過盡千帆皆不是」的悠悠，或者「我欲歸去無舟楫」的無奈，而飄颻一詞更有風舉萬里、遊子孤蓬的渺遠和孤獨，環扣上落日的惆悵，產生一種迂迴縈繞的情緒效果，據劉師培氏的歸納，宵類的字多有「曲折有稜」「隱密歛收」的意義，蓋風波抑揚，溪又斜，山又遮，路途自有不盡的曲折艱辛；船行漸遠，終成一點帆影，視景由大變小，也能道出「隱密歛收」之意。

又「逍遙漆園史，冥沒不知年」兩句，「逍遙」叠韻，「冥沒」雙聲，以叠韻雙聲爲對，不僅聲調動聽，更見對仗的緻密，這原是高適常用的手法。「冥沒」聲母同屬脣音明紐，據林師景伊的研究：「脣音的字，如冢、茻、莫、亡、沒、密、無、暮、冥、蒙、夢、渺、幔、莽、暝、眠、覓、盲、埋、迷、昧、悶、門、瞞、帽、霧、晚、民等等，雖然字形不同，都是含有遮蓋住，看不清楚、看不見的意思。」〔註89〕王了一氏也有同樣的意見，他說：「有一系列的明母字表示黑暗或有關黑暗的概念，例如暮、幕、昧、墓、霾、霧、滅、晚、密、冥、夢、渺、幔、茂、茫、蒙、盲。」〔註90〕「冥沒」一詞由於雙聲的關係，更加深了這種矇昧不清的感受，也使下面的「不知」一詞有了具體的意感。

又「雲沙自迴合，天海空迢遞」一聯，「迴合」一詞，「迴」字戶恢切，「合」字侯閤切，同屬喉音匣紐，爲雙聲；「迢遞」一詞，「迢」字徒聊切，「遞」字徒禮切，同屬舌音定母，也是雙聲；據梁春芳《舊詩略論》，以爲喉牙之音重濁，汪經昌先生《曲學例釋》一書也以爲喉音深而厚〔註91〕，可見喉音字在音響上給人一種染厚重濁的感覺，詩寫塞上風光，塞上那種「平沙莽莽黃入天，一川碎石大如斗」的景物，原本就是深遠而厚重的，用「迴合」這兩個雙聲字，自然足以作

〔註89〕林師景伊著《中國聲韻學通論》，頁136，世界書局。
〔註90〕王了一氏《漢語史稿》，頁541～542。
〔註91〕汪經昌著《曲學例釋》卷一，頁4，中華書局。

貼切的表現。「迴合」下對「迢遞」，雙聲對仗，也增加了詩音響節奏的美感。

又「曠蕩」阻雲海，蕭條帶風雪兩句中，「曠蕩」「蕭條」都是疊韻字，「曠蕩」古韻屬陽類，劉師培以爲陽類字多有「高大明美」的意義，「蕭條」古韻屬宵類，宵類字意味「曲折有稜。」用「曠蕩」來形容寬濶雲海的大景象，以「蕭條」來修飾風雪途中的艱辛曲折，在聲與義方面都能自然而適切。又疊韻對仗，在聽覺上更達到疊唱那種迴旋搖蕩的效果。

除此以外，還有些是在單句中表現雙聲疊韻者，如：

> 雲沙更迴互。(自淇涉黃河途中入十二首之六)

> 崔嵬高山上。(自淇涉黃河途中作十二首之七)

> 蒙籠陳跡深。(同房侍御山園新亭與刑判官同遊)

> 淅瀝至幽居。(苦雪四首之三)

> 漢壘青冥間。(登百丈峯二首之一)

> 一身旣零丁。(薊門五首之一)

這樣的例句很多，在此不能盡舉，要之，高適善用雙聲疊韻字，使詩的節奏優美圓轉，聲情相切，可謂良工之用心通於天籟矣。

第二節　高適詩的境界

亞里士多德有句名言：「詩比歷史更眞實。」因爲歷史展示給我們的，僅是特殊事件的陳述，是死板的材料，而詩在特殊中蘊含了普遍性，呈現了活生生的情感，愈是好詩，愈能提示一種普遍的人生經驗，也就是一種「境界」，王國維《人間詞話》云：「境非獨謂景物也，喜怒哀樂亦人心中之一境，故能寫眞景物、眞感情者謂之有境界，否則謂之無境界。」劉若愚先生《中國詩學》進一步解釋「境界」云：「詩中的『境界』同時是詩人對外界環境的反映，也是其整個意識的

表現，每一首詩具體表現出它獨自的境界，不管是大或小，疏遠或親近，但是只要詩是眞實的，它會將我門領入它特殊的境界，使我們能夠看見某些事物，感覺某些感情，沈思人生的某些方面，在我們的想像中經驗我們在現實的生活中可能經驗過或者沒有經驗過的一種存在狀態。」〔註92〕可知「境界」是外在照象與內在情感的合一，也就是生命外在與內在融合後所得的人生體驗，詩人藉著語言文字將之描繪出來。因此一首詩本身具備了兩大元素：一是外在的語言，一是內在的意義，二者缺一不可，猶如人的生命是由肉體與精神共同維持的，肉體具現精神，精神也只有藉肉體的活動，才能外現。詩的生命也是由詩的肉體——文字——和詩的精神——意義——共同結合成的。「詩的意義雖非文字表面的意義，但詩其實是存在於文字中的，意在言外，意也在言內。」〔註93〕祇有透過文字的具體表現和暗示，我們才能窺見詩內在意義所展示的境界。上一章已談過了高適詩中的語言，這一章我們再來看看高適詩中所表現的境界，這應該是研究專家詩的重點所在，詩人艾略特在一篇講稿中曾說：「讀詩應專心一志於詩之所指，非詩的本身，這似乎是我們應該經營的，一如貝多芬後期作品之超出音樂之外。」〔註94〕所謂「詩的本身」即指詩的文字，「詩之所指」則是詩的內在意義及其所暗示的情境，如艾略特所言，詩人與讀者均不應爲文字障所迷，而應探求文字背後所隱涵的一個完整自足的世界，這才是詩心所在；能得魚忘筌得意忘言，方能直探詩心。

　　一沙一世界，在高適二百五十首詩中，每一首都展露了一個獨立自足的特殊境界，這些個別特殊的境界，統攝在一個完整的生命下，萬殊歸宗，經由分殊的探討，我們可以發現一個自成秩序的生命基型，也即是詩的整個境界。在其中，詩人生命的痕迹若隱若現，詩人

〔註92〕劉若愚著、杜國清譯《中國詩學》，頁144，幼獅叢書。
〔註93〕張淑香著《李義山詩析論》，頁140，藝文印書館。
〔註94〕葉維廉著《秩序的生長》，頁216，志文出版社。

的內心欲說還休，透過藝術的生花妙筆，詩人將心眼中的主觀世界，具現在每首詩作中，千餘年以下，我們試由這些詩作，回溯到詩人的心靈世界。

一、理想的追尋與落空

人生苦短，年命有時而盡；逆旅過客，更兼途中風霜雨露，轆轤苦辛，因之，生而追求一份理想以美化人生原是人類的基本需求；爲了執著與實現理想，人願去奮鬥不懈，以求精神靈魂的不朽，在高適的詩中，我們可以很明顯地看出他追求理想的軌迹。高適的思想基本上傾向於儒家的積極用世，因此頗熱衷於干祿，而孔門弟子爲官甚爲成功的宓子賤也就成了他的理想和模仿的對象，在〈宋中十首〉第九首中他自道心聲的寫著：「常愛宓子賤，鳴琴能自親，邑中靜無事，豈不由其身，何意千年後，寂寥無此人。」因爲心儀其人，心仰風騷，所以在單父的子賤琴臺也就成了他屢屢登臨懷古的地方，在〈登子賤琴堂賦詩三首〉之一他寫道：「宓子昔爲政，鳴琴登此臺，琴和人亦閑，千載稱其才，臨眺忽悽愴，人琴安在哉？悠悠此天壤，唯有頌聲來。」在其他詩中，也每每提到宓子賤，如：

灌壇有遺風，單父多鳴琴。（同房侍御山園新亭與刑判官同遊）

開襟自公餘，載酒登琴堂。（單父逢鄧司倉覆倉庫因而有贈）

吾友吏茲邑，亦嘗懷宓公。（觀李九少府樹宓子賤神祠碑）

古跡使人感，琴臺空寂寥。（同群公秋登琴臺）

所思在畿甸，曾是魯宓儔。（酬裴員外以詩代書）

雖然他懷抱了這一份理想，然而理想和現實總是遙遙阻隔的，即使在唐代較爲開放的社會，文人仕宦的管道增多了，但畢竟缺額有限，加上李林甫擅權，薄於文雅，因此高適在四十歲之前，一直是官運欠通，鬱鬱不得志，這一時期，他寫下了許多傷己不遇的詩。弱冠之年，懷抱大志，初詣長安，却備嚐現實的打擊，在〈別韋參軍〉詩中，他慨

歎道：

> 二十解書劍，西遊長安城，舉頭望君門，屈指取公卿……
> 白璧皆言賜近臣，布衣不得干明主……。

又〈魯郡途中遇徐十八錄事〉詩也充滿不遇的感傷：

> 獨行豈吾心，懷古激中腸，聖人久已矣，游夏遙相望。徘
> 徊野澤間，左右多悲傷，日出見闕里，川平如汶陽。弱冠
> 負高節，十年思自強，終年不得意，去去任行藏。

詩人滿懷雄心壯志，經濟良策，在現實形勢中被擊得粉碎，雖「尚有
獻芹心」，却一直是「無因見明主」（自淇涉黃河途中作十二首之九）
悒鬱的心情，只好寄託於詩歌，因此在他早期的詩中，感傷不遇的句
子俯拾即是：

> 男兒命未達，且進手中杯。（宋中遇陳二）

> 我慚經濟策，久欲甘棄置。（效古贈崔二）

> 飄颻未得意，感激與誰論。（酬司空璲）

> 一生徒羨魚，四十猶聚螢。（奉酬北海李太守夏日平陰亭）

> 相逢俱未展，攜手空蕭索。（和崔二登楚丘城作）

> 縱懷濟時策，誰肯論吾謀。（東平路中遇大水）

> 逢時事多謬，失路心彌折。（薊門不遇王之渙郭密之因以留贈）

> 寒質蹉跎竟不成，年過四十尚躬耕。（留別鄭三韋九兼洛下諸公）

雖然在鬱悶中不斷感歎不遇，但詩人並沒有放棄為官一試長策的決
心，在「悯悵孫吳事，歸來獨閉門」之餘，他仍然雄姿英發地「倚劍
對風塵，慨然思衛霍。」內心懷著「誰能奏明主，一試武城弦」的希
望。天寶六載，他終於有機會應詔，雖以李林甫之故，僅被任為封丘
尉，但在赴任所前所作「留上李右相」一詩中，他仍眷眷不忘地希望
得到晉用：「莫以才難用，終期善易聽，未為門下客，徒謝少微星。」
後人或以此為高適人格的污點，其實唐代文士率多急功近利，干謁求

進，此在前面〈高適的時代〉一章中已有詳論，風氣使然，也就不足以為大病。此時，年逾不惑的高適，終算有了一展抱負的機會，心中充滿希望和愉悅，在行前和洛下友人的告別詩中，他寫道：「此時亦得辭漁樵，青袍裹身荷聖朝，犁牛釣竿不復見，縣令邑吏來相邀。遠路鳴蟬秋興發，華堂美酒離憂銷。」興奮之，溢於言表；但是赴任不久，詩人的熱情再度被冰冷的現實所熄滅，那種「拜迎官長心欲碎，鞭撻黎庶令人悲」的官場生活，和他的理想大相逕庭，使得他心中充滿了矛盾和掙扎，好不容易有一安邦裕民的機會，無奈現實的形勢使他無法一展抱負，因此他雖一面做著官，一面卻緬懷無拘無束的漁樵生活，〈封丘縣〉一詩充分的顯示了他內心的矛盾：

> 我本漁樵孟諸野，一生自是悠悠者，乍可狂歌草澤中，寧堪作吏風塵下，祗言小邑無所為，公門百事皆有期，拜迎官長心欲碎，鞭撻黎庶令人悲。歸來向家問妻子，舉家皆笑今如此，生事應須南畝田，世情付與東流水，夢想舊山安在哉？為銜君命日遲迴。乃知梅福徒為爾，轉憶陶潛歸去來。

另一首五絕〈封丘作〉也透露同樣的心情：

> 州縣才難適，雲山道欲窮；揣摩慙黠吏，棲隱謝愚公。

事實上，這種末官小吏的生活，誠如《舊唐書》本傳所言，「非其好也」，我們可從詩人在封丘任內所作的詩證明此點，試看這些詩句：

> 出塞應無策，還家賴有期，東山足松桂，歸去結茅茨。（使青夷軍入居庸三首之二）

> 絕坂水連下，群峯雲共高，自堪成白首，何事一青袍。（使青夷軍入居庸三首之三）

> 跡留黃綬人多歎，心在青雲世莫知，不是鬼神無正真，從來州縣有瑕疵。（同顏少府旅官秋中）

> 江海有扁舟，丘園有角巾，君意定何適，我懷知所遵。（答侯少府）

詩中表露了詩人對隱逸漁樵的嚮往，劉大杰氏《中國文學發展史》說高適、岑參沒有一點「隱逸高人」的氣息，就高適而言，並不盡然，以上詩句就是明證。高適在經過心靈長期的掙扎徬徨後，終於不堪吏道的羈束，深感從仕力難任而掛冠求去，他的好友杜甫在〈送高三十五書記〉一詩中說他：「脫身簿尉中，始與捶楚辭。」言下頗為他結束這段捶楚為伍的尉丞生活而慶幸。

　　弱冠負高節的高適，早年生活就在理想的追求和幻滅中渡過，直到出任哥舒翰幕府之後，才算受到賞識，官運亨通，一展長才。

二、悲天憫人的胸懷

　　翻閱高適詩集，可以發現其中不少作品均在描述農民生活之困苦，這大概因為他早期過著「兔苑為農歲不登，雁池垂釣心長苦」的漁樵生活，故較能體諒民間疾苦，進而同情農民，關懷農民，從下面這首詩中，我們可看出詩人悲天憫人的胸懷：

> 朝從北岸來，泊船南河滸，試共野人言，深覺農夫苦。去秋雖薄熟，今夏猶未雨，耕耘日勤勞，租稅兼烏鹵，園蔬空廖落，產業不足數。（自淇涉黃河途中作十二首之九）

由於這份關懷和同情，對於帶給農民嚴重損害的天災，他也就特別注意，在〈東平路中遇大水〉一詩裡，他生動的描繪了大水為患的情形，進而為民請命：

> 天災自古有，昏墊彌今秋，霖霪溢川原，澒洞涵田疇，……永望齊魯郊，白雲何悠悠，傍沿巨野澤，大水縱橫流，蟲蛇擁獨樹，麋鹿奔行舟，稼穡隨波瀾，西成不可求，室居相枕籍，蛙黽聲啾啾，乃憐穴蟻漂，益羨雲禽游。農夫無倚著，野老生殷憂，聖主當深仁，廟堂運良籌，倉廩終爾給，田租應罷收。

在〈苦雨寄房四昆季〉一詩中，也表現同樣的悲憫情感：

> 滴瀝簷宇愁，寥寥談笑疏，泥塗擁城郭，水潦盤丘墟，惆悵憫田農，徘徊傷里閭，曾是力井稅，曷為無斗儲。

高適這種心在農民的傾向，使他對於輕徭薄役，撫民萬全的官吏忍不住稱頌起來，如以下這首〈遇盧明府有贈〉：

> 良吏不易得，古人今可傳，……登高見百里，桑野郁芊芊，
> 時平俯鵲巢，歲熟多人烟，……皆賀蠶農至，而无徭役牽，
> 君觀黎庶心，撫之誠萬全。

詩人悲憫的胸懷，不僅表現在對農民的同情，也表現在對朋友不幸遭遇的嘆息：

> 開篋淚沾臆，見君前日書，夜臺今寂寞，猶是子雲居……
> 晉山徒嵯峨，斯人已冥冥，常時祿且薄，歿後家復貧，妻
> 子在遠道，弟兄無一人。十上多苦辛，一官常自哂，青雲
> 將可致，白日忽先盡，唯有身後名，空留無遠近。(哭單父
> 梁九少府)

甚至對素昧平生者的不幸，由於感其才德，也爲之悲傷已：

> 世人誰不死，嗟君非生慮，扶病適到官，田園在何處，公
> 才群吏惑，棄事他人助，余亦未識君，深悲哭君去。(哭裴
> 少府)

雖然自己半生懷才不遇，但對於和他同樣遭遇的人，却有無限同情，這種「己欲立而立人，己欲達而達人」的儒家忠恕精神，表現在其詩中，予人深刻的印象：

> 常忝鮑叔義，所寄王佐才，如何守苦節，獨此無良媒。(宋
> 中遇陳二)

> 觀君濟時略，使我氣塡膺，長策竟不用，高才徒見稱。(餞
> 宋八充彭中判官之嶺外)

> 故人亦不遇，異縣久棲託，辛勤失路意，感嘆登樓作。(和
> 崔二少府登楚丘城)

在儒家人文主義的傳統下，中國文人大都有種「先天下之憂而憂，後天下之樂而樂」的悲憫胸懷和推己及人、兼善天下的擔當，杜甫〈茅屋爲秋風所破歌〉有道：「安得廣廈千萬間，大庇天下寒士俱歡顏，

風雨不動安如山。」即此種心態的反映。同樣的,在高適詩中,亦可發現此一儒家道統的消息,這種悲憫的胸懷,毋寧是詩人生命中最崇高的情愫節操,如果詩教在於溫柔敦厚,則應於此中推求消息,這種崇高情操的表現,可謂是詩人生命境界的提昇和圓熟。

三、風光流轉的閒適

　　歷來品味高適詩者,大多激賞他那些大氣磅礴的邊塞戰爭之作,事實上,高適雖以描寫邊塞名家,但邊塞作品畢竟只是其全集的一部份,我們若欲窺其全豹,則對高適風格的另一面,不可不知,詩人在吟詠沙漠胡馬的粗曠之外,也還有王孟自然飄逸的閒適歌調和謝靈運模山範水寫景細膩的手筆,試看以下的詩句:

> 天靜終南高,俯映江山明,有若蓬萊下,淺深見澄瀛。群
> 峯懸中流,石壁如瑤瓊,魚龍隱蒼翠,鳥獸游清泠。菰蒲
> 林下秋,薜荔波中輕,山晏浴蘭沚,水若居雲屏。嵐氣浮
> 潛宮,孤光隨曜靈,陰陰豫章館,宛宛百花亭。(奉和儲光羲)

> 蘿徑垂野蔓,石房倚雲梯,秋韭何青青,藥苗數百畦,栗
> 林隘谷口,枯樹森迴溪。(宋中遇林慮楊十七山人因而有別)

> 石壁倚松徑,山田多栗林,超遙盡肤崿,逼側仍嶇嶔。(同
> 群公題中山寺)

> 峭壁連崆峒,攢峯疊翠微,鳥聲堪駐馬,林色可忘機,怪
> 石時侵徑,輕蘿乍拂衣。(赴彭州山行之作)

這類的詩作,反映了詩人對於自然的感受與觀照。而寫景的細膩,更可看出詩人體物入微的敏銳感覺;「嵐氣浮潛宮」一句,寫山中房舍掩映於雲嵐,若隱若現,著一「潛」字,可謂傳神,山中房舍在詩人筆下,竟也被雲嵐給浮移起來了,詩人妙筆,真足以彌補造化天工。在〈赴彭州山行之作〉詩中,高適不從山行之緣由或苦辛著筆,下手即寫景,「峭壁連崆峒」一句劈空而來,給人一種突兀驚駭的感覺,恰如其分的表現了峭壁之高突峻險,次句「攢峯疊翠微」翻疊而出,

迴扣上句，於山勢高聳中又見其連疊迂迴，接下兩句，一寫聽覺感受，一寫視覺感受，不言聲色之美，而「堪駐馬」「可忘機」數言已道盡其中消息。又如「舉帆風波渺，倚棹江山來」這樣的句子；置之王、孟詩中，恐亦難以軒輊。

自然的風光和閒適的心情是不可分的，自灰的良辰美景須有一份和平靜謐的心境方能與之共相流轉，達到「我看青山多嫵媚，料青山見我應如是」的天人合一境界。高適對自然的稱美，正反映出他內心閒適寧靜的一面，這種內外情境的融合，充分表現在他的作品之中，如：

> 南山鬱初霽，曲江湛不流，若臨瑤池間，想忘崑崙丘。迴首見黛色，渺然波上秋，深沉俯崢嶸，清淺延阻修，連潭萬木影，插岸千巖幽。杳靄信難測，淵淪無暗投，片雲對漁父，獨鳥隨虛舟。我心寄青霞，世事慚白鷗，得意在乘興，忘懷非外求，良辰自多暇，忻與數子遊。(同薛司直諸公秋霽曲江矚見南山)

> 清川在城下，沿汎多所宜，同齋愜數公，翫物欣良時。飄颻波上興，燕婉舟中詞，昔涉乃平原，今來忽漣漪，東流達滄海，西流延灃池，雲樹共晦明，井邑相逶迤，稍隨歸月帆，若與沙鷗期，漁父更留我，前潭水未滋。(同敬八盧五汎河間清河)

除此之外，我們也可從他「今日無成事，依依親老農」(東平路作三首之二)那種對田家無限親切的態度中，直尋詩人心靈中的閒靜，如：

> 門前種柳深成巷，野谷流泉添入池，牛壯日耕十畝地，人閒常深一萡茨，客來滿酌清樽酒，感興平吟才子詩，巖際窟中藏鼦鼠，潭邊竹裏隱鸕鷀。(寄宿田家)

由上述的展示，我們探知了高適詩另一種風格，另一層境界。王國維《人間詞話》有云：「詩人對於宇宙人生，須入乎其內，又須出乎其外，入乎其內，故能寫之，出乎其外，故能觀之，入乎其內，故有生氣，出乎其外，故有高致。」如王氏所云，我們應可以說，高適這一

類自然閒適之作，代表了他個人對宇宙萬有入乎其內出乎其外的寫照吧！在詩中，詩人對自然景物的描寫，正是他自己心境的投射，而和自然應和的閒適心境，婉轉地被「提昇到哲學和審美觀照的程度。」〔註95〕

四、歷史的繁華和幻滅

　　讀中國古典詩，我們每可看出一種強烈的歷史意識，中國詩人們，每「將朝代的興亡與自然那似乎永久不變的樣子相對照，他們感歎英雄功績與王者偉業的徒勞，他們為古代戰場或者往昔美人而流淚。」〔註96〕在高適詩中，似也具備了中國詩歌這一傳統，但另一方面，由於個人信仰與人生觀的不同，對於歷史，他却又表現了另一種完全不同的觀點；歷史是前人走過的足跡，歷史的世界，每足以鑑往知來，深饒人生世相，是發掘人生的一個寶藏；由於高適懷抱儒家積極用世的理想，因此除了前面提及他對宓子賤理想政治人格備極崇拜外，歷史上的良官循吏也每每成為他歌頌懷想的對象，如〈三君詠〉組詩分寫魏徵、郭元振、狄仁傑三人：

> 魏公經綸日，隋氏風塵昏，濟代取高位，逢時敢直言。道光先帝業，義激舊君恩，寂寞臥龍處，英靈千載魂。（魏鄭公）

> 代公實英邁，津涯浩難識，擁兵抗矯徵，仗節歸有德。縱橫負才智，顧盼安社稷，流落勿重陳，懷哉為悽惻。（郭代公）

> 梁公乃貞固，勳烈垂竹帛，昌言太后廟，潛運儲君策。待賢開相府，共理登方伯，至今青雲人，猶是門下客。（狄梁公）

理想政治的追求再加上對農民的悲憫與同情，歷史上能為生民立命的賢君，也就令高適油然而生「高山仰止，景行行止」之情，追慕不已，如〈宋中十首〉第三首寫宋景公德政云：

> 景公德何廣，臨變莫能欺，三請皆不忍，妖星終自移，君

〔註95〕同註92，頁87。
〔註96〕同註92，頁82。

心本如此，天道豈無知。

另詩人理想追尋的落空，個人不遇的感傷投射到歷史洪流中，對於和自己遭遇相同的前人，不免惺惺相惜，試看：

出門望終古，獨立悲且歌，憶昔魯仲尼，悽悽此經過，眾人不可向，伐樹將如何？（宋中十首之六）

理想的落空，現實的打擊，使詩人更深一層思索人生的問題，而企圖於歷史中尋求答案，但歷史遺留下來的，永遠只是無盡的繁華和幻滅之交替。在歷史的意識中，詩人感受最深沉的，應是永恆的不可能和幻滅之後的無限寂寞悲涼：

日暮銅雀迴，秋深玉座清，蕭森松柏望，委鬱綺羅情，君恩不再得，妾舞爲誰輕。（銅雀妓）

梁王昔全盛，賓客復多才，悠悠一千年，陳跡唯高臺，寂寞向秋草，悲風千里來。（宋中十首之一）

梁苑白日暮，梁山秋草時，君王不可見，修竹令人悲，九月桑葉盡，寒風鳴樹枝。（宋中十首之四）

沙岸泊不定，石橋水橫流，問津見魯谷，懷古傷家丘，寥落千載後，空傳褒聖侯。（魯西至東平）

〈銅雀妓〉一首，企圖從古代文化遺跡中去捕捉歷史的興衰和其內在精神。〈銅雀妓〉爲樂府古題，一曰〈銅雀臺〉，樂府詩集卷三十一銅雀臺題下注云：「鄴都故事曰：魏武帝遺命諸子曰：吾死之後，葬于鄴之西崗，上與西門豹祠相近，無藏金玉珠寶，餘香可分諸夫人，不命祭，吾妾與妓人皆著銅雀臺，臺上施六尺床，下總帳，朝晡，上酒脯粻糧之屬，每月朝十五輒向帳向作伎，汝等時登臺望吾西陵墓田。」知詩題本詠魏武故事。高適此詩的意境表現在其反諷的深旨，「銅雀」「綺羅」都是美麗的意象，君王的生活代表了繁華，但在這一切美麗與繁華背後，却蘊藏了戲劇性的反諷，一朝君恩不再得，這一切也都將隨歷史洪流遠去，物是人非，在時間永恆的對比下，呈露了短暫空

虛的悲哀感。「梁王」一首，更有一種「草間霜露古今情」的無限今
昔之慨嘆，一種繁華破滅風流雲散的弔古情懷，由昔日盛況，感今日
蕭條，使人興慨寄遠，有不盡之意。

　　如上所述，高適對於歷史的意識，一方面受其積極用世的心理影
響，趨於肯定，對前人功業，備極稱美，「若使學蕭曹，功名當不朽」
（自淇涉黃河途中作十二首之十一）兩句，許是詩人心畫心聲的透
露。另方面詩人受到人類天賦的限制，在生命追求過程中，深感圓滿
與永恆的不可能，因而對歷史繁華的幻滅，流露出一種悲劇性的空
虛。這兩種心情，交織於詩人胸中，形成了錯綜的矛盾和不斷的掙扎，
肯定與否定更迭於眼前的古跡，在詩人不斷的反省中，終於提昇自己
至於「古來同一馬，今我亦忘筌」（宋中古首之七）的境界，也即是
對時間、歷史作隨適自然的認同。

五、剪不斷的離情別緒

　　在高適壯年時期，有一度曾浪遊四方，足跡至於塞外，南楚，而
出仕之後，更因戎馬倥傯，居無定所，官無常職，因此送往迎來乃不
免之事，而其詩作對於離情別緒的描述也就特別多，試看這首〈淇上
別劉少府子英〉：

> 近來住淇上，蕭條惟空林，又非耕種時，閒散多自任。伊
> 君獨知我，驅馬欲招尋。千里忽攜手，十年同苦心，求仁
> 見交態，於道喜甘臨。逸思乃天縱，微才應陸沉，飄然歸
> 故鄉，不復問離襟。南登黎陽痎，莽蒼寒雲陰，桑葉原上
> 起，河凌山下深，途窮更遠別，相對益吟悲。

詩人對於和一位十年知交的分別，有說不出的惆悵，這種惆悵夾雜
自己微才陸沉的悲歎，益不堪問。本來人生不如意事十常八九，在
失路不得志之時，若能與一二知交長相聚首，共勉互慰，也還能聊
解失意情懷，而今却是途窮更兼遠別，莽蒼處寒雲層層，眞有無限
蕭瑟之感。

　　再看這一首〈別李景參〉：

離心忽悵然，策馬對秋天，孟諸薄暮涼風起，歸客相逢渡
睢水。昨時攜手已十年，今日分途各千里，歲物蕭條滿路
歧，此行浩蕩令人悲，家貧羨爾有微祿，欲往從之何所之。

在送別的當兒，詩人滲雜了平生的感觸，使詩的情緒不僅止於離別，
且糾纏著詩人複雜的感情，此去千里，離愁漸行漸遠還生，何況家貧
更兼路歧，正是前途茫茫，不知所之。在高適寫離別的詩戶中，大多
是滲入了複雜的情緒，被壓抑的情懷，藉著送別而迸發出來；或許這
種人生無常的離別經驗太多了，成了詩人生命中一種情調，因而特地
爲這種經驗寫了一首題曰〈送別〉的詩：

昨夜離心正鬱陶，三更白露西風高，螢飛木落何淅瀝，此
時夢中西歸客。曙鐘寥亮三四聲，東隣漸馬使人驚，攬衣
出戶一相送，唯見歸雲縱復橫。

細閱高適詩集，當可理解高適爲離別經驗特寫一詩原是理所當然的，
因爲這種經驗太多了，已經成了詩人生活的常調，僅就其詩題中明言
送別的詩作便有六十餘首，佔了全集四分之一，不可謂不夥。從其中，
我們尚可發現這類詩作的另一特色，那就是詩末多寄以期勉和寬慰，
如：

離別未足悲，辛勤當自任，吾知十年後，季子多黃金。(別
王徹)

男兒爭富貴，勸爾莫遲迴。(宋中遇劉書記有別)

行矣當自愛，壯年勿悠悠，余亦從此辭，異鄉難久留，贈
言豈終極，慎勿滯滄州。(連上別王秀才)

良時正可用，行矣莫徒然。(送韓九)

行矣各勉旃，吾當挹餘烈。(宋中別李八)

丈夫窮達未可知，看君不合長數奇，江山到處堪乘興，楊
柳青青那足悲。(送田少府蒼梧)

別時九月桑葉疏，出門千里無行車，愛君且欲君先達，今

上求賢早上書。(贈別晉三處士)

亦是封侯地，期君早著鞭。(獨孤判官部送兵)

料君終自致，勳業在臨洮。(送蹇秀才赴臨洮)

長策須當用，男兒莫顧身。(送董判官)

離魂莫惆悵，看取寶刀雄。(送李侍御赴安西)

勸爾將爲德，斯言蓋有聽。(送蔡少府赴登州推事)

莫怨他鄉暫離別，知君到處有逢迎。(夜別韋司士)

莫愁前路無知己，天下誰人不識君。(別董大二首之一)

即今江海一歸客，他日雲霄萬里人。(送桂陽孝廉)

逢時當自取，有爾欲先鞭。(別韋兵曹)

少年無不可，行矣莫悽悽。(送裴別將之安西)

高價人爭重，行當早著鞭。(河西送李十七)

知君不得意，他日會鵬搏。(東平留贈狄司馬)

一方面高適有悲憫同情的胸懷，對行者的期勗和寬慰，正是這種胸懷的迴響，另方面中國哲學總是追求一個圓而神的精神境界，中國人也把圓熟完滿視爲人生最高境界，因此儘管離別乃傷心事，詩中卻多希望語，這乃是高適希望透過相互的期勉和寬慰，夜不能團圓的欠缺彌補過來，期在人生的殘缺中努力追求完美，達到「圓滿」的境界。

　　綜上所述，可知在高適眾多的送別詩中有兩個特點：一是離別往往是壓抑著複雜情緒的迸發，詩人多樣的感情隨離情而湧現。一是送別詩末每多期勉和寬慰，顯示詩人對「圓滿」境界的追求熱忱。

六、大漠窮秋的悲壯

　　唐代承南北朝之後，以關河民族大混合之剛強氣質，被以江左六

朝之華辭，表現於文章詩歌，彌覺文質彬彬，誠如梁任公所說：「經南北朝幾百年民族的化學作用，到唐朝算是告一段落，唐朝的文學，用溫柔敦厚的底子加入許多慷慨悲歌的新成分，不知不覺，便產生出一種異彩來。」〔註97〕這種異彩，主要表現在唐代的邊塞詩；唐詩爲中國詩歌精華所在，各種體裁風格具備，但如「自然詩源出陶謝，雖王維、孟浩然等能推陳出新，然究有所本，邊塞詩則由岑參、高適等首創。」〔註98〕故彌足珍貴。

　　唐朝雖爲統一帝國，但外族入寇頻仍，邊界地區，時遭掠奪，自唐太宗有「雪恥酬百王，除凶報千古」之志，君臣上下，將率士卒，奮發圖強，廣播天威；另方面由於國勢空前，基於經濟上的因素，開闢了對西域的交通，爲了掃除商業道路上的障礙，就需對西域諸國用兵，故戰爭不斷；「玄宗後二百年，天下無一年無戰事，在歷史上繼續數百年戰爭紛亂的時代，可說絕無僅有，二百年不斷戰爭所造成紛亂如麻的社會，給予唐詩以絕大的生命，給予唐詩以絕好的描寫資料，由對外苦戰的影響，造成一種以邊塞生活爲背景的邊塞詩派。」〔註99〕又唐代爲了對外戰爭，廣置節度，建牙開府，而詞人文士多奏列幕府，《唐音癸籤》卷二十七即云：「唐詞人自禁林外，節鎮幕府爲盛，如高適之依哥舒翰，岑參之依高仙芝，杜甫之依嚴武，比比而是，中葉後尤多，蓋唐制，新及第人，例就辟外幕，而布衣流落之士，更多因緣幕府，躐級進身，要視其主之好文何如，然後同調萃，唱和廣。」這些文人學士，多歷邊封，以其所見所聞，發爲詩歌，潤色勳業，也是造成邊塞詩獨盛的一個因素。另外，邊塞詩的產生，也還受到唐人愛國心理的影響，傅樂成先生曾論及此云：「晉五胡亂華以降，全中國分崩離析，自人民而言，並無所謂祖國，一切戰爭只是不甚具意義

〔註97〕梁啓超著《中國韻文裏頭所表現的情感》，頁37，中華書局。
〔註98〕葉慶炳著《中國文學史》第十五講盛唐詩，頁200，弘道文化事業有限公司。
〔註99〕胡雲翼著《唐詩研究》，頁31，商務印書館。

的殺伐，從東晉到南北朝，胡族佔據北方達二百六十餘年，北方胡族相互殺伐，南朝則偏安江左——這種環境當然不會產生什麼邊塞詩，即使有，也是模仿漢代的習作，唐代是個大一統的局面，是個發揚的時代，民心有所寄託，對外族的侵略，自然格外有他們的感懷——這便是邊塞詩產生的先決條件。」〔註100〕即以高適而言，他在邊塞戍守便有許多動人的詩篇，而出鎮淮南討永王璘，却並不以此為歌詠，足見邊塞帶給他的，是一種格外的感受，是民族精神的驕傲與發揚，詩人在愛國精神鼓舞下，創造了大量的邊塞詩，成就了唐詩的異彩，而「邊塞詩之所以具有強大的感染力量，最主要的是因為它包含高度的愛國主義精神。」〔註101〕

　　高適即在這樣的背景下，寫作了他瑰奇多采的邊塞詩，這些詩中所表現出久的，是一種「誰知此行邁，不為覓封侯」（送兵到薊北）的愛國精神，是一種「倚劍對風塵，慨然思衛霍」（淇上酬薛三據兼寄郭少府）的豪邁進取心理，他對以戰爭來遏止邊患的手段是肯定的，試看：

> 戎狄本無厭，羈縻非一朝，飢附誠足用，飽飛安可招，李牧制僭藍，遺風豈寂寥。（睢陽酬別暢大判官）

> 邊塵漲北溟，虜騎正南驅，轉鬥豈長策，和親非遠圖。惟昔李將軍，按節出此都，捴戎掃大漠，一戰擒單于，常懷感激心，願效縱橫謨。（塞上）

也因此，他對戰爭的態度是積極的，對立功邊疆的將帥則備極讚揚，如：

> 飄颻戎幕下，出入關山際，轉戰輕壯心，立談有邊計，雲沙自迴合，天海空超遞，星高漢將驕，月盛胡兵銳，沙深

〔註100〕傅樂成著〈中國民族與外來文化〉，文見常春樹坊《中國通史集論》一書。

〔註101〕沈玉成、金申熊、黃育藻、趙曙光合著《論盛唐的邊塞詩》，刊《文學遺產增刊》三期，頁62。

冷陘斷，雪暗遼陽閉。亦謂掃櫻搶，旋驚陷蜂蠆，歸旌告
東捷，鬥騎傳西敗，遙飛絕漢書，已築長安第。(贈別王七十
管記)

拔城陣雲合，轉旌胡星墜，大將何英靈，官軍動天地。(同
呂判官從哥舒大夫破洪濟城迴登積石軍多福七級浮圖)

丈夫拔東蕃，聲冠霍嫖姚，兜鍪衝矢石，鐵甲生風飆，諸
將出井陘，連營濟石橋，酋豪盡俘馘，子弟輸征徭。(睢陽
酬別暢大判官)

結束浮雲駿，翩翩出從戎，且憑天子怒，復倚將軍雄。萬
鼓雷殷地，千旗火生風，日輪駐霜戈，月魄絲彫弓。青海
陣雲匝，黑山兵氣衝，戰酣太白高，戰罷旄頭空，萬里不
惜死，一朝得成功，畫圖麒麟閣，入朝明光宮。大笑向文
士，一經何足窮，古人昧此道，往往成老翁。(塞下曲)

意氣能甘萬里去，辛勤動作一年行，黃雲白草無前後，朝
建旌旗夕刁斗，塞下應多俠少年，關西不見春揚柳。從軍
借問所從誰，擊劍酣歌當此，遠別無輕繞朝策，平戎早寄
仲宣詩。(送渾將軍出塞)

遙傳副丞相，昨日破西蕃，作氣群山動，揚軍大旆翻。奇
兵邀轉戰，連弩絕歸奔，泉噴諸戎血，風驅死虜魂，頭飛
攢萬戟，面縛聚轅門，鬼哭黃埃暮，天愁白日昏，石城與
巖險，鐵騎皆雲屯。長策一言決，高蹤百代存，威稜懾沙
漠，忠義感乾坤，老將黯無色，儒生安敢論，解圍廟筭，
止殺報君恩，唯有關河渺，蒼茫空樹墩。(同李員外賀哥舒大
夫破九曲之作)

在這些詩中，高適表現了「功名只向馬上取」的遠大志向，希望為國
建立功業，名留麒麟閣，而對於皓首窮經的書生往往瞧不起，認為是
虛擲人生歲月；「功名萬里外，心事一杯中」(送李侍御赴安西)兩句
最足以代表他的思想和情感，他對於出塞遠征的將軍殷殷期望，對於
能掃靖胡塵立功沙漠的將帥欽羨不已，這一切都基於他反對和親羈

靡，主張以戰止殺的積極態度而來，也顯示高適生命情調豪放壯濶、熱切浪漫的一面，以及男兒感於忠義而萬里赴戎機的英雄本色。「豈不思故鄉，從來感知己」(登隴)，他也有所親有所愛，只是兩相較量，詩人選擇了激昂躍動的生命境界。

但高適並非好戰份子，他不會沒有看到戰爭的慘烈和戰爭所造成無可彌補的損失與痛苦，他看到了戰爭的殘酷，也寫下了他的傷感和同情：

> 北使經大寒，關山饒苦辛，邊兵若芻狗，戰骨成埃塵，行矣勿復言，歸歟傷我神。(答侯少府)

> 策馬自沙漠，長驅登塞垣，邊城何蕭條，白日黃雲昏，一到征戰處，每愁胡虜翻，豈無安邊書，諸將已承恩，惆悵孫吳事，歸來獨閉門。(薊中作)

> 一登薊丘上，四顧何慘烈，來雁無盡時，邊風正騷屑。(酬李少府)

> 薊門逢古老，獨立思氛氳，一身既零丁，頭鬢白紛紛，勳庸今已矣，不識霍將軍。(薊門五首之一)

> 漢家能用武，開拓窮異域，戍卒厭糟糠，降胡飽求食，關亭試一望，吾欲涕沾臆。(薊門五首之二)

邊庭生活的艱辛和士卒的戰死，令他悲痛傷神，進而責怪承恩諸將的無能，而邊塞那種「戰士軍前半死生，美人帳下猶歌舞」(燕歌行)的不合理現象，使詩人不禁想起與士卒同甘共苦的李廣來。對於獻身征戍，頭鬢斑白的老戰士，他更賦予極大的同情。此外，他也寫出了征夫望鄉之苦及少婦閨中的情懷，使他的詩「在高壯的詩風裏，還呈現出哀怨之音。」〔註102〕試看：

> 蕩子從軍事遠征，蛾媚嬋娟守空閨，獨宿自然堪下淚，況

〔註102〕劉大杰著《中國文學發展史》，頁 443，華正書局。

復時聞烏夜啼。(寒下曲)

鐵衣遠戍辛勤久，至筋應啼別離後，少婦城南欲斷腸，征
人薊北空回首。(燕歌行)

描寫邊塞景象、戰爭場面，易流於粗獷直率，「高適能於粗獷之中，
參以婉委纏綿之致，使全詩造成一種波浪的氣氛，使人愈讀愈有味。」
〔註103〕不僅說明了高適純熟的技巧，也展現了詩人心中細膩的感情。

高適這種對戰爭殘酷的感傷及對戍卒的同情，表面上似乎和他積
極熱切求建立功業的態度相矛盾，其實不然，要知道高適一直是反對
和親苟安，而認為只有以戰才能止殺的，因而基本上他仍然企望和
平，在其詩中，我們很容易看出他對太平的歌頌和興奮之情；如：

邊庭絕刁斗，戰地成漁樵，榆關夜不扃，塞口長蕭蕭。(睢
陽酬別暢大判官)

緬懷多殺戮，顧此增慘烈，聖代休甲兵，吾其得閑放。(自
淇涉黃河途中作十二首之七)

解圍憑廟算，止殺報君恩。(同李員外賀哥舒大夫破九曲之作)

萬騎爭歌楊柳春，千場對舞繡麒麟，到處盡逢歡洽事，相
看總是太平人。(九曲詞三首之二)

因此，我們可以說高適絕非戰爭的歌頌者，他肯定戰爭，完全基於民
族立場和愛國精神，為了抵抗邊患，為了民族圖存而戰，至於諸如安
史之亂及朝廷與永王璘之爭，他便完全站在同情人民，否定戰爭的立
場來說話了，他描寫唐朝內亂後的情形道：

背河列長圍，師老將亦乖，歸軍劇風火，散卒爭椎埋，一
夕潟洛空，生靈悲暴腮……城池何蕭條，行人無血色，戰
爭多青苔。(酬裴員外以詩代書)

從上面的敘述，可以發現高適的邊塞詩大多氣骨遒上，率直的賦多於

─────────────

〔註103〕菊韻著〈高適的詩〉，刊《今日中國》三八期。

婉縟的比興，寥寥幾筆勾劃出邊塞形象，正好和粗獷豪壯的邊塞風情配合。這些邊塞作品，代表了他個人生命力最激昂的情境，邊塞的苦辛，驗證了詩人冒險犯難的進取精神和追求目標的毅力鬥志，藉此，詩人為自己開拓了人生積極進取的境界。

七、白璧中的瑕疵

　　由於官場生活中，送往勞來，迎上撫下乃必然的繁文縟節，因此陪宴應酬的事，也就成了生活中不可免的一環，其中能文之士，多附庸風雅，賦詩紀事，互相酬贈寄和，高適處於這種環境中，自不例外，故其詩集中這類作品不少；但率皆官樣文章，稱美逢迎，殊少性情之作，如〈眞定奉贈韋使君二十八韻〉、〈留上李右相〉、〈古樂府留上陳左相〉、〈奉酬睢陽李太守〉皆其中之尤甚者，試看呈給李林甫的一首〈留上李右相〉詩，詩云：

> 風俗登淳古，君臣挹大庭，深沉謀九德，密勿契千齡，獨立調元氣，清心豁官冥，本枝連帝系，長策冠生靈。傅說明殷道，蕭何律漢刑，鈞衡持國柄，柱石總朝經，隱軫江山藻，氛氳鼎鼐銘，興中皆白雪，身外即丹青，江海呼窮鳥，詩書問聚螢，吹噓成羽翼，提握動芳馨，倚伏悲還笑、棲遲醉復醒，恩榮初就列，含育忝宵形，有竊丘山惠，無時枕席寧，壯心瞻落景，生事感流萍，莫以才難用，終期善易聽，未爲門下客，徒謝少微星。

詩一落筆即歌功頌德，堆砌許多歷史上賢臣的典故，了無眞意，以李林甫之人格，何能當得起這些歷史臣，無怪乎《韻語陽秋》譏之曰：「唐明皇時，陳希烈爲左相，李林甫爲右相，高適各有詩上之，以陳爲吉甫、子房、以李爲傅說、蕭何，其比擬不倫如是。」只要讀了高適這類詩，不要說有不倫不類之感，簡直言誇而浮，跡近諂媚，試看〈奉酬睢陽李太守〉詩中的一段：

> 公族稱王佐，朝經允帝求，本枝疆我李，磐石冠諸劉。禮樂光輝盛，山河氣象幽，系高周柱史，名重晉陽秋。華省

應推澤，青雲寵宴遊，握蘭多具美，前席有嘉謀，賦得黃金賜，言皆白璧酬，著鞭驅駟馬，操刀解全牛。出鎮兼方伯，承家復列侯，朝瞻孔北海，時用杜荊州，廣固繞登陟，毗陵忽徂脩，三臺冀入夢，四嶽尚分憂。

如此之作，毫無性情，和應制詩等同，這應該是高適詩作中最無價值者，有些讀之令人欲嘔，試看這樣的句子：

盛才膺命代，高價動良時，帝簡登藩翰，人和發詠思，神仙去華省，鴛鷺憶丹墀……逸氣劉公幹，玄言向子期。(奉酬路太守見贈之作)

亞相膺時傑，群才遇良工，翩翩幕下來，拜賜甘泉宮。信知命世奇，適會非常功，侍御執邦憲，清詞煥春叢，末路望繡衣，他時常發蒙。孰云三軍壯？懼我彈射雄，誰謂萬里遙？在我罇俎中。光祿經濟器，精微自深衷，前席屢榮問，長城兼在躬。(酬祕書弟兼寄幕下諸公)

天子股肱守，丈人山岳靈，出身侍丹墀，舉翮凌青冥，當昔皇運否，人神俱未寧。諫官莫敢議，酷吏方專刑，谷永獨言弗，匡衡方引經，兩朝納深衷，萬乘無不聽，盛烈播南史，雄詞豁東溟。(奉酬北海李太守文人夏日平陰亭)

森然瞻武庫，則是弄儒翰，入幕綰銀綬，乘軺兼鐵冠，練兵日精銳，殺敵無遺殘，獻捷見天子，論功俘可汗，激昂丹墀下，顧盼青雲端。(東平留贈狄司馬)

除此之外，還有些記遊陪宴之作，也屬官場應酬的八股，不足為說。如：

肅穆逢使軒，夤緣事登臨，忝遊芝蘭室，還對桃李陰，岸遠白波來，氣暄黃鳥吟，因觀歌頌作，始知經濟心。(同房侍御山園新亭與邢判官同遊)

上卿才大名不朽，早朝至尊莫求友，豁達常推海內賢，殷勤但酌樽中酒。(崔司錄宅燕大理李卿)

良牧徵高賞，褰帷問考盤……已聽甘棠頌，欣陪旨酒歡。(同
群公十月朝宴李太守宅)

華館曙沈沈，惟良正在今，用材兼柱石，開物象高深，更
得芝蘭地，兼榮枳棘林，向風扃載戶，當署近棠陰。(同郭
十題楊主簿新廳)

頌重馳千古，飲賢仰大猷，晉公摽逸氣，汾水注長流，神
與公忠節，天生將相傳，青雲本自負，赤縣獨推尤，御史
風逾勁，郎官草屢修，鴛鸞粉署起，鷹隼柏臺秋，出入交
三事，飛鳴揖五侯，軍書陳上策，廷議借前籌，肅肅趨朝
列，雕雕引帝求，一麾俄出守，千里再分憂，不改任棠水，
仍傳晏子裘。(東平旅遊奉贈薛太守二十四韻)

上舉各詩，大都是堆砌美文，餖飣故實，極盡歌功頌德之能事，和世
俗的墓誌銘一般，這類作品都是無甚價值，殊少性情的，可說是高適
作品中白璧之瑕。

第四章　結　論

　　詩人批評家艾略特在其〈傳統和個人的才能〉一文提到：「任何詩人，任何藝術的藝術家都不能獨自具備完整的意義。」〔註1〕艾氏的意思是一個詩人的作品必須把它放在整個文學傳統裡加以衡量、比較，才能看得出它的價值，這個傳統是含有歷史意識的，「這種歷史的意識包含一種認識，即過去不僅僅具有過去性，同時也具有現代性。」〔註2〕艾氏這種具有歷史意識的文學傳統觀，所著重的是「每一件藝術作品對於全體的關係、比例、價值。」〔註3〕亦即旨在尋繹文學作品的承先和啓後的關係，由此顯示出其在整個文學傳統中的價值和地位。基於此，我們在討論高適詩的成就時，仍要將其置於文學傳統下加以衡量方可。

　　又文評家李維斯（F. O. Leavis）認爲文學的偉大傳統在於社會關懷（social concern）及藝術至上（artistic concern），前者偏重詩歌所表達的情志，後者偏重詩歌本身的藝術技巧，一個偉大的詩人必須是二者兼顧的。根據這兩點立論，我們來看看高適詩的成就。

　　先論高適詩在藝術技巧上的成就。

〔註 1〕杜國清譯《艾略特文學評論選集》，頁5，田園出版社。
〔註 2〕同註1，頁4。
〔註 3〕同註1，頁5。

艾略特曾說：「將語言傳之後世，使之較前代更成熟、更優美、更精確，這是詩人作為詩人可能達到的最高成就。」高適在語言技巧上的成就和承先啓後的關係，前人已屢有言之者。胡適曾說高適的詩出於鮑照，錢鍾書《談藝錄》說鮑照的詩操調險急〔註4〕，而《詩鏡總論》說高適詩「調響而急」，可見高適確出於鮑照，葉慶炳先生在其《中國文學史》中提到：「營州歌寥寥四句，正是北方民歌本色，可與李波小妹歌同觀，由此亦可見北朝樂府民歌給與高適之影響，此外高適有行路難詩兩首，無論形式、內容與格調均因襲鮑照之行路難。」〔註5〕是除了因襲鮑照之外，高適的詩尚深受北朝民歌之影響，尤其在五七言古詩及歌行方面所表現的古風，更為明顯，所以《唐音癸籤》卷九評彙云：「常侍五言古，深婉有致，而格調音節，時有參差，……黯淡之內，古意尤存。」又說：「唐七言歌行……高岑王李，音節鮮明，情致委折，濃纖修短，得衷合度。」司空圖〈贈管光〉詩也大賞其歌行云：「看詩逸躓兩師宜，高適歌行李白詩。」總言之，高適的五七言古詩及歌行在承襲前人之餘，還能將之光大，在盛唐許多詩人創作新式樂府歌行的風氣中，尤存古意，所以能享當世盛名，杜甫在〈寄高三十五書記〉詩中說他：「美名人不及，佳句法如何？」當非虛譽。另五七言律詩絕句雖非高適所長，但也不乏佳作，前人論詩頗有貶之者，頗失公允，如葉燮《原詩》外篇云：「高岑五七律相似，遂為後人應酬活套作俑。如高七律一首中疊用巫峽啼猿、衡陽歸雁、青楓江、白帝城……高岑五律，如此尤多，後人行笈中，携廣興記一部，遂可吟詠徧九州，實高岑啓之也，總之，以月白風清，鳥啼花落等字裝上地頭，一名目則一首詩成，可以活板印就也。」在高適詩中，我們的確看到許多應酬、送別之作，這和他個人生活背景有關，後人東施效顰，豈可遂歸咎於前賢？所以《一瓢詩話》便不以為然地辯說：「前輩論詩，往往有作踐古人處，如以高達夫、岑嘉州五七律

〔註4〕見《談藝錄》，頁60。
〔註5〕見該書，頁202。

相似，遂爲後人應酬活套，是作踐高岑語也，後人苟能師法高岑，其
應酬活套，必不致如近日之惡矣。」我們祇要分析一下這首〈送李少
府貶峽中王少府貶長沙〉，便可知葉燮確有「作踐古人」之嫌。詩云：

> 嗟君此別意何如？駐馬銜杯問謫居。巫峽啼猿數行淚，衡
> 陽歸雁幾封書，青楓江上秋天遠，白帝城邊古木疏。聖代
> 即今多雨露，暫時分手莫躊躇。

起首二句，吳北江說它「起得丰神」，黃香石把這樣的起句叫做「喚
起法」，並說：「須知不可滑易。」因使用喚起法易患滑易的毛病，高
適於第二句「駐馬銜杯問謫」，句分三層，寫三個意思，便沒有了一
順滑下的毛病。葉燮以爲這兩句餞別的句子，目的在「總起下一問
字」，重點在「問」字。可是起首又不著「問」字，而把「問」字置
於第二句，應用了倒裝的句法，更覺神采奕奕。

　　中間四句，兩兩分寫，扣住雙扇的題目，巫峽句寫李君，衡陽句
寫王君，青楓江句也寫王君，白帝城句又寫李君，像這樣四句兩兩分
寫，格度很容易流於板滯，前人對此每有非議，但吳北江却批評說：
「分疏有色澤敷佐，便不枯寂。」說它雖是分別條疏，而所敷色澤絕
佳，所以不覺板滯。黃永武先生也說：「高適能把四句平列了四個地
名，而看似寫景，又景中生情，讀來不覺累贅，何嘗不是作者高明的
地方？」〔註6〕我們看這中間兩聯，啼猿歸雁，含義都扣緊送別，而
秋天高遠，古木蕭疏，境況正和謫居者心境相稱，能就地取景，就景
設色，信手拈來，十分貼切，正是本詩的佳處，所以喻守眞地說它「非
但切地，並且切時切事，章法何等嚴密。」

　　「聖代即今多雨露」，另開出一層寬慰的意思，律詩的第七句，
正要如此「提振得起」才好，末句「暫時分手莫躊躇」，不帶怨誹，
甚得詩人溫柔敦厚之旨，所以紀曉嵐說它「通體清老，結更和平不逼。」
高適詩結尾，總喜歡往好方面寫，尤其在送別詩中，更多勸勉的話，

〔註6〕黃永武著《詩心》，頁50，三民書局。又筆者對本詩的許多意見，均
　　　採自該書〈高適詩欣賞〉一文。

高適能成爲詩人之達者，和這種健康的人生態度不無密切的關係，吳喬《圍爐詩話》引賀黃公的話便說明了這種關係：「唐人稱有唐以來，詩人之達者，惟有高適，今觀其詩，豁達磊落，掃盡寒澀瑣媚之態。」

　　另外我們再看看高適在律詩技巧上的成就及對後人的影響，就可知道這一位以邊塞歌行擅長的詩人，其詩藝成就原是多方面的。黃永武先生曾說高適的律詩：「喜歡將頷聯寫得生動活潑，腹聯寫得工穩板重。」〔註7〕我們只要看看下面的例子，便知此言不差。

> 只言啼鳴堪求侶，無那春風欲送行。黃河曲裏沙爲岸，白馬津邊柳向城。(夜別韋司士)

> 怨別自驚千里外，論交却憶十年時。雲開汶水孤帆遠，路遶梁山匹馬遲。(東平別前衛縣李寀少府)

> 此心應不變，他事已徒然。惆悵春光裏，蹉跎柳色前。(別韋兵曹)

> 不知邊地別，祇訝客衣單。溪冷泉聲苦，山空木葉乾。(使青夷軍入居庸三首之一)

像這樣兩句寫情，兩句寫景，使虛實相間，情景兼備，三四句輕倩流動而五六句工穩填實，是高適律詩中常用的手法，後來有許多人模仿，致黃培芳在所評《唐賢三昧集》中以爲「三四貴流動，宜寫情，五六防塌陷，宜寫景，故是要訣。」竟將這種佈局手法視爲律詩通則。三四句寫情貴流動，所以宜多用虛字，造成輕倩明快的效果，五六句寫景貴填實，所以宜多用實字，可使詩行語勁句健，增加詩的密度。而善用虛字，可說是高適詩歌藝術的另一成就，像上舉諸詩，頷聯多用虛字，造成詩行一氣直下，氣氛寥落明快的效果，和下面的腹聯對應，一輕一重，濃淡相參，是詩中所謂的「虛實相間格」，前人對於高適的妙用虛字，曾備加讚賞，《四溟詩話》云：「律詩重在對偶，妙在虛實，子美多用實字，高適多用虛字，惟虛字實難，不善學者失之。」

〔註7〕黃永武著《中國詩學——鑑賞篇》，頁42，巨流圖書公司。

李東陽《懷麓堂詩話》云：「詩用實字易，用虛字難，盛唐善用虛字，其間開合呼喚，悠揚委曲，皆在於此。」高適能於難處見工巧，正是其詩藝純熟的明證。

　　又姚薑塢曾說：「常侍每工於發端。」王漁洋詩話也說：「或問：詩工於發端，如何？應之曰：如……高常侍：將軍族貴兵且強，漢家已是渾邪王。」蓋詩以引起爲難，元楊載《詩法家數》曾言引起「要突兀高遠，如狂風捲浪，勢欲滔天。」，張夢機先生也說：「學詩之初，當習起句，通篇審題入思，大抵從茲著手，故宜意到辭工，不可稍涉平庸。」〔註8〕大抵詩之起筆貴沉厚突兀，峯勢鎭壓，涵蓋通篇體勢，故引起爲難，高適詩工於發端，於難中求工，再次證明了他詩歌藝術技巧的圓熟，《漁洋詩話》所舉「將軍族貴兵且強，漢家已是渾邪王。」起得突兀，氣勢不凡，正是最好的例證，又如前面提到過的「嗟君此別意如何？駐馬銜杯問謫居。」我們也作了說明，下面我們再看〈夜別章司士〉的起句：

　　　　高館張燈酒復清，夜鐘殘月雁歸聲。

黃培芳曾評說：「起手不平亦不生。」方東樹說：「起二句敘夜，爲別字傳神。」我們細析這兩句，的確不同尋常，二句中寫了六件事物，每句之中含有三個意思，使文句轉折握疊，十分凝鍊。一句三意中，用的都是實字，上句館、燈、酒；下句鐘、月、雁均爲實物疊用，使詩句更有勁健的力量。所疊用的三物，各有它代表的意義，「高館」寫餞行作詩的地點，「張燈」點明了題目的「夜」字，「酒復醒」提出了餞行的酒，點出了題目中的「別」字，「夜鐘」記下了送別的時刻，是天將拂曉，「殘月」記下了送行的日期是在月末圓的晚上，「雁歸聲」記下送行的季節，是春日雁兒北歸的時候。上句點題，下句等於記下送別的明日時刻，緊湊嚴密。高適工於發端，實有以也。

　　不僅工於發端，高適詩的結句也不同凡響，每有餘韻生情，縈繞

〔註 8〕張夢機著《近體詩發凡》，頁 132，中華書局。

不絕的效果，所以然者，在於高適每以時空的無窮無限的手法收結，來造成餘韻盪樣的情感。結句寫空間的無限的，如〈淇上送韋司倉〉詩云：「君去應回首，風波滿渡頭。」寫淇水風波浩淼無垠，教讀者也置身於踟躕困頓的行程前了。又〈別韋五〉詩：「莫恨征途遠，東看漳水流。」〈別劉大校書〉詩：「清風幾萬里，江上一歸人。」〈同李員外賀哥舒大夫破九曲〉詩：「唯有關河渺，蒼茫空樹墩！」又〈宋中〉詩：「寂寞向秋草，悲風千里來！」〈塞上聽吹笛〉：「借問梅花何處落，風吹一夜滿關山。」〈送別〉詩：「攬衣出戶一相送，唯見歸雲縱復橫！」漁父歌：「料得孤舟無定止，日暮持竿何處歸！」所寫江上日暮，烟波茫茫，塞上的悲風，秋雲重重，都是在詩句的結尾畫出一個迷濛的空間，蒼茫遼濶，使讀者的想像也隨之馳騁萬里，產生咀吟無已的意味。結句寫時間的無窮的，也有相當的效果，如〈飛龍曲留上陳左相〉詩：「風塵與霄漢，瞻望日悠悠！」藉貴賤禮隔與時日悠遠來搖蕩讀者的感情。又〈金城北樓〉詩：「為問邊庭更何事，至今羌笛怨無窮。」以時間的無窮，來隱含恨事的無窮。〈古大梁行〉：「年代淒涼不可問，往來唯見水東流！」以時空的交感，使滄海桑田之恨、今昔年歲之變，造成一股淒涼的氣氛，產生迴盪不絕的餘韻〔註9〕。

　　高適詩歌技巧上的成就，除了上面所提到的之外，在「高適詩的語言」專章裡，我們已從意象及節奏兩方面分別言之，分析了高適詩中的遣詞設色及平仄押韻的個別風格，這些分析的結果，都可看出高適詩歌的成就及其價值。另外他開創了有唐一代豪放悲壯的邊塞詩派，拓展了唐詩的視界，這種成就更是人所皆知所樂道的。

　　其次，我們再看看高適的「社會關懷」方面，劉大杰氏說他：「在描寫邊塞的風光、戰爭的場面下，同時又表露出征夫的疾苦，少婦的情懷，故能於高壯的詩風裡，呈現出哀怨之音。」〔註10〕我們看高適

〔註9〕參見黃永著《詩心》一書中〈高適詩欣賞〉一文，本段論結句的部份大多採用黃永武先生的意見。
〔註10〕劉大杰著《中國文學發展史》，頁443，華正書局。

燕歌行中的詩句如「戰士軍前半死生，美人帳下猶歌舞。」、「少婦城南欲斷腸，征人薊北空回首。」又答侯少府詩：「邊兵若芻狗，戰骨成埃塵。」便可知他悲天憫人之胸襟及對邊兵的同情，另外，他對當時民間的疾苦及政治的情形也極關懷，在前面「高適詩的境界」專章中已有論述，此處不贅。

　　綜合以上兩種表現，我們把高適擺在中國文學旳傳統裏，當可肯定他永恆的價值和地位。

　　就高適詩的傳承而言，他繼承了北朝樂府民歌的雄渾豪放及鮑照的詩風，詩品說鮑照「出於二張，善製形狀寫物之詞，得景陽之諔詭，含茂先之靡嫚，骨節強於謝混，驅邁疾於顏延，總四家而擅美，跨兩代而孤出。」高適繼承鮑照，確也能做到「氣骨遒上，神韻瞻遠。」而力追古調，所以沈德潛《說詩晬語》說他：「品格既高，復饒遠韻，故爲正聲。」嚴羽《滄浪詩話》則以其詩爲「高達夫體」。就其遙承前人，開創邊塞詩派豪放悲壯的詩風來看，高適詩確可當「有唐正聲」而無愧。然而前人却因執著於他邊塞詩風的特出成就，而忽略了他其他方面的風格，在前面的論述中，我們已指出了高適詩風的多樣性，這種多樣性，正代表了高適詩多方面的成就。我們評定高適詩歌中國詩史上的地位，或許不應執著於他邊塞詩派豪放悲壯的風格，而應從較多的觸角來著眼，肯定高適詩多方面的成就，如此對高適的詩，方是較客觀的評價。

後　記

　　也許，每一座屋簷下都掩藏著些歡笑和淚水，每一個遊子的內心都負載著對家的眷念與牽掛，在這樣的時代裏，我們多少有些鄉愁或者輕重不等的思鄉病。午夜夢迴，擁被坐起，或孤檠獨對，四壁入禪，縈繞自己的，總也是那些兒歡笑與淚水。托爾斯泰《安娜‧卡列尼娜》小說下筆即說：「幸福的家庭都是相似的，不幸的家庭各有各的不幸。」但對於一個並不算幸福的家庭來說，能擁有共同的愛毋寧是不幸中最大的幸福。或許，一個家最重要的是用愛來裝飾，而不是華麗的傢俱。

　　跨山越海而來，負笈他鄉已近八載，支持著遊子的是那永恆的臍帶，這臍帶，一繫就是一輩子，就是千年，對我來說，它永遠是個甜蜜的枷鎖。而今，心中有的只是無盡的感激，感謝母親，她教會了我什麼是生命的尊嚴和活得有傲骨而不是傲氣，以及如何在生活中挫斷足脛再學著自己站起來，還有大哥，沒有他的犧牲，就沒有我這篇論文的誕生。雖然，這篇論文僅是枚青澀的果實，卻隱含著家人的犧牲與苦心，因而，我不敢有絲毫的鬆懈，只希望藉著它，能讓自己邁向成熟。

　　翹首前瞻，心中無盡家國之想，長夜淒風眠不得，度群生那惜心肝剖，是祖國，忍孤負？生當這個大時代，中國的苦難，是每一個中國子民命定需要負荷的重擔，中國近代淒苦挫抑的悲劇歷程，迴映在

每一個知識份子的心頭，也都同樣的鮮明和浮凸。一照若耶溪畔月，始知楊柳隔天涯；在整個民族花果飄零的時代裏，身爲一個知識份子即使面臨「書生報國，常愧寒家無正膳」的窘境，也都該有譚嗣同訣別梁啓超時的決心和抱負：「不有行者，無以圖將來，不有死者，無以報聞主，程嬰杵臼，月照西鄉，吾與足下分而任之！」個人的力量也許是微薄的，但民族的義氣却是不可侮的。

　　低徊愧人子，不敢歎風塵；最後，我以唐君毅先生在《生命存在與心靈境界》書序中一段話自勉：「人除其一切有限之著述之事或任何事業之外，人更當信其本心本性，自有其悠久無疆之精神生命，永是朝陽，更無夕陽。」

　　　　　　　　　　　　　　一九八一年十二月寫於華岡大莊館

主要參考書目

壹、專書部份

（一）

1. 《中國文學發展史》，劉大杰，華正書局。
2. 《插圖本中國文學史》，鄭振鐸，明倫出版社。
3. 《中國文學史》，葉慶炳，弘道文化事業有限公司。
4. 《中國文學批評史》，郭紹虞，明倫出版社。
5. 《中國文學批評通論》，傅庚生，盤庚出版社。
6. 《中國通史》，傅樂成，大中國圖書公司。
7. 《國史大綱》，錢穆，台灣商務印書館。
8. 《舊唐書》，劉昫等，藝文印書館影印武英殿本。
9. 《新唐書》，歐陽修等，藝文印書館影印武英殿本。
10. 《唐會要》，王溥，世界書局。
11. 《唐人行第錄》，岑仲勉，九思出版社。
12. 《隋唐五代史》，傅樂成，中國文化大學出版部印行。
13. 《唐史》，章群，中國文化出版事業委員會出版。
14. 《唐史研究》，李樹桐，台灣中華書局。
15. 《唐史研究叢稿》，嚴耕望，新亞研究所出版。
16. 《唐代政制史》，楊樹藩，正中書局。

（二）

1. 《全唐文》，董浩等，匯文書局。
2. 《全唐詩》，乾隆御編，盤庚出版社。

3. 《唐詩癸籤》，胡震亨，世界書局。

4. 《唐詩品彙》，高棅，商務四庫全書珍本六集。

5. 《文苑英華》，李昉等，華文書局。

6. 《詩人玉屑》，魏慶之，世界書局。

7. 《詩法易簡錄》，李鍈，蘭臺書局。

8. 《甌北詩話》，趙翼廣文書局。

9. 《百種詩話類編》，臺靜農編，藝文印書館。

10. 《文心雕龍註》，劉勰著，范文瀾註，文光出版社。

11. 《唐才子傳》，辛文房，世界書局。

12. 《讀通鑑論》，王夫之，河洛圖書出版社。

13. 《杜詩鏡銓》，楊倫，蘭臺書局。

14. 《杜詩詳註》，仇兆鰲，文史哲出版社。

15. 《韓昌黎集》，韓愈，河洛圖書出版社。

16. 《李長吉歌詩彙解》，王琦，世界書局。

17. 《玉谿生詩箋注》，馮浩，中華書局四部備要本。

（三）

1. 《中國韻文裏頭所表現的情感》，梁啓超，台灣中華書局。

2. 《中國的神韻格調及性靈說》，郭紹虞，河洛圖書出版社。

3. 《中國詩史》，陸侃如、馮沅君合著，明倫出版社。

4. 《詩詞散論》，繆鉞，台灣開明書店。

5. 《詩學箋注》，亞里士多德著、姚一葦譯註，台灣中華書局。

6. 《詩學》，西脇順三郎著、杜國清譯，田園出版社。

7. 《中國詩學》，劉若愚著、杜國清譯，幼獅文化公司。

8. 《中國詩學》，黃永武，巨流圖書公司。

9. 《中國詩學通論》，范況，台灣商務印書館。

10. 《中國詩學縱橫論》，黃維樑，洪範書店。

11. 《詩學淺說》，佚名，學海出版社。

12. 《詩學義海》，佚名，莊嚴出版社。

13. 《唐代詩學》，佚名，正中書局。

14. 《詩學一——三輯》，瘂弦、梅新主編，成文出版社。

15. 《詩》，蔣伯潛，世界書局。

16. 《詩論》，朱光潛，台灣開明書店。

17. 《詩論》，朱光潛，正中書局。

18. 《詩心》，黃永武，三民書局。

19. 《思齋說詩》，張夢機，華正書局。

20. 《近體詩發凡》，張夢機，臺灣中華書局。

21. 《從詩到曲》，鄭騫，順先出版公司。

22. 《唐宋詩舉要》，高步瀛，學海出版社。

23. 《唐詩研究》，胡雲翼，臺灣商務印書館。

24. 《唐詩概論》，蘇雪林，臺灣商務印書館。

25. 《唐詩散論》，葉慶炳，洪範書店。

26. 《中國古典文學研究叢刊——詩歌之部》，柯慶明、林明德編，巨流圖書公司。

27. 《詩詞曲作法研究》，王力，新文出版社。

28. 《現代詩的探求》，村野四郎著、陳千武譯，田園出版社。

29. 《總是玉關情——唐代邊塞詩初探》，何寄澎，聯經出版事業公司。

30. 《李賀詩研究》，楊文雄，文史哲出版社。

31. 《李義山詩析論》，張淑香，藝文印書館。

32. 《文學評論一——五集》，書評書目出版社。

33. 《文學概論》，王夢鷗，帕米爾書局。

34. 《中國文學論集》，徐復觀，學生書局。

35. 《我與文學》，朱光潛，大漢出版社。

36. 《何謂文學》，顏元叔，學生書局。

37. 《文學的玄思》，顏元叔，驚聲文物供應公司。

38. 《文學經驗》，顏元叔，志文出版社。

39. 《談民族文學》，顏元叔，學生書局。

40. 《談文學》，朱光潛，臺灣開明書店。

41. 《中國文學欣賞舉隅》，傅庚生，普天出版社。

42. 《文學研究叢編第一輯》，木鐸出版社。

43. 《中國現代文學批評選集》，葉維廉編，聯經出版事業公司。

44. 《艾略特文學評論選集》，杜國清譯，田園出版社。

45. 《期待批評時代的來臨》，沈謙，時報出版公司。

46. 《談藝錄》，錢鍾書，無出版社。

47. 《陳世驤文存》，陳世驤，志文出版社。

48. 《秋序的生長》，葉維廉，志文出版社。

49. 《欣賞與批評》，姚一葦，遠景出版社。

50. 《藝術的奧妙》，姚一葦，臺灣開明書店。

51. 《現代美學》，劉文潭，臺灣商務印書館。

52. 《文藝心理學》，朱光潛，臺灣開明書店。

貳、報刊論文部份

（一）

1. 〈中興閒氣集作者渤海高仲武非高適〉，阮廷瑜，《大陸雜誌》二五卷九期。

2. 〈高適年譜〉，阮廷瑜，《學術季刊》五卷三期。

3. 〈高適非渤海人〉，阮廷瑜，《大陸雜誌》二五卷八期。

4. 〈高適交遊考〉，阮廷瑜，《大陸雜誌》三十卷七、八期。

5. 〈高常侍岑嘉州其人與詩之評語〉，阮廷瑜，《大陸雜誌》三七卷十期。

6. 〈高適未曾做蜀州刺史〉，阮廷瑜，《書和人》二〇七期。

7. 〈高適生平與作品〉，阮廷瑜，《書和人》二〇七。

8. 〈高常侍集傳本述要〉，阮廷瑜，《大陸雜誌》二六卷十二期。

9. 〈重訂高常侍集傳本述要〉，阮廷瑜，《書目季刊》十一卷三期。

10. 〈高適籍里〉，勞榦，《大陸雜誌》十四卷六期。

11. 〈詩人高適生平繫詩〉，王達津，《文學遺產》增刊八期。

12. 〈高適繫年考證〉，彭蘭，《文史》三輯。

13. 〈邊塞詩人高適〉，孫如陵，《中外雜誌》一卷三期。

14. 〈高適評傳及其詩〉，陳秀清，《國立藝專藝術學報》十四期。

15. 〈試論高適的詩〉，劉開揚，《唐詩研究論文集》。

16. 〈高適的詩〉，菊韻，《今日中國》三八期。

17. 〈高常侍的一首詩〉，費海璣，《大華晚報》民國六二年九月三日。

（二）

1. 〈中國古典詩裏的戲劇表現〉，賴瑞和，《中外文學》一卷六期。

2. 〈論唐詩的語法用字與意象〉，梅祖麟、高友工著，黃宣範譯，《中

外文學》十、十一、十二期。

3. 〈唐詩的語意研究〉，梅祖麟、高友工著，黃宣範譯，《中外文學》四卷七、八、九期。

4. 〈試用原始類型的文學批評方法論唐代的邊塞詩〉，馮明惠譯，《中外文學》四卷三期。

5. 〈論「漢字作爲詩的表現媒介」〉，杜國清，《中外文學》八卷九期。

6. 〈文學批評的信念與態度〉，蔡源煌，《中外文學》八卷四期。

7. 〈詩與音樂〉，劉燕當，《幼獅文藝》一八六期。

8. 〈唐代士風與文學〉，臺靜農，《文史哲學報》十四期。

9. 〈論盛唐的邊塞詩〉，沈玉成等，《文學遺產》增刊三期。

10. 〈唐代的邊塞詩與戰爭詩〉，陳光，《中華文化復興月刊》十卷三期。

11. 〈唐代邊塞詩與流行歌曲〉，何寄澎，《幼獅》四十卷一期。

12. 〈唐代邊塞詩研究〉，林承，《實踐家政學報》一期。

（三）

1. 〈唐代邊塞詩派研究〉，黃曉玲，文化學院民國 57 年碩士論文。

2. 〈盛唐邊塞詩人岑參之研究〉，孫述山，輔仁大學民國 60 年碩士論文。

3. 〈杜甫詩韻考〉，王三慶，師範大學民國 62 年碩士論文。

4. 〈元白詩韻考〉，蕭永雄，文化學院民國 62 年碩士論文。

5. 〈王昌齡詩格研究〉，吳鳳梅，政治大學民國 68 年碩士論文。

6. 〈王維詩研究〉，徐賢德，文化學院民國 62 年碩士論文。